SARAH McCARTY
La llamada del deseo

Editado por HARLEQUIN IBÉRICA, S.A.
Núñez de Balboa, 56
28001 Madrid

© 2009 Sarah McCarty. Todos los derechos reservados.
LA LLAMADA DEL DESEO, N° 7 - 4.4.13
Título original: Tucker's Claim
Publicada originalmente por Harlequin Enterprises, Ltd.
Este título fue publicado originalmente en español en 2010

Todos los derechos están reservados incluidos los de reproducción,
total o parcial. Esta edición ha sido publicada con permiso de Harlequin Enterprises II BV.
Todos los personajes de este libro son ficticios. Cualquier parecido
con alguna persona, viva o muerta, es pura coincidencia.
® Harlequin y logotipo Harlequin son marcas registradas por Harlequin Books S.A.
® y ™ son marcas registradas por Harlequin Enterprises Limited y
sus filiales, utilizadas con licencia. Las marcas que lleven ® están
registradas en la Oficina Española de Patentes y Marcas y en otros
países.

I.S.B.N.: 978-84-687-2747-9
Depósito legal: M-1224-2013

Capítulo 1

Sally Mae se apoyó en la columna del porche y dejó que las alegres notas que salían de la iglesia de Lindos, convenientemente engalanada para el baile, la envolvieran junto al húmedo manto de la noche. En aquella ocasión no se sentía tan culpable por dejar que la música la animara un poco, señal de que por fin estaba sanando. De dentro a fuera, tal y como Jonah siempre decía. Jonah... siempre anteponiendo las necesidades ajenas a las suyas propias, siempre reconociendo la palabra de Dios detrás de cada mensaje, y siempre llevando un camino recto mientras que ella se enfrentaba a una lucha continua.

A pesar de sus diferencias, o quizá debido a ellas, había sido una buena esposa. Su matrimonio no fue la clase de unión con la que fantaseaban las niñas mientras jugaban en el jardín en un cálido día de verano, pero sí había sido la clase de estabilidad que una mujer impulsiva más valoraba y necesitaba.

Sally siempre había sabido que si no encontraba la respuesta en la oración la encontraría en Jonah. Él fue su apoyo, su guía y su luz, y cuando fue asesinado se vio engullida por una terrible oscuridad, sin posibilidad de sentir nada.

Durante muchos meses vagó sin rumbo por la vida como si no hubiera perdido una parte vital de su fe. Hasta que la gente del pueblo empezó a acudir a ella en busca de cura, viéndola como lo más parecido a un médico, y Sally Mae encontró el consuelo en ser útil. Aquel consuelo trajo consigo una luz que parpadeaba en la oscuridad. Nada podría llenar el vacío dejado por Jonah, pero al fin había encontrado una razón para levantarse de la cama y un pretexto sobre el que apoyarse. Poco a poco ese pretexto se convirtió en una llamada imposible de desoír, una responsabilidad que la mantuvo concentrada durante seis meses, hasta que Tucker McCade volvió a Lindos.

Puso una mueca y cambió de postura bajo la hermosa noche estrellada. La inmensidad del paisaje volvió a sobrecogerla con su belleza, como si fuera la primera vez que la contemplaba. Y en cierto modo así era. A veces sentía que la muerte de Jonah le había arrebatado su identidad y en su lugar había dejado a una desconocida. Una desconocida que compartía con ella el amor por aquellas noches estrelladas, pero que además sentía una extraña y casi irrefrenable atracción por el ranger de Texas.

No podía explicarlo. Tucker era demasiado grande, demasiado salvaje, demasiado impredecible. Respiraba la violencia que ella aborrecía, parecía creer solamente en el momento y sus ojos jamás mostraban la menor emoción. Era un hombre lleno de secretos y traumas ocultos, imponente y temible, y sin embargo se había convertido en una parte esencial de la nueva vida de Sally Mae.

«Es peligroso tentar a un hombre como yo, preciosa».

La advertencia resonó en su interior como un trueno. En su momento no le pareció que estuviera tentando al ranger. Tan solo estaba curándole el profundo corte del brazo. Pero al recordarlo tenía que admitir que se había acercado más de la cuenta, y que sus dedos se habían posado en su piel más tiempo del estrictamente necesario. La culpa la había tenido la irresistible atracción que aquel hombre le provocaba. Cualquier mujer se habría sentido fascinada por sus ojos grises, su rostro exótico y su poderosa musculatura. Pero lo que cautivó a Sally Mae fue el atisbo de bondad que ocultaban su sarcasmo y su innata propensión a la violencia. Sospechaba que aquella bondad era tan natural en él como los cuchillos y armas de fuego que siempre llevaba consigo.

Tucker McCade era un hombre tan seguro de sí mismo como Jonah, aunque por razones radicalmente opuestas. Jonah había seguido el camino revelado por Dios, mientras que Tucker se abría su propio camino. Uno había potenciado al máximo sus habilidades para cumplir con su destino, y el otro lo había hecho para cumplir sus deseos.

Sally sacudió la cabeza y aspiró profundamente el aire nocturno, impregnado con el aroma del cerdo asado que se había servido poco antes. Tucker luchaba por lo que fuera. Había luchado por Cissy Monroe, quien acabó renunciando a la idea de prostituirse. Había luchado por un chucho al que habían atado por robar una hogaza de pan, y a veces luchaba sin causa aparente. Era en esos momentos cuando Tucker McCade más la asustaba, porque hacía honor a su reputación y representaba todo lo que Sally temía. Lo mismo que se había llevado a su marido. Un hombre tan violento y anárquico como aquella tierra sin ley.

Pero también era hermoso y atractivo a su manera, como todas las cosas salvajes. Y al igual que la música que Sally intentaba ignorar por respeto a su luto, Tucker conseguía tocar su fibra más sensible y provocar en ella una reacción tan instintiva como carente de lógica. Lo deseaba desesperadamente y le importaban un bledo sus creencias cuáqueras.

Cerró los ojos y se abandonó a la fantasía. Se imaginó a Tucker ante ella, tan increíblemente alto y robusto que ocultaba todo lo demás a su vista, incluido el pasado. Sus ojos grises y brillantes la miraban fijamente con aquella expresión semiburlona y previsora que la dejaba temblorosa y sin aliento. Su largo y reluciente pelo negro con su característica raya en medio le caía suelto sobre su exótico rostro cuando se inclinaba hacia ella, realzando su sangre india, su poderosa personalidad, su arrolladora sexualidad, la sensualidad de sus labios… Subía las manos hasta las mejillas de Sally. Esas manos grandes y callosas que se detenían a un milímetro de su piel para prometerle todo lo que retenían. Pasión, placer, un goce sublime. Unas manos que mataban con la misma facilidad con la que proporcionaban deleite. Un estremecimiento de rechazo y al mismo tiempo de aceptación la recorrió de la cabeza a los pies.

Como cuáquera y pacifista, Sally Mae no entendía el sentido de la lucha ni de la provocación. Pero Tucker tenía una manera muy personal de hacer las cosas que no permitía discusión alguna. Y si a esa falta de respeto por lo establecido se le añadía la arrolladora seguridad con la que actuaba, el resultado era una combinación letal... como Sally Mae estaba comprobando por sí misma. Cada vez le resultaba más difícil resistirse a la fascinación que Tucker le provocaba. Y cada vez quería resistirse menos.

La música cambió de ritmo. En el interior de la iglesia los bailarines estarían deteniéndose y preparándose para cambiar de pareja. En el sueño de Sally Mae, su pareja ya la estaba esperando. Lo único que tenía que hacer era dar un paso hacia Tucker. Ese paso prohibido y aterrador que nunca se había atrevido a dar porque, en muchos aspectos, era una cobarde. No porque fuera medio indio o porque la sociedad criticara una unión semejante... al fin y al cabo, en el mundo de Sally todos los hombres y mujeres eran iguales. Sino porque Tucker McCade tenía las manos manchadas de sangre. La suya era una vida de violencia y peligro, muy diferente a la de Sally Mae. Aun así, en sus sueños podía tenerlo y dar ese paso para encontrarse con el tacto de su mano, con el calor de sus brazos, con la protección de sus fuertes músculos... Suspiró al imaginarse la culminación de un anhelo largamente contenido.

Algunos decían que era un hombre cruel. Otros aseguraban que era duro y despiadado. Pero el instinto le decía a Sally que lo único que encontraría en sus brazos sería un placer sin límites. Lo había visto en la promesa que transmitían sus ojos, lo había sentido en las vibraciones del aire cuando estaban uno cerca del otro. Sabía que Tucker cuidaría de su cuerpo igual que cuidaba de su seguridad. Sin ambages, lo quisiera ella o no.

Cruzó los brazos sobre el pecho y se balanceó de un pie a otro. Solo soñando despierta podía abrazar una fantasía que se le negaba en la vida real. Entre melodía y melodía se permitía nadar en un mar de pensamientos prohibidos donde todo era posible. Contra Tucker, toda resistencia estaba condenada al fracaso, y Sally estaba cansada de luchar. Especialmente cuando estaba negando lo único que podía devolver el color a su vida.

Los músicos empezaron a tocar una giga que se filtró en las venas de Sally y le levantó el ánimo, acelerando el ritmo de su fantasía mientras ella se imaginaba los largos dedos de Tucker cerrándose en torno a sus muñecas, recorriéndole los brazos y los hombros, abrasándole la piel con su tacto calloso, como las suaves manos de Jonah nunca habían conseguido.

La fantasía rayaba en la infidelidad. Tucker era todo lo opuesto a Jonah, y era ilusorio creer que podía ser delicado con una mujer. Pero aquella era su fantasía, su medio de evasión, y quería creer que Tucker podía llevarla a un punto donde ya no necesitara que fuese delicado. Mucho más allá del límite donde Jonah siempre se detenía...

Se estremeció violentamente y el sueño se deshizo en pedazos. De nuevo volvía a ser ella, envuelta por la noche y el deseo que se resistía a desaparecer. Ansiaba el calor de un hombre, la fuerza de sus brazos y el fuego de su pasión. Pero no de cualquier hombre. Jonah había sido su única pareja y ella nunca se fijó en nadie más. En las primeras semanas que siguieron a su muerte ni siquiera fue consciente de que Tucker existía. Pero un día levantó la vista de la taza de café que le pusieron en la mano y lo vio frente a ella, con expresión grave, tacto suave y mirada comprensiva, entendiendo la pérdida que ella no podía aceptar. Y allí había estado desde entonces, visitándola cada vez que iba al pueblo, protegiéndola de todo mientras estaba allí, asegurándose de que comiera y descansara para recuperar la salud. Introduciéndose poco a poco en su vida y haciéndole ver que estaría esperándola.

La luna bañaba la pálida piel de Sally Mae como las suaves caricias de un amante. Arrancaba destellos plateados de sus cabellos y realzaba la suavidad de su piel perfecta y el aura misteriosa que la envolvía. Durante el día podía ocultar la verdad bajo una actividad febril, pero en el silencio de la noche los secretos salían a la luz. Su soledad, su deseo, su sed de aventura… Tucker era un hombre que siempre había preferido la noche y los secretos que albergaba, y Sally no era una excepción. Su belleza e integridad eran una tentación de la que Tucker no podía abstraerse. Aunque debiera hacerlo.

Sally Mae se giró ligeramente y la curva de su pecho se adivinó bajo el vestido gris. Tucker entornó los ojos hasta que la línea abarcó todo su campo de visión y sonrió. Gracias a Dios nunca había hecho lo que «debiera».

Contempló con deleite la imagen de aquella hada apoyada en la columna del porche, con los brazos cruzados sobre el pecho y la cabeza hacia atrás. Los rubios cabellos que no quedaban cubiertos por la cofia caían por detrás y relucían contra la oscura madera del poste. Luz y sombras. Aquella mujer era un misterio. Levantó los hombros en un débil suspiro y se mordió el labio. Tucker había notado aquella expresión últimamente, pero no conseguía descifrarla. Fuera cual fuera su significado, nada desearía más que salir de las sombras, tomarla de las manos, descruzar sus brazos y echárselos al cuello para aceptar el peso de su cuerpo y de sus inquietudes. Si dependiera de él, la envolvería en una manta y la protegería de cualquier amenaza y preocupación. No estaba en su mano hacerlo, desafortunadamente, pero algún hombre tenía que ocuparse de ella. Sally corría demasiados riesgos. Cada vez que Tucker volvía al pueblo después de buscar a la cuñada de Caine, se encontraba a Sally observándolo con esos ojos grises, irresistiblemente tentadores, y se olvidaba de por qué seguía guardando las distancias.

Sally Mae suspiró y cerró los ojos al cesar la música. Los mismos rayos de luna que la envolvían en un resplandor plateado proyectaban las sombras en las que Tucker se ocultaba. Sabía que ella no se había percatado de su presencia, porque si así fuera no estaría tan tranquila y relajada. Y no porque Tucker no le gustara. Sabía perfectamente que Sally Mae lo deseaba, igual que sabía que nunca ocurriría nada serio entre ellos. Una breve aventura para comprobar cómo sería acostarse con un salvaje, tal vez, pero Tucker había aprendido que una mujer blanca no se relacionaba abiertamente con un hombre que tuviera sangre india en sus venas. Ni siquiera por amor o por dinero. Tal vez se divirtiera con él en secreto, pero el odio acérrimo entre blancos e indios impedía cualquier otra relación entre ellos. Las malas lenguas ya empezaban a blasfemar porque Tucker se alojara en el granero de Sally.

A Tucker le importaba un bledo, y apretó los puños al recordar la última vez que alguien le sugirió buscarse otro alojamiento. Dejar sin dientes a aquel bocazas liberó un poco de aquella agresividad innata que Sally Mae le había pedido que abandonara mediante la oración. Tucker sacudió la cabeza y volvió a apretar los puños. Él era un hombre de acción, no de palabras. No había nada como la fuerza para canalizar toda su rabia y frustración, y su poderosa complexión física era el único rasgo heredado por lo que le estaba agradecido a su padre. Gracias a sus músculos se había hecho un lugar en un mundo que se negaba a aceptarlo.

El vestido de Sally Mae se agitó y Tucker distinguió la punta de una bota bajo la falda gris. Estaba siguiendo el ritmo de la música con los pies.

Tucker nunca la había visto bailar. Siempre había creído que se lo prohibía su religión, pero tal vez solo estaba guardando luto por su marido asesinado y aquellos golpecitos con el pie indicaban que estaba lista para unirse al mundo de los vivos. Tucker se irguió en toda su estatura y sintió la misma excitación que le recorría el cuerpo cuando se acercaba al final de una larga búsqueda. Con la misma frialdad y precisión centró sus sentidos en Sally Mae. Se había pasado noches y noches en vela, imaginando cómo pasaba la lengua por su cuello blanco y esbelto. Siempre olía a limón y vainilla, y Tucker estaba convencido de que la embriagadora fragancia era más intensa en el cuello, avivada por el miedo y la excitación. Se imaginaba respirando profundamente el delicioso olor y empezando a desabrocharle el vestido para revelar los tesoros ocultos...

Algunos hombres preferían a las mujeres rollizas, a otros les gustaban con curvas. En el caso de Tucker, le bastaron dos minutos después de que Sally Mae lo tocara para decidir que prefería a las mujeres rubias y esbeltas. Tucker había estado enzarzado en una pelea con un hombre tan grande y antisociable como él cuando Sally Mae entró en el salón, se interpuso entre ellos y empezó a sermonearlos sobre la estupidez de la lucha. Tucker tuvo que derribar a su rival cuando este echó hacia atrás el brazo, dispuesto a abofetearla. Y luego tuvo que escuchar un nuevo sermón de camino a casa de Sally Mae mientras se esforzaba en mantener el equilibrio, porque sabía que si se caía ella intentaría sujetarlo, y era tan frágil y delicada que acabaría aplastada bajo su peso.

Siguió sermoneándole mientras sacaba el material para curarlo, hablándole en un tono tranquilo y sereno, como si sus descabelladas opiniones fueran irrebatibles. Él había permanecido sentado y en silencio, escuchándola pacientemente y aspirando su fragancia, y cuando más tarde recorrió con la mirada la acogedora cocina, el deseo lo golpeó con una fuerza aturdidora. Si las cosas hubieran sido diferentes, si su madre no hubiera sido blanca o su padre no hubiera sido indio, su sangre no estaría mezclada y podría haber formado un hogar y una familia en cualquiera de los dos mundos. Pero como mestizo no pertenecía a ninguna de las dos razas, y su único lugar estaba en los Ocho del Infierno.

Por primera vez desde que su familia y su pueblo fueron masacrados por el ejército mexicano, teniendo él dieciséis años, quería pertenecer a otro sitio. Y cuando la mano de Sally se posó en su brazo desnudo para ofrecerle consuelo, deseó, por un instante fugaz, que su lugar estuviera allí.

En los meses siguientes aquel deseo se hizo más y más acuciante, por mucho que se repitió que Sally Mae era una buena mujer. No era la clase de persona con cuyos sentimientos pudiera jugar un hombre. Pero no podía sacarse aquella convicción de la cabeza: Sally Mae estaba hecha para él, y desde el momento en que ella lo tocó había estado esperando la ocasión. Se le daba bien esperar el momento propicio. Por algo era un curtido ranger de Texas y un experimentado domador de caballos. Y un buen amante, pensó al ver cómo Sally echaba los pechos hacia delante.

La música volvió a aumentar de ritmo y Sally siguió el compás con el pie. Tucker estaba convencido de que bailaba con la misma elegancia y sensualidad innatas con que lo hacía todo. Era la única mujer que podía coser una herida como si estuviera practicando algún tipo de acto sexual. Una sonrisa asomó a sus labios. Tenía una boca excesivamente grande para los cánones clásicos de belleza, pero a Tucker le gustaba su manera de sonreír, pues reflejaba un espíritu espléndido y generoso. También le gustaba que su nariz no fuera chata y delicada, sino recta y recia como el resto de sus rasgos.

La detenida observación de su rostro revelaba mucho acerca de su personalidad, como la inquebrantable tenacidad que reflejaba su mentón. Más de uno había intentado convencerla para que regresara al Este después de la muerte de su marido, pero ella se había negado rotundamente. Aquel era su hogar y no iba a abandonarlo. E igualmente reacia se había mostrado a las sugerencias para casarse de nuevo. Su marido había sido un buen hombre y ella iba a guardar el luto correspondiente.

La gente del pueblo había desistido finalmente de hacerla cambiar de opinión, lo cual había sido, en opinión de Tucker, una peligrosa imprudencia. Texas no era lugar para una mujer que creía en la bondad interior de las personas y que ponía la otra mejilla ante cualquier ataque o amenaza. Tucker no habría dudado en subirla al próximo tren maniatada y amordazada si hubiera tenido que hacerlo. Sally Mae era demasiado frágil para vivir sola en un sitio como ese. Demasiado ingenua para afrontar los peligros que la acechaban. Demasiado inocente ante los rumores que suscitaba tener a un ranger de Texas viviendo en su granero. No se imaginaba que esos rumores podían tener un fundamento real... porque Tucker la deseaba y estaba decidido a tenerla.

Sally Mae suspiró y acomodó su postura contra la columna del porche. Sola en la oscuridad, apartada del pueblo pero tratando a todo el mundo con la misma imparcialidad y dedicación, hasta el punto de obviar las diferencias entre buenos y malos, como si estuviera decidida a demostrar algo que solo ella podía entender. Y esa era otra razón por la que Tucker se había quedado en Lindos en vez de seguir la pista de Ari, la cuñada de Caine, y por la que había rechazado la invitación de Sam y su nueva novia para instalarse en su rancho. Alguien tenía que vigilar a la atolondrada viuda cuando hacía alguna locura. Como la semana anterior, cuando se llevó a casa a Lyle Hartsmith para curarlo después de que a este lo hubieran apuñalado en una reyerta callejera.

Lyle Hartsmith era un tipejo zafio y grosero, sin el menor escrúpulo moral, y si hubiera justicia en el mundo aquella puñalada debería haberlo matado. Pero Sally Mae solo lo veía como una criatura de Dios que merecía todos los cuidados y atenciones, y no había manera de hacerle ver lo contrario. Era una imprudente y por eso Tucker estaba obligado a protegerla, aunque el creciente deseo que sentía por ella se lo pusiera cada vez más difícil. Sacudió la cabeza. ¿Quién había dicho que uno se hacía más sabio con los años? Él tenía treinta y uno y parecía volverse más tonto cada día.

Los músicos empezaron a tocar una lenta melodía popular, y la sonrisa de Sally Mae dejó paso a una expresión de tristeza y nostalgia. Sin duda estaba recordando a su difunto marido. A Tucker le gustaría guardarle rencor a aquel hombre por haberse casado con Sally, pero le resultaba imposible. Jonah había sido un buen hombre que no se merecía el destino sufrido. La muerte se lo había arrebatado a Sally igual que a Tucker le habían arrebatado la vida cuando era un chaval, con una lluvia de balas y sin previo aviso. Conocía la conmoción que dejaba aquella clase de asesinato, la horrible sensación de no tener nada a lo que aferrarse. Sus padres tal vez no hubieran sido los mejores, pero nada podía ser peor que el vacío dejado por los soldados mexicanos cuando arrasaron su pequeño poblado.

El labio inferior de Sally Mae desapareció bajo sus dientes. ¿Estaría conteniendo los sollozos? La noche era demasiado bonita como para empañarla con lágrimas. Y menos aún con las de Sally Mae. No podía permitirlo. Impulsado por la compasión, el deseo, su instinto de cazador y la necesidad de borrar aquella tristeza, salió de las sombras y en tres zancadas llegó al pie de los escalones, donde levantó la mirada hacia ella y le tendió la mano.

—¿Me concedes este baile?

Sally Mae dio un pequeño respingo, sorprendida. No se apartó de la columna ni abrió los ojos, pero su rostro volvió a adoptar una expresión más suave.

—Sería muy escandaloso...

—También lo fue acoger en tu casa a alguien como Lyle, y no parece que eso te incomodara mucho —le recordó él.

Ella abrió su ojo derecho.

—No tenía elección.

—Ahora sí la tienes.

No esperaba que aceptara su mano, y efectivamente no lo hizo, pero abrió el otro ojo y lo examinó con una mirada tan penetrante como la de Caine, cuya habilidad para analizar a las personas lo había convertido en el líder natural de los Ocho del Infierno.

—Me encuentro ante una encrucijada, ranger McCade.

A Tucker se le aceleró el corazón y se le agudizaron los sentidos.

—Las encrucijadas pueden ser buenas.

Ella volvió a cerrar los ojos y respiró lentamente, como hacía la gente al pensar.

—Cierto, pero solo si sabemos apreciar la diferencia entre una oportunidad y una tentación.

—¿Una oportunidad para qué?

—Una oportunidad que Dios nos ofrece para crecer y evolucionar.

—¿Eso significa que necesitas una oportunidad para bailar conmigo?

Con los ojos cerrados y la luna reflejándose en sus cabellos parecía el ángel que Tucker había visto en un libro que robó de niño... Hasta que abrió los ojos y Tucker cambió de opinión. Ningún ángel ofrecía aquel aspecto tan terrenal.

—Significa que debo decidir cuál es el origen de la tentación que supongo para ti.

—¿Decidir si es bueno o malo?

—Sí.

Tucker puso el pie en el escalón inferior y le acarició la rodilla con el dedo. La falda no consiguió mitigar el impacto que le produjo el roce.

—En ese caso, me decanto porque sea malo.

Ella parpadeó y volvió a morderse el labio.

—¿Por qué?

Tucker sonrió y le mantuvo la mirada mientras el pulso se le aceleraba aún más. Sally Mae no lo estaba rechazando.

—Porque se me da muy bien hacer cosas malas...

Ella ahogó un gemido y respiró profundamente.

—Sospecho que por eso me resulta tan difícil tomar una decisión.

El rubor de sus mejillas barrió las buenas intenciones de Tucker.

—¿Quieres que te lo ponga fácil? —le preguntó, deslizando la palma por la corva de la rodilla.

La expresión de Sally volvió a cambiar y lo recorrió de arriba abajo con una mirada cargada de sensualidad femenina.

—¿Estarías dispuesto?

Tucker retiró la mano y dio un paso atrás. Sally Mae

no quería recibir un trato decente y apropiado. Solo quería compartir con él unos momentos prohibidos cuyo recuerdo la calentara en las frías noches de invierno.

—¿Tanto se ha enfriado tu cama que te rebajarías hasta el punto de compartirla con un salvaje?

Ella parpadeó y contrajo el rostro en una expresión de horror, indignación, rabia y finalmente compasión.

—No tienes una opinión muy alta de ti mismo.

No era cierto. Tucker tenía muy buena opinión de sí mismo, y no le importaba cómo pudieran verlo los demás.

—¿Estás pensando en cambiarme?

Ella pareció reconocer su disgusto y se encogió de hombros.

—Estoy pensando en muchas cosas.

—¿Como cuáles? —quiso saber él, desconfiando de aquella aparente serenidad con que lo miraba.

—Como el hecho de que eres un buen hombre, además de una tentación irresistible.

Tal vez fuera una tentación, pero no era un buen hombre. Y ella lo sabía.

—¿Has bebido?

—Mis creencias no me lo permiten.

No bebía, no bailaba y no creía en la violencia.

—¿Y qué te permiten?

Ella no respondió enseguida. Se limitó a observarlo con sus grandes ojos grises y entonces descendió los escalones con aquella elegancia natural que acompañaba todos sus movimientos. Tucker le ofreció la mano instintivamente y ella la aceptó. Su mano estaba seca y fría. No parecía que la idea de bailar con él la inquietara lo más mínimo.

—Me permiten elegir.

El ligero olor a alcohol que despedía su aliento corroboraba sus palabras y hacía pensar que tal vez no estuviera en posesión de todas sus facultades. Alguien debía de haberle echado alcohol al ponche.

Cualquier hombre decente la habría acompañado al interior para el baile. Pero él no era un hombre decente. Era Tucker McCade, más conocido por su carácter agresivo y pendenciero que por sus escrúpulos morales.

—En ese caso, me alegro de que me elijas a mí.

Sally Mae ladeó la cabeza mientras él tiraba de ella.

—Estás mintiendo.

Cierto, estaba mintiendo. Tucker era más consciente que nunca de lo que jamás tendría. Una mujer que lo amara por ser quien era. Como Bella amaba a Sam, como Desi amaba a Caine. Pero aquella noche se veía capaz de fingir que sí podía tenerlo... con Sally Mae. Entrelazó las manos con las suyas y la guio hacia sus brazos. La cabeza de Sally Mae se acopló perfectamente bajo su barbilla.

—¿Te importa? —le preguntó él con la boca pegada a sus suaves cabellos.

—Esta noche no.

—Bien.

—Te estás pegando demasiado...

Tal vez estuviera protestando, pero Tucker no notó que se estuviera resistiendo.

«¿Estarías dispuesto?», le había preguntado. Y por supuesto que lo estaba. Estaba más que dispuesto a brindarle todo cuanto ella quisiera. Un hombre como él no dejaba pasar una oportunidad de oro.

—¿Tu marido te dejaba guiarlo en el baile?
—No... Él era como tú. Le gustaba estar al mando.
—Entonces no tendrás problemas en seguirme...
Ella echó la cabeza hacia atrás y lo miró con una expresión inescrutable.
—No, no creo que los tenga.
La promesa que se adivinaba en sus palabras avivó el fuego que su cercana presencia había prendido en Tucker.
—Bien...
La guio en los primeros compases y ella siguió fácilmente sus pasos, deslizando la mano por su pecho para posarla sobre el hombro y acurrucando la cabeza contra él. Bailaba con la misma gracia y elegancia con la que hacía cualquier otra cosa.
—Así que sabes bailar, después de todo...
—¿Qué te hizo pensar lo contrario?
Tucker sonrió por la suavidad de su tono, como si ella tampoco quisiera romper la paz del momento.
—Pareces muy religiosa.
—Ser cuáquera no significa renunciar a la diversión.
Sus caderas se rozaron mientras él la hacía girar, y Tucker sintió un tirón en la entrepierna, como si los dedos de Sally se hubieran cerrado en torno a su miembro.
—Me alegra saberlo...
Ella soltó una risita y le apretó la mano.
—Sí, seguro que sí.
Tucker quería cerrar los ojos igual que ella y llevar la actuación a otro nivel. Sería muy sencillo aprovecharse de su embriaguez, pero no podía hacerlo.

Estaba en juego la reputación de Sally Mae. Las enfermeras estaban tan mal vistas como las prostitutas, y si alguien los veía bailando juntos Sally Mae podría perderlo todo. Él le ofrecería aquel momento, pero se aseguraría de que no sufriera las consecuencias.

Los dedos de Sally se movieron sobre su hombro, siguiendo la línea del músculo y palpando su fuerza, y lo mismo hicieron las manos de Tucker. Extendió la palma derecha sobre su espalda, abarcando su escasa anchura. Era una mujer muy delgada, y costaba creer que un cuerpo tan delicado pudiera albergar una fortaleza inquebrantable.

—Eres un hombre muy fuerte —susurró ella, deslizando las manos sobre sus bíceps.

—Y tú eres una mujer muy hermosa.

Ella sacudió la cabeza y lo embriagó con la fragancia a limón de su pelo.

—No lo soy, pero eres muy amable al decirlo.

Tucker pensó en refutarlo, pero había otras maneras para convencer a una mujer de su belleza. Le hizo dar otra vuelta y la apretó contra él, de modo que el contacto de sus caderas contra la dureza de su sexo fue algo más que un ligero roce. Una llamarada ascendente se propagó por su columna mientras Sally suspiraba y se relajaba contra él, prolongando el instante.

—Pareces muy ligero al moverte...

—Es una ventaja en mi profesión.

Ella se puso rígida de inmediato. Nunca había ocultado lo mucho que desaprobaba la ocupación de Tucker, y él había dejado igualmente claro que sus críticas no cambiarían nada.

—No hablemos de eso esta noche.

—¿Crees que por no hablar de ello dejará de existir?

—No, pero si no lo mencionamos será como si no existiera.

—Un modo interesante de ver las cosas.

—No se puede saber el futuro, así que prefiero disfrutar del presente.

Tucker compartía esa teoría. En realidad estaban de acuerdo en muchas cosas, salvo por sus opiniones opuestas a la hora de recurrir a la violencia. Decidió ponerla a prueba y ejecutó algunos pasos bastante complicados, pero ella no tuvo el menor problema para seguirlos. Si podía dar aquellos pasos estaba lo bastante lúcida para tomar una decisión, y si realmente estaba preparada para tener un amante, Tucker quería ser el primero de la lista. Acabó el baile con una serie de giros y la apretó fuertemente contra él. Le puso una mano en el trasero y ella apoyó las suyas en su pecho, mirándolo fijamente a los ojos.

—¿Y el presente es esta noche? —preguntó él.

Ella separó los labios y Tucker tuvo un atisbo de sus dientes y su lengua. El deseo lo sacudió con fuerza.

—Sí.

Tucker dio un último giro y se inclinó hacia ella.

—Entonces permíteme que te ayude a disfrutarlo.

Capítulo 2

Besar a Sally fue un acto tan natural y fluido como la respiración. Tucker se inclinó hacia ella y ella se elevó hacia él, ambos igualmente ávidos de placer. Sally Mae no tenía que preocuparse de nada. Él no iba a defraudarla en la cama. La sujetó con una mano en el trasero y la arqueó hacia él, pero sin aprovecharse de su entrega incondicional. Quería saborear el momento lo más posible y aumentar la sensación con pequeños mordiscos, caricias y gemidos mientras una llamarada de placer crecía en su interior.

—Así era como lo imaginaba, preciosa…

Los dedos de Sally se clavaron en su hombro y lo apretaron con fuerza mientras un estremecimiento la recorría. La mujer tímida y recatada había dejado paso a una mujer plenamente consciente de su deseo. Tan consciente como era él del roce de sus pezones contra el pecho, de la suave caricia de sus caderas, de la paulatina relajación de su cuerpo contra el suyo…

Nunca había sentido un beso con una intensidad semejante, hasta el punto de que podía sentir la sangre manando por sus venas, así como el aliento de Sally sobre la piel de su rostro cuando emitió un suspiro de sumisión absoluta. Era el mismo sonido que Tucker llevaba imaginándose durante los últimos seis meses. Sally se puso de puntillas con todos los músculos tensos, avivando el fuego que ardía entre ellos, e hizo ademán de retirarse. Tucker le permitió que se apartara ligeramente y observó la expresión maravillada de su rostro.

—Besas como un ángel —dijo ella.

Él atrapó las palabras con su boca y las retuvo con una furia irracional, antes de soltarlas y volver al delicioso juego de la seducción. Le apartó unos mechones de la frente y sonrió tranquilamente, como si un deseo casi irrefrenable no lo acuciara a levantarla en sus brazos y penetrarla allí mismo.

—Deberías ver de lo que soy capaz como diablo.

—Un ángel, un diablo, un hombre y una mujer... No sé si habrá sitio en la cama para tanta gente.

A Tucker se le escapó una carcajada.

—Supongo que podríamos echar a un par de ellos.

—Estupendo, porque te quiero solo a ti.

«Solo por esta noche». Sally no pronunció las palabras en voz alta, pero Tucker había aprendido a reconocer las condiciones veladas... así como las ventajas de darle a una mujer lo que quería. Su poderosa musculatura, combinada con los rasgos prohibidos de sus ancestros, le proporcionaba compañía femenina en cada pueblo por el que pasaba, siempre que él lo deseara. Desde que llegó a Lindos un año atrás no había compartido su lecho con nadie, porque la única mujer a la que deseaba estaba de luto. Pero al fin parecía que su suerte estaba cambiando.

—Bien… —murmuró con una amplia sonrisa de satisfacción.

Sally Mae parpadeó con asombro y le tocó la comisura de los labios.

—Estás sonriendo.

Tucker esperaba una reacción más pasional, por lo que la ternura del gesto le desconcertó.

—Ya me has visto sonreír otras veces.

Ella negó con la cabeza y se echó hacia atrás. A Tucker le gustó que confiara en él para sujetarla, casi tanto como le había gustado el roce de sus dedos en los labios.

—Nunca te había visto sonreír de verdad.

—Te tengo en mis brazos y con toda la noche por delante… Es razón para sonreír.

—¿Pensarías mal de mí si te digo que quiero sonreír por la misma razón?

Tucker la apretó tentativamente con los dedos y ella respondió con un mayor acercamiento y un gemido ahogado.

—Si digo que sí, ¿te esforzarás más para complacerme?

—Creo que me buscaría a un hombre menos quisquilloso.

—En ese caso, no, no pensaría mal de ti en absoluto.

La sonrisa de Sally le indicó que había entendido su broma.

—Estupendo, porque eres el único objeto de mis deseos.

La música cesó en el interior de la iglesia. En cualquier momento la gente saldría y los sorprendería abrazados en el porche. No podían quedarse allí.

—¿En qué estás pensando?
—Adónde podríamos ir para tener un poco de intimidad.
—¿No lo tenías todo planeado?
La pregunta le dolió a Tucker. Tal vez su madre hubiera sido india, pero eso no lo convertía en un salvaje sin escrúpulos y sin nada mejor que hacer que planear su próxima conquista.
—No he tenido tiempo de planear nada.
Era cierto. Había estado muy ocupado buscando a la hermana de Desi, Ari, antes de que la encontraran los secuaces de su tío. Intentando mantener a Sam y a Bella a salvo contra los proscritos que querían matarlos y robarles su herencia. E intentando también sofocar su creciente deseo por Sally Mae.
Ella puso una mueca y suspiró. Apretó las palmas contra su pecho y le grabó una disculpa silenciosa con los dedos, antes de subir hasta el cuello y acariciar el cordón del que pendía una bala. Tucker siempre la llevaba para recordar lo que les ocurría a los débiles.
—Debes saber que no soy muy buena en estas cosas.
Tucker apartó el colgante. No quería que los recuerdos que albergaba mancharan la inocente piel de Sally.
—¿A qué te refieres exactamente?
—A seducirte —respondió ella, mirándolo con la cabeza gacha—. Creía que no sería muy difícil, pero...
—¿Creías que sería fácil seducir a un indio?
Sally lo golpeó en el hombro, excitándolo aún más, y se apartó mientras lo fulminaba con la mirada. La mano que Tucker mantenía en su trasero impidió que Sally pudiera alejarse, pero no que se revolviera con

fuerza. Tucker se olvidó al instante de su resentimiento y la levantó para apretarla contra el bulto de su entrepierna. Sally volvió a gemir y se quedó inmóvil.

—A cualquier hombre.
—¿Eso te lo dijo tu madre?
—Fue más bien una advertencia, para protegerme de los deseos primarios de los hombres.
—Y sin embargo aquí estás, provocando descaradamente mis... deseos primarios.

Sally frunció el ceño.
—Provocando a un hombre que solo quiere fastidiarme.
—Provocando a un hombre que te desea más que nada —corrigió él, subiendo las manos por su espalda.
—No sé si te sigo deseando...

Pequeña mentirosa. Sus movimientos desmentían sus palabras, así como la expresión de sus ojos al observar los labios de Tucker.

—¿Y si te prometo que seré muy fácil de seducir?

Los dedos de Sally volvieron a clavarse en sus hombros.

—¿Cómo de fácil?

Tucker le acarició la mejilla y bajó por la delicada curva de su hombro hasta su pecho.

—Mucho.

Ella se mordió el labio y permaneció inmóvil mientras él seguía el tirante de su enagua bajo el vestido.

—Podemos ir al granero.

La sugerencia fue propuesta precipitadamente y sin aliento, y le recordó a Tucker que, efectivamente, Sally Mae no tenía la menor experiencia en esas cosas. Solo le había entregado su cuerpo al buen doctor, por lo que aquel iba a ser un gran paso para ella. Lo menos que él podía hacer era hacerlo lo más fácil posible. Cuando sus dedos llegaron al corpiño la besó en los labios, simplemente porque hacía quince segundos que no la besaba. Quince segundos sin robarle el aliento y sin sentir aquel arrebato de placer que le recorría la espalda y acababa en los testículos.

—El granero es demasiado indiscreto.

Ella parpadeó y se pasó la lengua por los labios.

—Puedo entrar con sigilo sin que nadie me vea.

—Los rumores empezarán a circular por el pueblo antes de que llegues al jardín.

La estancia de Tucker en el granero de Sally Mae no había levantado ninguna sospecha mientras su marido estaba vivo. Pero ahora que se había quedado viuda empezaban las tensiones con algunos ciudadanos del pueblo, y la situación se iba agravando con los días.

Sally suspiró y chasqueó los dedos.

—La gente lleva una vida muy aburrida. Siempre están buscando algo de lo que hablar.

Obviamente nunca había merecido las críticas de una comunidad, porque de lo contrario sabría hasta qué punto las suposiciones ajenas podían echar a perder una vida.

—La gente aburrida puede hacer que tu vida sea muy difícil —murmuró él, pasando el pulgar sobre los restos del beso.

—Si me preocupara por lo que los demás piensen de mis actos, mi vida sería igualmente aburrida.

A Tucker le gustaba la idea de que Sally Mae llevara una vida aburrida. Al menos sería una vida predecible y segura.

—Por suerte, ese sacrificio no será necesario —la bajó lentamente y soltó el aire entre los dientes cuando el vientre de Sally le rozó el sexo—. La luna ofrece luz suficiente... Creo que podríamos encontrarnos junto al estanque.

Sally le recorrió la espalda con la mano.

—¿Al aire libre?

No parecía que la idea la escandalizara mucho, y en cierto modo era lógico. La experiencia le había enseñado a Tucker que casi todas las mujeres que lo invitaban a la cama esperaban hacerlo al aire libre.

—Sí.

Los dedos de Sally se apretaron contra su nuca en un beso fugaz de excitación.

—Tengo que pasarme por casa. Nos encontraremos dentro de una hora.

Una hora era demasiado tiempo, y lo único que Sally Mae necesitaba de casa era una manta.

—Puedo llevar el edredón de mi cama —sugirió.

Ella se apartó bruscamente.

—No tengo que ir a casa por eso.

—¿Te importaría explicarme entonces a qué tienes que ir a casa?

—No te ofendas, pero no quiero quedarme embarazada.

Tucker no tenía ninguna prisa por ser padre, aunque una parte de él no podía resistirse a fantasear con la idea de un futuro en familia. No era un futuro para él, naturalmente.

Para el mundo de los indios era un desconocido, y el mundo de los blancos nunca lo aceptaría. Ni a él ni a un hijo con su mismo color de piel. Lo único a lo que podía aspirar eran esos momentos robados con mujeres distintas, sin posibilidad de nada permanente.

—¿Conoces algún medio para impedirlo?

—Sí. Jonah me enseñó.

—¿Y funciona?

—Estuvimos seis años casados y no me quedé embarazada ni una sola vez —no parecía afectada porque así fuera, ni triste ni contenta, lo cual extrañó a Tucker. Una mujer como Sally Mae que se preocupaba por todo el mundo debía de tener un fuerte instinto maternal. Y sin embargo no tenía hijos porque su marido le había enseñado a evitarlo.

—¿Te molesta? —le preguntó ella.

—En absoluto —respondió él con una sonrisa. Pero ella lo miró con expresión muy seria.

—No quiero parecer ofensiva, pero... —se lamió los labios—. Tengo que preguntarte si...

Sin duda querría saber si sería delicado con ella. Las mujeres siempre se sentían obligadas a preguntárselo, como si Tucker no fuera consciente de su tamaño y del daño que podía causar.

—¿Qué?

—Me preguntaba si no estarías ya con una mujer.

Maldición. Tucker casi preferiría que le pidiera ser delicado antes de que lo insultara.

—Si así fuera, no estaría besándote.

Ella sacudió la cabeza, haciendo bailar los rayos de luna sobre el rodete de trenzas mientras las cintas de la cofia danzaban sobre sus hombros. Tucker sintió el impulso de quitarle las horquillas para que su espesa melena se derramara e iluminara las sombras con su resplandor.

—No pretendo ofenderte. Pero no querría provocar más daño.

Tucker sabía muy bien que sus intenciones eran honestas, pero le molestó que ella no pensara lo mismo de él. Aunque, ¿por qué habría de hacerlo? Para ella, él no era más que un medio para alcanzar un fin.

—Puedes estar tranquila. Nadie me está esperando en ninguna parte.

Salvo Ari, la cuñada de Caine. Estaba cautiva en alguna parte, o quizá muerta. Pero hasta que Tucker no tuviera una pista que seguir no podía hacer otra cosa que esperar.

Sally Mae se acurrucó contra él y la mano de Tucker la sujetó instintivamente por el trasero. La espera tenía sus ventajas, desde luego…

—Solo yo —dijo ella.

—Solo tú.

Tucker sacudió la cabeza y sintió cómo ella se estremecía cuando las puntas de sus cabellos le rozaron los antebrazos que tenía alrededor del cuello. Era extremadamente sensible a él.

—Te estaré esperando en los árboles frente a la puerta trasera.

—Pero ¿y si alguien…? —empezó a preguntar ella, pero él le puso un dedo en los labios.

—Nadie me verá, a menos que yo quiera ser visto. Pero no voy a permitir que te adentres tú sola en el bosque por la noche.

—Lo he hecho muchas veces. La última, hace dos noches.

—Ya lo sé.

—¿Me estabas vigilando? —preguntó ella con el ceño fruncido.

—Montaba guardia.
—Siempre lo estás haciendo —murmuró con una sonrisa.
—Te lo debo.
Sally volvió a quedarse muy rígida entre sus brazos.
—¿Qué ocurre?
—¿Vas a pasar la noche conmigo solo porque te sientes obligado?
Solo una mujer podría llegar a esa conclusión...
—Mi luna, te aseguro que no soy esa clase de hombre.
Un atisbo de malicia volvió a asomar a la sonrisa de Sally.
—Bien.
Quedarse allí era una locura, pues alguien podría sorprenderlos en cualquier momento. Pero cuando Sally lo miró con aquella expresión desafiante y seductora, Tucker se olvidó de todo cuanto los rodeaba y la estrechó entre sus brazos para besarla con toda la pasión que ella le provocaba. Y cuando finalmente la soltó, ella se tambaleó y sus ojos grises despidieron la misma llamarada que a él lo consumía. Si seguían así, iban a prenderle fuego a todo el pueblo.

Le tocó el labio inferior, hinchado y húmedo, y se lamió sus propios labios. Aquella noche se empaparía con el sabor deliciosamente único de Sally Mae. Llevó el dedo bajo su barbilla y le hizo levantar el rostro hacia él.
—No me hagas esperar mucho.

Sally Mae estaba frente al espejo, examinando su imagen. Tucker McCade la esperaba en el bosque, y solo de pensarlo se le instaló en el estómago un hormigueo de anticipación.

Se preguntó qué vería Tucker en ella. Era una mujer insípida y anodina en todos los aspectos, sin volantes con los que las bailarinas de cancán provocaban a los hombres, sin perfumes sofisticados para deleitarlos. Era simplemente Sally Mae Schermerhorn, viuda de Jonah Schermerhorn, sin hijos. Una mujer que había viajado al Oeste con la esperanza de encontrar el hogar que nunca había tenido, ni siquiera entre las amables gentes que la habían acogido cuando tenía diez años. Ni siquiera en los brazos de su marido.

Se tocó la cofia blanca que siempre llevaba sobre las trenzas. Ninguna de las amantes de Tucker llevaría algo semejante. Tucker era un hombre increíblemente atractivo, con su rostro de rasgos duros y angulosos y sus penetrantes ojos plateados. Podía elegir a la mujer que quisiera. Y la había elegido a ella…

Muy lentamente, se quitó la cofia y se miró las trenzas sujetas en la coronilla. Y de repente odió su peinado y todo lo que representaba. Resignación. Moderación. Discreción. No. Aquella noche quería ser la mujer que Tucker se imaginaba. Una mujer radiante y refulgente como la luna. Por alguna razón, Tucker la había elegido a ella. Y ella quería ser algo más que la sencilla y sosa Sally Mae. Aquella noche quería consumirse en la atracción que ardía entre ambos y que una pasión salvaje y desatada la ayudara a sofocar el dolor que llevaba consigo. Desde la noche que el sheriff le llevó el cuerpo ensangrentado y le citó las últimas palabras de Jonah no había dejado de llorar en silencio. Pero el tiempo del silencio se había acabado. Aquella noche podía gritar de placer y saciar los deseos de Tucker. Y también los suyos propios. Sin promesas ni remordimientos. Dos cuerpos uniéndose para satisfacer sus necesidades más apremiantes. Y cuando se acabara, ella volvería a su silencio y Tucker seguiría su camino sin contarle nada a nadie. Una ventaja añadida de tener a un amante indio era que el secreto estaría a salvo con él, pues podrían lincharlo si su aventura con una mujer blanca salía a la luz. A Sally no le importaba en absoluto su raza, ya que todas las criaturas eran iguales ante Dios, pero la sociedad no era tan tolerante.

Por un instante se sintió culpable al valerse de Tucker para aliviar su dolor. Pero entonces recordó la expresión de sus ojos la última vez que Sally fue al cementerio. Tucker se había quedado a cierta distancia, acechando sobre la loma como un puma de las montañas. Su chaleco de cuero sin mangas revelaba los impresionantes músculos de su pecho y le confería un aspecto primitivo y amenazante que empequeñecía todo cuanto lo rodeaba. La bala que colgaba de su cuello completaba la imagen depredadora y mortal. Hasta que sus miradas se encontraron. En los ojos plateados de Tucker no había la menor compasión, sino el profundo dolor que él también sentía.

Era algo que ambos compartían... la necesidad de ocultar el sufrimiento para evitar que los destruyera. Al principio, Sally se había sentido muy incómoda, pero poco a poco se fue consolando al saber que Tucker compartía su secreto. Y ahora Dios les ofrecía la oportunidad para seguir evolucionando.

Suspiró y dejó la cofia en el tocador. Iba a tener

un amante. Un hombre que no era de su raza ni compartía sus creencias. Un hombre que había crecido envuelto en la violencia y el peligro, pero cuyas muestras de bondad contradecían su oscura reputación. Un hombre con quien aquella noche compartiría los secretos más íntimos. No sabía lo que Dios les tenía reservado, pero así tenía que ser. Otros quizá se rasgaran las vestiduras si lo descubrieran, pero ella sabía, con la misma certeza que tuvo desde los diez años de que Jonah sería su marido, que Tucker era lo que necesitaba aquella noche.

La convicción, sin embargo, no la ayudó a tranquilizarse. Sentía la necesidad casi irrefrenable de volver a ponerse la cofia y refugiarse en su angustia silenciosa, pero lo que hizo fue desabrocharse el vestido y quitarse rápidamente el corsé. No le parecía lo más apropiado para ir al encuentro de su amante. El corsé siempre le brindaba una fortaleza adicional, pero aquella noche solo se trataba de ella. Sin artificios.

Entonces miró el reloj de pared y vio que ya había pasado una hora desde que Tucker se marchara. Se había retrasado por culpa de Lyle, su insoportable paciente, que había exigido su comida y se le había insinuado descaradamente mientras Sally Mae se la servía. Gracias a Dios al día siguiente ya estaría recuperado del todo y se marcharía. La ponía muy nerviosa con sus miradas lascivas y sus atrevidos modales. El deber de Sally era atender a todos los heridos y enfermos, pero había hombres a los que odiaba ayudar, y Lyle era uno de ellos.

Nada más pensarlo se sintió culpable. Todos los hombres podían cambiar. El cambio surgía desde dentro, y era muy posible que las puñaladas sufridas por Lyle le hubieran abierto el corazón. Aunque a Sally le resultaría más fácil creerlo si Jonah estuviera allí. Su marido siempre había creído firmemente en la infinita benevolencia de Dios y en su poder para operar los cambios más inverosímiles en las personas.

No como ella. Volvió a mirarse en el espejo y observó el rubor de sus mejillas, el brillo de emoción en sus ojos y el rodete de trenzas en la cabeza. Levantó una mano hacia las horquillas, pero enseguida cambió de idea. No podía salir de casa con el pelo suelto. Sería demasiado descarado y la haría sentirse tan expuesta y vulnerable como si estuviera desnuda, y si bien había una parte salvaje en ella que podía rivalizar con la de Tucker, saberlo y experimentarlo eran dos cosas muy distintas. Para complicarlo todo aún más, adolecía de una timidez exacerbada de la que solo podía librarse mediante un arrebato de furia, algo que no iba a suceder esa noche. Se mordió los labios para darles color y volumen y se apartó del espejo. A Jonah siempre le había gustado soltarle el pelo. Tal vez a Tucker también le gustara…

Se alisó las faldas y bajó las escaleras para perderse en la noche.

Tucker la estaba esperando en el lugar previsto, y tan pronto como Sally Mae se acercó la agarró del brazo y tiró de ella hacia él.

—Llegas tarde —murmuró mientras con la otra mano le echaba la cabeza hacia atrás. Antes de que ella pudiera responder, pegó la boca a la suya y le introdujo la lengua entre los labios en un violento arrebato de pasión.

Ella le rodeó el cuello con los brazos y le clavó las uñas en la nuca. Se apretó más contra él y abrió aún más la boca en una súplica silenciosa. Una especie de ruido sordo resonó en el pecho de Tucker. ¿Era un gruñido? ¿Había gruñido de placer? Sally se estremeció solo de pensarlo mientras él la levantaba y la llevaba hacia atrás, hasta que su espalda chocó con un árbol y quedó atrapada entre el tronco y el torso de Tucker.

Nunca la habían deseado de aquella manera, y le resultaba sorprendentemente erótico que un hombre pareciera estar agonizando si no la poseía de inmediato. El muslo de Tucker se abrió camino entre sus piernas y ella se estiró hacia delante. Volvió a oírlo gruñir mientras él bajaba las manos por su espalda y le mordía el labio.

—Llevas demasiada ropa.

—Un poco menos y estaría completamente desnuda —gimió mientras la rodilla de Tucker seguía subiendo entre sus muslos hasta casi alcanzar la entrepierna. Tucker tiró con fuerza de la tela para liberarle la pierna derecha y ella la pasó alrededor de su pantorrilla.

El pecho de Tucker volvió a retumbar, esa vez de pura frustración.

—¿Y qué tiene de malo estar desnuda?

Era imposible hacer nada con tanta ropa por medio, pero Sally podía sentir lo extremadamente excitado y ansioso que estaba por ella. Una sensación de poder y asombro se unió al deseo.

—Alguien podría vernos.

—¿Y a quién le importa?

—A ti —respondió ella. No sabía por qué estaba tan segura de ello, pero así era.

La tela se rasgó y las manos de Tucker se cerraron sobre su muslo. Una llamarada de calor le abrasó la piel.

—Sí —admitió él, apretándole la carne—. Pero tengo que verte desnuda.

—No puedes ver nada.

Otro gruñido.

—De momento.

Sally se estremeció de emoción al oírlo. La corteza del tronco le arañó la espalda cuando Tucker la levantó sin el menor esfuerzo y presionó los muslos contra los suyos. Tucker era puro músculo y tentación. Todo lo opuesto a ella.

No había manera de evitar el ataque de sus labios, y Sally tampoco tenia intención de hacerlo. Le encantaban los besos y el sabor de Tucker, y quería saborearlo de la forma más íntima posible. También quería sentir todos sus músculos respondiendo al deseo, y se apretó contra su hombro en una exigencia silenciosa.

Él negó con la cabeza, acariciándole con el pelo los costados del cuello y ensombreciéndole el rostro con el ala del sombrero.

—No.

—Sí —insistió ella, apretándose con más fuerza—. Suéltame.

Por un momento pensó que no la había oído, pero entonces dio un paso hacia atrás y apoyó las manos en el tronco, a ambos lados de su cabeza. Apretó los labios en una línea severa y entornó los ojos bajo el sombrero. Un escalofrío recorrió la piel de Sally. Aquel no era el hombre al que ella conocía. Era el hombre al que temían los forajidos y al que deseaban las mujeres. Parecía dispuesto a lo que fuera con tal de volver a tenerla entre sus brazos. Y a ella le encantaba esa imagen amenazadora...

—Lo siento —murmuró él.

Sally se lamió los labios para paladear los restos de su beso.

—¿Por qué?

Tucker apretó los puños contra la corteza del tronco.

—Normalmente espero un poco para comportarme como un salvaje.

A Sally le costó un momento entender lo que quería decir. ¿Creía que estaba asustada? Su recia mandíbula la acució a acariciarlo. Tenía la piel exquisitamente suave, sin el menor asomo de una barba áspera e incipiente como en su difunto marido. ¿Acaso a los indios no les crecía el vello facial?

—Me gusta que me desees salvajemente.

Los dedos de Tucker se cerraron en torno a la punta de su dedo.

—Bien, porque siento que estoy a punto de estallar...

Sally se deslizó por el tronco, se enganchó el pelo en la corteza y sonrió cuando la mano de Tucker se colocó entre el árbol y su cabeza para protegerla.

—En ese caso, quizá deberíamos hacer algo para aliviar tu agonía.

Contuvo la respiración mientras llevaba la mano hacia la bragueta de sus pantalones. A Jonah nunca le había gustado que tomara las riendas, pero Tucker se limitó a dar un paso hacia atrás para ofrecerle más espacio.

—Sally Mae...

Había suficiente luz para ver el enorme bulto de su erección. Sally se inclinó hacia delante y los dedos de Tucker se entrelazaron bajo sus trenzas. ¿Querría apartarla o acercarla aún más?

—¿Qué?

—Estás jugando con fuego.

Sally sonrió y le rozó el extremo de la erección con los labios a través del pantalón. No contenta con ello, abrió la boca y abarcó todo lo que pudo del bulto.

—Llevas meses diciéndome lo mismo.

—Deberías escuchar lo que digo —murmuró él con voz entrecortada.

—Esta noche no.

Volvió a empujar y él avanzó hacia ella. Los ojos de Tucker relucían como llamas plateadas a la luz de la luna, mientras Sally se arrodillaba delante de él y le desabrochaba los pantalones. Tenía la piel húmeda y ardiente, lo que facilitó el deslizamiento de su mano bajo el tejido. Sally le mantuvo la mirada en todo momento, sin molestarse en disimular lo que estaba sintiendo. Era una noche para el placer y nada más.

Le bajó los calzoncillos y su enorme miembro le cayó en las manos.

Era increíblemente grande y grueso. Lo rodeó por el extremo con los dedos y deslizó la mano hacia abajo, extendiendo la palma para abarcar su creciente grosor hasta alcanzar la base. El vello púbico le hizo cosquillas en los dedos. Tucker permaneció inmóvil cuando le sostuvo los testículos y los acarició con delicadeza, mientras volvía a subir la mano. Se detuvo un momento y observó su miembro al detalle, el glande oscuro, su impresionante longitud, las venas dilatadas… mientras asimilaba lo que estaba haciendo.

Iba a acostarse con un hombre que no era su marido. Iba a aceptarlo en el interior de su cuerpo, y una vez que lo hiciera no habría vuelta atrás. Ya no sería la viuda de Jonah, y su futuro dejaría de estar marcado por su pasado. Sería simplemente Sally Mae, una mujer con toda la vida por delante. La sensación era tan vertiginosa que cerró los ojos. Era como estar al borde de un precipicio. Un paso conducía a la muerte. Otro a la salvación. Adelante o atrás… ¿Cuál tomar?

«Dios mío, necesito una señal. Mándame una señal, te lo suplico».

El pene de Tucker palpitó en su palma, atrayendo su atención. Tucker le puso un dedo bajo la barbilla y le hizo levantar la mirada hacia sus ojos. Era como contemplar el vasto cielo nocturno. Escalofriante, y al mismo tiempo, terriblemente excitante.

—No tienes nada que temer, rayo de luna.

Fue aquel apelativo lo que la desarmó por completo. Debería haberla ofendido, pero no fue así. Quería ser tan mágica y e irreal como un rayo de luna. Una mujer que podía recibir cualquier cosa… sobre todo la pasión de Tucker.

—Gracias.

Lo miró fijamente y vio la sonrisa que curvaba sus labios. No podía culparlo por tomarse su cortesía con humor, pero no eran sonrisas lo que necesitaba. Quería pasión. Pasión a raudales. Pasión ferviente que la abrasara por dentro y por fuera. Pasó el pulgar sobre la punta aterciopelada del pene y la expresión jocosa se esfumó del rostro de Tucker, dejando paso a aquel semblante oscuro y amenazador que tan familiar le resultaba a Sally. Así era como lo quería. Peligroso y preparado.

Abrió la boca a escasos centímetros de su pene, pero en vez de tragárselo lo dobló hacia abajo y lo acarició con su aliento. Al instante sintió la presión de la mano de Tucker en la nuca, acuciándola a seguir. Intentó resistirse un poco más, pero era inútil. Tucker era una fuerza de la naturaleza, tan inexorable como la noche y tan incontenible como el viento. En cuanto los labios de Sally tocaron la punta, una gota ardiente le quemó la lengua con su esencia picante y salada.

Tucker gimió y le apretó instintivamente la mano con que le sujetaba la cabeza. Y Sally habría sonreído si no hubiera tenido la boca llena de su pene. El placer no acabaría ahí. Aquella noche sus fantasías se hacían realidad y no iba a desaprovechar ni un segundo.

Empezó a recorrer el largo miembro, arriba y abajo, abriendo la boca lo más posible para abarcarlo en su totalidad. Pero por mucho que se esforzara solo podía llegar hasta la mitad, y no le resultaba suficiente. Lo quería todo, quería que Tucker se entregara como nunca se había entregado a otra mujer. Quería ser única y especial para él, aunque con un pensamiento semejante estuviera transgrediendo sus propias reglas.

Entonces él posó la mano en su mejilla, la acarició detrás de la oreja, y sacudió la cabeza cuando ella lo miró a los ojos.

—No lo fuerces. Deja que ocurra sin más.

«Ni hablar», pensó Sally. Quería hacerlo bien. Aceleró el ritmo mientras con las manos le masajeaba los testículos y la base del pene. Él no protestó, pero la hizo retroceder hasta que solo la punta quedó suspendida en la lengua de Sally.

—Así no voy a durar mucho.

Sally se retiró y contempló su miembro enhiesto a la luz plateada de la luna, empapado por una capa blanca y reluciente. ¿Sería otra señal?

—¿Solo puedes hacerlo una vez? —sí así fuera, tendría que cambiar sus planes.

Tucker se echó a reír y sacudió la cabeza, agitándose sus cabellos sobre los hombros en una irresistible tentación pagana.

—Tendrás suerte si puedes caminar mañana por la mañana…

La amenaza no podría sonar más sugerente a oídos de Sally.

—Demuéstralo.

El rostro de Tucker se contrajo en una expresión de lujuria, pasión y otra emoción irreconocible, pero igualmente salvaje.

—Eso ha sido un error —murmuró sin apenas mover los labios.

Sally no tuvo tiempo de preguntar por qué. Y tampoco necesitó hacerlo. Al segundo siguiente tenía su verga metida en la boca y estaba aprisionada entre sus rodillas y sujeta contra el árbol, sometida muy gustosamente al deseo carnal de Tucker.

La pasión que despedían sus ojos la abrasó hasta sus entrañas y le arrancó un gemido ahogado. Hacer el amor con su marido siempre había sido muy plácido y satisfactorio, pero nunca había vivido algo semejante. Quería ser salvaje, primitiva, desbocada…

Cuando Tucker se echó hacia atrás, ella inclinó la

cabeza hacia delante para seguir lamiéndole y chupándole el miembro carnoso, pero él le puso la mano en la nuca para detenerla.

—Desabróchate el vestido.

Nunca había sabido que una orden pudiera ser tan excitante. Apretó los muslos y se apresuró a obedecerlo sin dejar de mirarlo. Se desabrochó los primeros botones de la espalda y se lo bajó por los hombros hasta dejar sus pechos expuestos. Quería hacer todo lo posible por complacerlo.

Tucker masculló algo en voz baja y le sacó el pene de la boca de un fuerte tirón.

—No —exclamó ella. Intentó recuperarlo, pero solo encontró sus fuertes muslos.

—No te muevas.

La apuntó con el pene hinchado y bombeó frenéticamente hasta que un chorro de cálida simiente se derramó sobre sus pechos y pezones.

No era lo que ella quería. Quería que se vaciara en su boca, dentro de ella. Entonces él dio una sacudida y el pene quedó al alcance de su boca. Rápidamente, Sally puso la lengua bajo la punta, lo meneó ligeramente y le mantuvo la mirada mientras las últimas gotas le caían sobre la lengua. Esperó hasta que se hubiera descargado por completo y empezó a tragar muy despacio. Tucker soltó un gemido ronco y empujó el miembro aún rígido al interior de su boca, llenándola como a ella le gustaría que la llenara entre las piernas. Lo retuvo firmemente con los labios, pasando la lengua por la suave superficie, hasta que el miembro volvió a quedar flácido y relajado.

Por un momento pensó que se había acabado, pero Tucker la mantuvo pegada a él.

—No sabía que querías tragártelo... —bajó una mano y le agarró uno de sus pechos cubiertos de semen—. ¿Te ha gustado?

Ella asintió, pero quería más. Quería probarlo todo con Tucker, por escandaloso que fuera.

—Bien —murmuró él.

Le recorrió el rostro con sus ojos paganos y dio un paso hacia atrás, obligándola a arrastrarse para seguirlo. Se sentó en el suelo y separó las piernas para hacerle sitio mientras ella apoyaba todo el peso en las manos. Era evidente que no quería que su boca se despegara de su pene, y enseguida supo por qué.

—Vuelve a hacerlo.

Capítulo 3

Era la primera vez que una mujer provocaba que le flaqueasen las rodillas y la cabeza. Se aferró a los cabellos de Sally en un desesperado intento por conservar el control mientras ella seguía homenajeándolo con su boca. Aquella noche era su única oportunidad para conocer a Sally en todo su esplendor, y ya había perdido bastante tiempo siendo un maldito egoísta.

Tiró de ella hacia arriba y la colocó sobre su pecho. Ella enterró la cara en su hombro y Tucker sintió el roce de sus dientes a través de la tela. El deseo lo traspasó como un rayo.

—Si se te ocurre morder volverás ahí abajo —le advirtió.

Ella lo miró con unos ojos tan brillantes como la luna.

—¿No es lo que quieres?

Él apretó los labios contra su frente mientras luchaba por contenerse.

—Quiero hacerlo de todas las formas posibles, pero quiero que sea esta noche.

—Lo mismo quiero yo. ¿Qué hay de malo?

—Que no me gusta que sea así.

—Entenderás que no pueda estar de acuerdo contigo —dijo ella, sonriendo contra su pecho.

Tucker se levantó y la hizo ponerse en pie, provocándole un débil gemido que lo excitó más de lo que debería. Al fin y al cabo, había eyaculado sobre sus pechos sin darle a su vez el menor placer a Sally. Se merecía un castigo, no una alabanza.

Bajó la mirada a sus pechos, pequeños, firmes y empapados con su semilla. Era imposible resistirse a la imagen. Tomó el pecho derecho en su mano y con el pulgar impregnado de semen le ungió el pezón, como si estuviera estampándole el sello de su propiedad exclusiva.

Ella gimió con más fuerza y Tucker no pudo evitar el impulso de besarla. Los labios de Sally se abrieron para recibirlo gustosamente. Era una mujer increíblemente sensual.

—Deberíamos hacerlo de nuevo.

—Sí.

—Pero esta vez quiero que te corras para mí.

Un estremecimiento recorrió a Sally de la cabeza a los pies.

—Veo que te gusta la idea —observó él.

—¿Creías que no me gustaría?

Tucker se echó a reír y volvió a meterse el miembro en los pantalones, manteniendo la boca pegada a la de Sally para que aquella pasión única y sublime lo acompañara en las tareas más insulsas. Cuando sintió que las rodillas de Sally flaqueaban, deslizó un brazo por detrás y la levantó como si no pesara más que una pluma, agradecido por los años de duro trabajo que habían forjado su cuerpo en fibra y músculo.

—Esto también me gusta —susurró ella, rodeándole el cuello con los brazos.

—Bien. Dame cinco minutos y te daré algo más que te gustará.

—Cinco minutos. Ni uno más.

Aquel intento sutil por controlarlo le hizo sonreír mientras se abría camino entre los árboles. Se preguntó qué clase de hombre había sido el marido de Sally. No el médico, quien trataba a todo el mundo por igual, sino el hombre que se acostaba junto a ella por las noches.

Por las prisas con que sus dedos le desabrochaban los botones del chaleco era evidente que su marido no le había inculcado el menor desprecio por las relaciones carnales.

Llegaron a un pequeño claro a corta distancia del estanque. En el centro había un lecho improvisado de mantas y pieles. Sally giró la cabeza cuando se detuvieron y ahogó un gemido de asombro.

—¿Cuándo has traído todo esto?

Tucker la soltó lentamente, deleitándose con el roce de sus muslos e imaginándose cómo sería sin ropa entre ellos. Detuvo el descenso cuando el sexo de Sally quedó alineado con su miembro, todavía erecto.

—Un hombre puede hacer lo que sea si recibe el estímulo adecuado.

Sally le apretó las manos en el pecho mientras él la dejaba en el suelo.

—Lo tendré en cuenta.

Tucker agarró sus manos y se las llevó a la boca para besarlas en las palmas.

—Hablaba en serio cuando te dije que ahora te tocaba a ti...

—¿Significa eso que no puedo quitarte el chaleco?

—Preferiría verte desnuda.

Ella se soltó con un tirón.

—Yo no soy tan interesante como tú. Ni muchísimo menos.

—No pienso discutir en nuestra primera noche juntos, pero...

—¿Pero lo harás si te obligo a ello? —le preguntó ella, ladeando la cabeza.

—Sí.

—Entonces me estaré calladita —prometió, aunque sus ojos decían todo lo contrario.

—No tienes por qué guardar silencio —dijo él, levantando la mano hacia las horquillas del pelo—. Hay cosas que me gustaría oír... —la primera horquilla cayó al suelo—. Cosas como «más fuerte» —sus dedos encontraron la segunda horquilla que sujetaba el rodete—. «Más despacio» —cinco horquillas se soltaron y las trenzas cayeron sobre la espalda de Sally.

—¿Más rápido?

Él negó con la cabeza mientras desataba el extremo de la trenza.

—Quiero disfrutar del momento —le sacudió los cabellos y sostuvo en alto un largo y suave mechón para que reflejara la luz de la luna—. Tienes un pelo precioso.

—Si me dejas que te quite el chaleco, te dejaré sentir mis cabellos contra tu pecho —le pasó la uña entre los botones inferiores del chaleco—. Y puede que más abajo también.

—Eres una descarada —murmuró él, dándole la vuelta.

—¿Algún problema con eso? —le preguntó ella por encima del hombro.

Tucker empezó a desabotonarle el resto del vestido, pero los botones eran minúsculos y difíciles de manejar, y la frustración lo puso al límite de su paciencia.

—En absoluto.

Consiguió desabrochar seis botones más y se detuvo para contemplar su espalda desnuda, desde los omoplatos hasta la suave depresión de la cintura. Era una mujer exquisitamente delicada, quizá demasiado para él, pero Tucker se había pasado la vida robando pedazos de otras vidas. Y podía hacerlo una vez más. Le recorrió la columna con el dedo y a continuación lo hizo con la boca. Sally se estremeció, como cada vez que él probaba algo nuevo con ella, pero enseguida volvió a relajarse.

—Me gustas tal y como eres —le dijo él.

En el fondo, Sally Mae sabía que no le estaba dando nada que objetar. Para él estaba siendo una mujer diferente, sin tapujos ni reservas, porque con Tucker no había distinción entre lo bueno y lo malo. Con él, cualquier sensación era la mejor posible: estar rodeada por sus brazos, recibir su beso en el cuello, sentirse deseada, dominada y protegida como nunca se había sentido con otro hombre.

—Eres un hombre muy peligroso, Tucker McCade.

El tacto de su lengua le hizo dar un respingo.

—Y tú eres una mujer muy apetecible.

—Creo que solo lo soy para ti.

—¿Vas a decirme que tu marido no te deseaba?

No, no podía decirle eso porque no sería cierto. Jonah había sido un marido muy atento y había cumplido con sus deberes conyugales. Pero, en muchos aspectos, había sido únicamente un deber. Había habido calor, compromiso y respeto mutuos, pero nunca había ardido aquel deseo salvaje y desmedido como... como el que sentía por Tucker.

—Fue un buen marido.

—En ese caso, intentaré ser tan buen amante como él.

Volvió a besarla en el hombro y ella inclinó la cabeza para facilitarle la tarea. Las grandes manos de Tucker se extendieron sobre su vientre. Sally se giró entre sus brazos, deslizó las manos alrededor de su recio torso y apretó con fuerza sus músculos de acero mientras él le lamía los labios y le ponía la piel de gallina. ¿Qué tenía aquel hombre que la hacía arder de aquella manera?

—Hay algo más que me gustaría saber.

—¿Y qué es?

—Me preguntaba qué te ha hecho actuar de esta manera, tan parecida a mi forma de pensar.

Así que Tucker quería una respuesta... Bien, pues ella iba a dársela.

—Es innegable que hay algo entre nosotros, Tucker. Y no quiero morir sin saber qué es.

Él le hizo levantar el rostro.

—Aquí me tienes. No voy a irme a ninguna parte.

Pero algún día se marcharía. O bien llegaría su hora o bien él se encargaría de adelantarla gracias a la violencia que caracterizaba su vida. Se marcharía y ella tendría que aceptarlo. Pero aquella noche no.

—Bien.

Los bonitos ojos de Tucker se rodearon de arrugas.

—Ven aquí.

Ella obedeció sin dudarlo, esperando otro arrebato de pasión salvaje. Pero lo que recibió fue algo completamente distinto e inesperado. Algo que la derritió por dentro y que sacó a la superficie una parte desconocida de ella.

Tucker no devoraba a una mujer de un solo bocado. La saboreaba a fondo, probándola poco a poco hasta que la hacía desprenderse de todas sus inhibiciones. Bajó una mano por su espalda hasta el trasero y la arrastró hacia su entrepierna. Sally se dispuso a arrodillarse sin importarle la dureza del suelo, pero la falda del vestido le entorpecía los movimientos.

—¡Maldita sea! —exclamó, aferrándose a los anchos hombros de Tucker.

—Aún llevas demasiada ropa —dijo él, riendo, y procedió a desabrocharle los botones de abajo con sus hábiles dedos.

—No llevo tanta ropa.

La falda cedió sin problemas y los dedos de Tucker llegaron a las enaguas de algodón.

—Eso lo dirás tú... —repuso él, y sus labios se curvaron en aquella media sonrisa que siempre aceleraba los latidos de Sally. Aquella noche era diferente. La luna apenas le permitía ver la expresión de Tucker, pero lo que vio le provocó un escalofrío por la espalda. El blanco destello de su sonrisa, el brillo de sus ojos...

«Podría amarlo con locura».

Por unos instantes se quedó aturdida por aquel pensamiento prohibido e involuntario.

—Tucker... —susurró con una voz cargada de anhelo y necesidad.

—Aquí me tienes, Sally Mae.

Otro escalofrió le recorrió la espalda. Nunca la llamaba por su nombre, y que lo hiciera en esos momentos le pareció deliciosamente íntimo y personal. Le rodeó el cuello con los brazos y dejó que la apretara contra su pecho mientras la enagua descendía por sus muslos. No sintió el menor pudor. Llevaba esperando aquel momento toda su vida, y podía sentir la magia que la aguardaba al segundo siguiente. Tal vez estuviera cometiendo un pecado, pero la certeza de estar haciendo lo correcto crecía al mismo tiempo que su seguridad. Fuera lo que fuera, así tenía que ser. Necesitaba desesperadamente las embestidas de la lengua de Tucker, la fuerza de sus brazos, el estremecimiento que hacía vibrar su poderosa musculatura contra su cuerpo mientras él se tumbaba y ella se colocaba a horcajadas sobre su ingle.

—Sally...

Ella sacudió la cabeza, invadida por una oleada anticipatoria de placer, y empezó a frotarse contra el durísimo bulto de su entrepierna mientras se llenaba los pulmones con el húmedo aire nocturno y le acariciaba los pezones con las uñas.

Realmente existía magia entre ellos.

Por su parte, Tucker llevó las manos por debajo de sus muslos para desabrocharse los pantalones.

—Levántate —le ordenó, rozándole el sexo con el dorso de las manos.

Ella obedeció al instante, pues el movimiento posibilitaba que Tucker pudiera sacar su enorme verga endurecida y erecta y deslizarla hacia la húmeda y palpitante abertura...

Sin embargo, el instinto la hizo retroceder ante la descomunal amenaza.

—Oh, Dios mío...

Tucker la agarró por las caderas y volvió a colocarla en posición. Apretó acuciosamente con su pene y Sally ahogó un gemido. Pero entonces la tensión que hervía en su estómago la impulsó hacia delante, al tiempo que Tucker empujaba hacia arriba. Una descarga de calor y placer estalló en su sexo y se propagó por su interior en ardientes palpitaciones.

—¡Tucker!

Él la levantó al tiempo que un profundo gemido retumbaba en su pecho. Pero cuando esa vez ella volvió a descender, Tucker la estaba esperando y su miembro se enfundó por completo en el apretado sexo de Sally, quien se quedó sin aliento en un agónico jadeo.

—Relájate, Sally.

Sí, tenía que relajarse. De lo contrario no podría aceptarlo como ella quería. Se mordió el labio y volvió a intentarlo.

—Tranquila, nena —susurró él, acariciándole la mejilla—. Ya sé que llevas mucho tiempo sin hacerlo, así que lo haremos despacio y con cuidado.

En realidad, nunca había hecho nada semejante. Jonah no estaba tan bien dotado como Tucker, ni la había hecho arder de aquella manera.

—Date prisa, por favor... —le suplicó.

—Hay cosas que deben hacerse despacio, rayo de luna, y esta es una de ellas.

Empezó a empujar con delicadeza y suavidad, ensanchando los pliegues de su sexo hasta introducir el extremo del pene, para luego retroceder y dejarlo dilatado y palpitante, negándole el placer prometido.

—¡Tucker! —gritó ella, clavándole las uñas en el pecho.

Él volvió a empujar, pero solo a medias. Introdujo el dedo pulgar entre los labios de su sexo y encontró el clítoris hinchado, haciéndole dar un respingo a Sally. Una corriente de fuego líquido se propagaba por sus entrañas. El pene de Tucker se deslizó fácilmente en su interior, avivando las llamas hasta un límite casi insoportable. Pero aun así necesitaba más. Mucho más.

—Tucker, por favor...

Él le mantuvo la mirada con unos ojos oscurecidos por el mismo deseo que abrasaba a Sally.

—¿Crees que puedes darme órdenes ahora que estás encima?

Sally lo agarró por el pelo, y la respuesta le salió instintivamente.

—Sí.

Él se echó a reír, y su risa fue como una caricia de terciopelo por la espalda de Sally. Le encantaba oírlo reír. En un movimiento rápido y suave, Tucker los hizo rodar y se colocó sobre ella, protegiéndola del suelo con sus manos y envolviéndolos a ambos con sus largos cabellos. Y con la misma facilidad con que una sonrisa se dibujaba en sus labios, su miembro se deslizó entre los muslos de Sally así como la bala que llevaba colgada al cuello se posaba entre sus pechos. Estaba impregnada del calor de su piel, y Sally se preguntó una vez más de dónde la habría sacado y por qué era tan importante para él.

Tucker se apoyó en los codos y la besó con pasión y dulzura, y ella se abrazó a su cuello para acercarlo todo lo posible. El calor de sus cuerpos los fundía bajo el íntimo manto de la noche, sellando su unión con besos y caricias estremecedoras, llenas de deseo, placer y emoción.

Se obligó a mantener los ojos abiertos mientras las convulsiones la sacudían por dentro. El rostro de Tucker estaba tan cerca que podía distinguir la cicatriz del labio superior, la tensión de la mandíbula y el anhelo de sus ojos. Otro estremecimiento la recorrió. Aquella noche ella iba a satisfacer aquel anhelo.

—Ámame, Tucker.

¿De verdad había pronunciado aquellas palabras en voz alta?

—Lo haré. Sally Mae. Más de lo que nunca te han amado.

Sin duda Tucker se refería al amor físico, nada más. Pero a ella no le importaba y levantó las caderas en una súplica silenciosa.

Una vez más, la risa de Tucker precedió a la penetración. Su boca tomó posesión de sus labios entreabiertos y en esa ocasión no se detuvo hasta que la erección quedó embutida en su totalidad dentro de su cuerpo.

«Mío», susurró una voz en su mente. Aquello era mucho más que una atracción carnal. Apretó las manos contra su pecho y abrió la boca para pronunciar las palabras que acabarían con la tentación. Pero una embestida simultánea de la lengua y la verga de Tucker acallaron todo sonido articulado, y lo único que salió de sus labios fue un débil murmullo de placer.

El rostro de Tucker era una mueca de pasión y esfuerzo por mantener el control. La noche era cálida, pero él lo era aún más, todo músculo y promesa. Haciendo buen uso de su experiencia, Sally apretó sus músculos internos alrededor de la erección, provocando una violenta sacudida en ella misma y en Tucker.

—Sigue haciendo eso y habremos acabado antes de empezar —le advirtió él.

—Mmm... —volvió a hacerlo y le mantuvo la mirada, absorbiendo la pasión que irradiaban sus ojos en llamas—. Resístete si puedes —le susurró en tono desafiante.

La risa de Tucker vibró en su oído, antes de que sus dientes le atraparan el lóbulo de la oreja y lo mordieran suavemente.

—Quizá debería subirte hasta mi estado de excitación...

Sally sospechaba que ya estaba a su mismo nivel.

—Inténtalo.

—¿Me estás provocando, rayo de luna? —el siguiente mordisco fue más fuerte y añadió una punzada erótica al torrente de placer que la inundaba.

—Sí...

La humedad de la noche se filtró entre ellos cuando Tucker se irguió un poco y se apoyó en los codos. Algo que no gustó a Sally, quien solo quería estar pegada a él y sentir el tacto de su piel desnuda.

—¿Por qué haces eso?

Los mechones de Tucker le hicieron cosquillas en los pechos. La suavidad de sus cabellos contrastaba con la dureza de sus músculos y miembros.

—Porque no puedo perder esta oportunidad.

—Curiosa manera de decirlo —murmuró ella, y ahogó un gemido cuando Tucker extrajo su miembro y se detuvo, alargando la tensión hasta alcanzar un punto insostenible—. Por favor —le suplicó, clavándole las uñas en los hombros. Tenía que penetrarla, tenía que poseerla por completo y sofocar las llamas que ardían salvajemente entre ellos para llevarlos a lo más alto del placer sexual. Porque si no lo hacía, Sally jamás podría dejar de lamentarlo.

Le rodeó las caderas con las piernas y empujó con todas sus fuerzas, hasta que la dura erección de Tucker volvió a colmar su sexo empapado.

Entonces él se inclinó y se apretó tanto contra ella que Sally pudo sentir los latidos de su corazón. El reguero de besos que le esparció por el cuello prendió una lluvia de chispas por toda su piel y avivó el ferviente deseo por…

—¿Quieres más? —le preguntó él.

—Sí.

Sintió cómo los brazos de Tucker vibraban por la tensión mientras le mordisqueaba el cuello y cómo la manta se arrugaba bajo sus caderas al retorcerse contra él. La boca de Tucker fue bajando por la loma del pecho hasta llegar al pezón. Le pasó la lengua por encima y lo atrapó entre sus dientes para morderlo y provocarle un placer abrasador.

—Eres mía…

La reclamación vibró contra el endurecido pezón y se propagó por todos los nervios de Sally, quien se aferró al último resto de cordura mientras el pene de Tucker frotaba las paredes ultrasensibles de su sexo y la acuciaba a liberar la furia salvaje que bullía en su interior.

—Por esta noche —dijo con voz ahogada.

La respuesta de Tucker fue empujar aún más, dejarla sin respiración y repetir el proceso una y otra vez hasta arrebatarle el dominio de su cuerpo, de sus sentidos y finalmente de su alma. Sally sintió que estallaba en mil pedazos y se abrazó a Tucker con todas sus fuerzas. Él se puso rígido y con un grito final derramó su cálida simiente en el interior de Sally.

La llamada del deseo

Lo besó en el pecho y saboreó el sudor salado que lo empapaba. Él la rodeó con sus brazos y le puso una mano en la nuca mientras se daba la vuelta para quedar bajo ella. Entonces le hizo bajar la cabeza y le lamió los labios hasta que ella los abrió para recibir su lengua. Los ojos de Tucker reflejaban la luz de la luna y brillaban con una belleza casi sobrenatural, mientras que las sombras dibujaban una expresión feroz en sus rasgos duros y atractivos. Hermoso. Salvaje. Aquel era su Tucker.

Lo besó en los labios y apretó las paredes vaginales alrededor de su miembro. La respuesta de Tucker fue instantánea y fulminante.

—Hasta que nosotros queramos...

Capítulo 4

Tucker observó a Sally Mae desde los árboles mientras ella atravesaba el claro con un paso más corto y rígido de lo normal. Había sido muy exigente con ella, aun cuando ella se había entregado incondicionalmente y había recibido sus furiosas acometidas una y otra vez. Debería haberse comportado como un caballero y haberla dejado en paz después del primer coito. Al fin y al cabo, Sally llevaba mucho tiempo sin un hombre.

Pero le había resultado imposible. Su lado más salvaje se había apoderado de él y le había hecho poseer a Sally como sabía que Jonah nunca lo había hecho, de la forma más primaria posible. Pero ella, lejos de rechazarlo, lo había aceptado con aquellos gritos y gemidos exultantes que conseguían volverlo loco.

Sally Mae se detuvo al llegar al porche. Tucker le había dicho que no mirase hacia atrás, pero no solo lo hizo, sino que además se despidió con la mano. Estúpida mujer... Una sensación de resignación, orgullo y posesión volvió a invadirlo. Lo cual era absurdo, pues una mujer como Sally Mae no podía ser para él. No sabía por qué había acudido a él aquella noche, pero lo que sí sabía era que no volvería a pasar. Cuando buscaba los servicios de una prostituta, tenía que pagarle tres veces su precio normal para aliviar la sensación de culpa por acostarse con un indio. No pasaría mucho tiempo hasta que los mismos remordimientos se apoderaran de Sally Mae.

Sally entró en casa y cerró la puerta tras ella. No se encendió ninguna luz en el interior, y Tucker lo prefirió así, ya que de otro modo habría permanecido un largo rato en las sombras, deseando a una mujer que jamás podría ser suya.

—Lo que has hecho es una locura, y lo sabes.

Tucker suspiró y se volvió hacia Tracker. La atracción por Sally Mae empezaba a ser peligrosa si le embotaba los sentidos y le impedía oír si alguien se acercaba. Si hubiera sido cualquier otro en vez de Tracker el que lo hubiera sorprendido acechando la casa de una mujer blanca, Tucker ya estaría muerto. Los hombres blancos se tomaban muy en serio el castigo que merecía un piel roja por seducir a una de sus mujeres. Y aunque a Tucker le gustaba creer que nadie salvo Tracker podría acercarse a él sin delatar su presencia... Tracker y su hermano gemelo, Shadow, eran tan sigilosos e invisibles como fantasmas... la verdad era que no podía estar seguro. Lo único cierto era que Sally Mae podía causar estragos en la concentración de un hombre.

—Lo sé.

Las sombras se agitaron y Tracker surgió de la oscuridad. Iba vestido enteramente de negro, por lo que Tucker apenas pudo distinguir nada más que su alta estatura, sus anchos hombros y el brillo plateado de la cinta del sombrero. Pero no necesitaba verlo para reconocer su rostro. Conocía los rasgos de Tracker tan bien como los suyos propios. Al igual que él, Tracker era uno de los ocho supervivientes del ataque mexicano que arrasó su pueblo años atrás. Ocho chicos.

La bala que llevaba al cuello pareció aumentar de peso, como siempre que recordaba aquel lejano y funesto día. Los ocho habían sobrevivido apoyándose unos a otros, y aprendieron a ser más crueles y letales que cualquiera que intentase eliminarlos o someterlos, hasta el punto de ser conocidos como los Ocho del Infierno. Si los rangers de Texas no se hubieran fijado en ellos, nadie se atrevía a pensar cómo habrían acabado. Hasta entonces el único propósito que los movía era la venganza, pero aceptaron la oportunidad que se les brindada para unirse al cuerpo de autoridad de los rangers y con ello adquirieron prestigio y respeto, así como un propósito mucho más amplio a la hora de castigar el crimen.

—La viuda vuelve a su vida decente y respetable después de divertirse un poco... —comentó Tracker—. ¿Y qué harás tú?

—Buscarme una nueva amante. ¿Qué haces aquí?

—Pasaba por aquí y se me ocurrió que podíamos verte a ti y a Sam.

—¿Podíamos?

—Shadow también está aquí... por alguna parte.

—Sam está en casa de Bella Montoya.

—Eso he oído.

A Tucker no le gustó el tono de voz de Tracker. Todo el mundo veía a Sam como el más salvaje de los ocho, pero Tucker siempre había creído que los más impredecibles eran Tracker y Shadow.

—¿Qué más has oído?

—He oído que se casó con una pequeña fierecilla.

Tucker no pudo evitar sonreír.

—Es una forma de definir a Bella. También se podría decir que es apasionada, divertida y completamente entregada a Sam... Y aún no están casados —añadió.

—¿Es lo bastante buena para Sam?

—¿Qué vas a hacer si no lo es?

—¿Evitarla, tal vez?

—Sería lo más prudente... Sam no soporta que nadie la critique.

Tracker gruñó.

—Parece que le ha dado fuerte.

—Como si lo hubiera embestido una vaca.

—¿Lo hace sonreír?

Tucker entendía muy bien aquella pregunta. Todos habían visto cómo la sonrisa de Sam se había desvanecido con los años, y todos habían llegado a la conclusión de que solo la mujer adecuada podría devolvérsela.

—Nunca lo había visto sonreír como ahora.

—Bien. Tendré que hacerles una visita para comprobar si esa mujer tiene lo que hace falta para amar a un hombre como Sam.

Tucker recordó cómo Bella se había arrojado detrás de Sam cuando este se despeñó por un precipicio. Cómo lo había agarrado con todas sus fuerzas y se había negado a soltarlo, contrarrestando con su diminuto peso la fuerza de gravedad que tiraba de Sam hacia una muerte segura y que casi la arrastró a ella también mientras esperaban la ayuda.

—Lo tiene.

Tucker arqueó una ceja.

—Pareces muy convencido.

—Lo estoy.

—Entonces será una boda por todo lo alto.

—Y que lo digas. Bella es una rica heredera.

—No creo que a Sam le haga mucha gracia. Valora su independencia por encima de todo.

—Tal vez, pero el rancho de Bella venía acompañado de una buena dosis de problemas.

Tracker se echó a reír. La cicatriz de su mejilla relució como una centella blanca a la tenue luz del alba.

—Eso sin duda lo habrá animado.

—Sirvió para aliviar la tensión —lo único que a Sam le gustaba más que Bella era un reto.

—¿De verdad amenazó con matar a su madre?

—A ella y a todo el rancho Montoya cuando Bella desapareció —Tucker se encogió de hombros—. Subestimaron su amor por Bella.

Tracker volvió a sonreír.

—La gente siempre subestima a Sam.

—Sí, pero esta vez fue Sam quien subestimó a la gente de Bella. Te gustarán, Tracker. Ya lo verás. Son casi tan duros como los Ocho del Infierno.

—Eso también lo he oído —se apretó el fardo que llevaba contra el costado y dio otro paso adelante. Los primeros rayos de sol le bañaron el rostro e hicieron llamear la cicatriz de la mejilla.

Y por un momento Tucker se vio transportado al pasado, a su pueblo natal. Volvió a oír el grito de guerra del ejército mexicano, a revivir el terror, a sentir la bala en su pecho mientras hundía el cuchillo en el estómago de su enemigo. Volvió a ver a Tracker de pie frente a él, con la sangre manando de su rostro y una sonrisa feroz en los labios mientras arrojaba al suelo al hombre que había disparado a Tucker.

Se llevó la mano al cuello y tocó la bala que colgaba de un cordón de cuero. Su amuleto y recordatorio de lo que nunca podría olvidar. El olor de la sangre perduraba en su memoria mucho después de que las imágenes se hubieran borrado.

—¿Qué es eso? —preguntó, señalando el fardo.

Tracker sonrió, arrugando la cicatriz. No era un hombre guapo, pero su fiero aspecto irradiaba una fuerza y un poder arrolladores. Y le bastaba con su sonrisa para infundir pavor a cualquiera.

—Desi te envía un regalo.

El bulto se movió.

—No es mi cumpleaños.

De repente Tracker soltó una maldición y apartó el bulto, que pareció emitir un gemido.

—¿Qué...?

—Creo que el maldito bicho se me ha orinado encima.

Era un cachorro. Tucker tenía un don con los animales y era conocido por su habilidad para adiestrarlos.

—¿Qué esperabas si lo estás agarrando de esa manera?

—Que no me usara como retrete.

Tucker vio un hocico marrón oscuro y unas orejas grandes y caídas. No había duda de cuál era su pedigrí.

—Parece que Boone es papá —una ola de nostalgia lo invadió al pensar en el sabueso flaco y escuálido que vivía en el barracón de los Ocho del Infierno. Todos lo veían como un chucho vago e inútil, hasta que se convirtió en el héroe que salvó la vida de la mujer de Caine—. ¿Quién iba a pensar que se tomaría la molestia de cortejar a las damas?

Tracker se cruzó de brazos sobre el pecho.

—Desi está muy disgustada. Lo único bueno es que Daisy es la única perra que Boone quiere. No se apareará con nadie más y no dejará que nadie más lo haga con ella.

Tucker podía imaginarse la consternación de Desi y el entusiasmo del perro.

—Será amor verdadero.

—Sí, bueno… —dejó al perrito en el suelo. Las semejanzas con Boone se hicieron aún más evidentes cuando se tumbó y soltó un largo gemido—. Desi guardó este para ti. Dice que es el mejor de la camada.

—¿Que me lo guardó, dices? —se agachó y levantó al animal. Sus huesos eran grandes, aunque aún no había crecido mucho. Las grandes orejas le colgaban hasta las rodillas y arrugó el hocico cuando Tucker lo sostuvo a la altura de sus ojos—. Qué cosa más bonita —el cachorro le lamió la cara—. ¿Por qué lo ha guardado para mí?

Tracker sacudió la cabeza, agitando su larga melena alrededor de los hombros.

—Cualquiera querría tener una cría de Boone. Un perro que, habiendo recibido una cuchillada en el pecho, encuentra el camino hasta su ama porque presiente que ella lo necesita. Su lealtad y su esfuerzo son legendarios.

Al parecer, el holgazán de cuatro patas se había ganado un lugar permanente en los Ocho del Infierno.

—Que Boone lo hiciera no significa que su hijo sea capaz de lo mismo.

Tracker se encogió de hombros.

—Díselo a los demás. Todos quieren tener un cachorro.

—¿Cuántos son?

—Seis, y están muy codiciados. Las ofertas no dejan de subir.

—¿Dinero? —el perrito se acurrucó contra su hombro.

—Sí. Y Desi las está rechazando todas, para disgusto de Caine.

—¿Por qué?

—No quiere dejar los cachorros en manos de cualquiera. Para ella son los hijos de Boone.

Tucker se echó a reír. Le habría gustado ver la reacción de Caine, siempre tan práctico como todo buen vaquero, contra la filosofía vital de Desi.

—A Caine no le hizo tanta gracia, te lo aseguro —dijo Tracker, apartándose la camisa mojada del estómago—. Necesita el dinero y al rancho le vendría muy bien, sobre todo para resistir las presiones de esos tipos.

—¿No han desistido? —preguntó Tucker con un suspiro.

Desi y su hermana gemela, Ari, eran herederas, pero alguien no quería que recibieran su dinero y estaba haciendo todo lo posible por impedirlo. Todas las sospechas apuntaban al notario de su padre, pero no había forma de confirmarlo. Tucker no estaba acostumbrado a esa clase de problemas. Lo suyo era seguir la pista hasta encontrar a su presa y matarla. Siempre sabía quién era su enemigo, y siempre llegaba a verlo aunque solo fuera por un segundo previo al disparo. Pero el peligro que amenazaba a Desi y a Ari era muy diferente. Era una batalla silenciosa de sobornos y amenazas encubiertas, como si una presencia invisible turbara la felicidad de Desi y Caine sin dar nunca la cara.

—Desi vale una fortuna —dijo Tracker.

—Sería más fácil si Caine recibiera el dinero.

—Tal vez, pero el dinero manchado de sangre siempre viene acompañado de una maldición.

—¿Quieres decir que apoyas a Caine en esto?

—¿Acaso tú no?

—Es el dinero de Desi. Y lo seguirá siendo aunque un cobarde hijo de perra contratara a unos comanches para que mataran a su familia.

—Es un dinero maldito.

—Es dinero, y si se usara como Desi quiere, los Ocho del Infierno no volverían a necesitar un centavo.

Era la misma discusión que llevaban manteniendo desde que se descubrió que Desi era una heredera.

—Hay cosas por las que no merece la pena pagar el precio.

—Desi correrá el mismo peligro con el dinero que con alguien intentando que no lo tenga.

—El dinero cambia las cosas —tal vez incluso pudiera cambiar a Desi y hacer que volviera a casa. Y si ella se marchaba, también lo haría Caine. Aunque para él fuese una tortura vivir en el Este, de ninguna manera podría vivir sin su Desi. Tucker no podía imaginarse a los Ocho del Infierno sin Desi—. Y no siempre para bien.

Tracker suspiró y miró a lo lejos con expresión apenada, como si supiera algo que Tucker ignoraba.

—Todo cambia. Incluso los Ocho del Infierno.

Un escalofrío recorrió la espalda de Tucker. Era la misma expresión que Tracker tuvo años atrás, cuando miró el horizonte soleado y dijo: «Hoy va a ser un mal día». Ocho horas después, el ejército mexicano había saqueado el pueblo y arrasado todo a su paso.

—Los Ocho del Infierno siempre serán los mismos —declaró. No concebía otra posibilidad.

Tracker sonrió, pero fue una sonrisa triste que no alcanzó sus ojos.

—Buscarles dueño a los cachorros ha sido una buena distracción para Desi, sobre todo ahora que le falta poco para dar a luz.

—¿El embarazo va bien?

Los labios de Tracker se apretaron en una fina línea.

—Está muy hinchada.

—¿Y eso es malo?

Tracker lo miró con exasperación.

—¿Cómo demonios voy a saberlo?

Sally Mae lo sabría, pero Desi estaba muy lejos, en el poblado de los Ocho del Infierno, un lugar donde Sally jamás pondría el pie.

—Caine no soportaría perder a Desi.

Ninguno de los ocho había tenido una vida fácil, pero cuando Desi entró en el círculo todos ellos encontraron un poco de esperanza.

—No va a perderla —dijo Tracker.

No si ellos podían hacer algo, pero ¿hasta qué punto podía controlar un hombre un embarazo? La sensación de que el mundo que Tucker conocía estaba cambiando se agudizó.

—Que alguien te oiga —murmuró. No podía nombrar a Dios. Él no tenía la fe de Sally. Cuando Dios permitió que el ejército mexicano destruyera su pueblo y matara a todos sus habitantes menos a los ocho, cuando permitió que ellos, unos críos, casi murieran de hambre hasta que encontraron a Tia, Tucker decidió que Dios no estaba de su parte.

El cachorro gruñó y se retorció en sus brazos y Tucker lo dejó en el suelo. El animal se alejó medio metro para hacer sus necesidades y al acabar arrancó una brizna de hierba y se sentó sobre la bota de Tucker con un débil ladrido de satisfacción.

Tucker deslizó la punta de la bota de un lado a otro, dándole algo con lo que jugar.

—Es la viva imagen de Boone.

—Por eso lo quiere todo el mundo, pero Desi insistió en que fuera para ti.

Era la forma que tenía Desi de agradecerle todo lo que creía que Tucker había hecho por ella. Desi no entendía el vínculo que unía a los Ocho del Infierno. Entre ellos no había necesidad de agradecer nada. Los ocho protegían a los suyos y Desi se había ganado su lugar. Se agachó para acariciar la cabeza del cachorro y levantar las orejas con los dedos. Eran sorprendentemente pesadas.

—No es necesario.

—Desi se ha esforzado mucho para encajar.

—No tiene que hacer nada para encajar —repuso Tucker—. Ya forma parte de los Ocho del Infierno.

Tracker se echó hacia atrás su sombrero negro. Todo su aspecto y su personalidad eran oscuros y tenebrosos, pero no había mejor compañero que él para enfrentarse a la muerte.

—Para ella son muy importantes las formalidades.

Porque aún tenía miedo de que le arrebataran su nueva vida, como ya habían hecho antes. Un temor absurdo. Caine jamás permitiría que nadie le tocara un solo pelo de la cabeza. Igual que Tucker. Le tenía mucho cariño a Desi. Era una mujer encantadora, con mucho sentido del humor, que había demostrado un coraje admirable al sobreponerse a una espantosa desgracia y seguir adelante con la cabeza bien alta. Se merecía el respeto de cualquier hombre.

—En ese caso, supongo que tendré que darle las gracias.

—Caine lo apreciaría —su expresión cambió casi imperceptiblemente, pero lo bastante para que Tucker lo notara. No era propio de él permanecer tanto tiempo alejado de los Ocho del Infierno—. ¿Piensas volver pronto a casa?

—Estoy esperando una pista que debo seguir, pero después de eso quiero volver a casa —echaba de menos la vida sencilla y despreocupada que tenía en los Ocho del Infierno. Y además, si se quedaba allí acabaría teniendo serios problemas.

—La gente empezará a hablar de tu relación con la viuda —dijo Tracker, mirando hacia la casa—, y entonces no te quedará más remedio que marcharte.

—No tengo ninguna relación con ella. Solo ha sido una aventura, y ya se ha acabado.

—El gesto que te ha hecho con la mano no parecía un adiós definitivo.

No, no lo había sido, y a Tucker no dejaba de remorderle la conciencia. «Eres mía». ¿De verdad se lo había dicho?

—Sally Mae tiene forma muy peculiar de ver las cosas.

—Por lo que he oído, es una mujer muy sensata.

Tucker sonrió. Lo último que necesitaba era que Tracker sacara conclusiones sobre su vida amorosa.

—¿Cómo puede ser sensata si se lía conmigo?

En vez de corroborarlo jocosamente, como era de esperar, la mirada de Tracker le dio a entender que a él no podía engañarlo.

—Esa mujer tiene mucho que perder.

—No permitiré que sufra ningún daño.

—¿Y cómo piensas impedirlo?

—Ocúpate de tus propios asuntos, Tracker.

Desde que eran unos críos, Tracker había desconfiado de todo cuanto Tucker afirmaba poder hacer. Su incredulidad seguía siendo tan irritante ahora como veinticuatro años antes, cuando Tucker presumía de conseguir cinco saltos con una piedra en el estanque.

—Podría decirse que tú formas parte de mis asuntos.

—¿Qué más te trae por aquí? —le preguntó Tucker, cambiando de tema.

—Tengo que encontrarme con Shadow.

Tracker y Shadow se habían ofrecido voluntarios para explorar las tierras más alejadas en busca de la hermana de Desi. Ambos eran perfectos para la misión. Podían moverse por territorio enemigo sin que nadie los descubriera, en parte gracias a su aspecto y en parte por su incomparable habilidad para trabajar a dúo. Los gemelos parecían entenderse sin necesidad de hablar siquiera.

—¿Alguna noticia de Ari? —le preguntó Tucker, pero ya sabía la respuesta.

Ari y Desi habían sido raptadas por los comanches dieciocho meses atrás. Era muy improbable que Ari siguiera viva, pero Caine le había prometido a Desi que los Ocho del Infierno la encontrarían. Y cuando uno de los ocho hacía una promesa, el resto se comprometía igualmente a cumplirla. Aunque apenas hubiera esperanza, había cosas que no podían dejar de hacerse. Tenían que encontrar a Ari costase lo que costase, no solo por lo que Desi, su hermana gemela, significaba para ellos, sino porque no podían soportar la idea de que Ari estuviera viva y atrapada en el infierno comanche.

—No. He oído que hace un año alguien abandonó a una chica blanca a ocho horas al sur de aquí —se encogió de hombros—. Pero podría ser cualquiera. O una pista falsa.

Lo segundo era lo más probable. Los Ocho del Infierno habían ofrecido una recompensa, y cualquiera podía inventarse una historia creíble para intentar cobrarla.

—¿Crees que puede ser una trampa?

Tracker volvió a encogerse de hombros.

—Una mujer blanca en esas tierras no pasaría desapercibida.

—Si es un cebo para atraer a Desi no les servirá de nada —Tucker se bajó el sombrero para protegerse de los primeros rayos de sol—. Desi no va a dejar el refugio hasta que Caine lo estime oportuno —y conociendo a Caine, aún faltaba mucho para eso.

—Sí... —murmuró Tracker, y miró a los lejos con expresión pensativa.

—¿Qué?

Tracker se bajó el sombrero con un movimiento enérgico, señal de que había tomado una decisión.

—Solo es un presentimiento, y hasta que no lo averigüe no le diré nada a Desi.

A Tucker se le erizaron los pelos de la nuca.

—¿Crees que Ari puede estar viva?

—Solo es un presentimiento —repitió Tracker.

Por escalofriante que fuera, Tucker había aprendido a confiar en los presentimientos de Tracker.

—¿Cuándo empezamos?

—¿Empezamos?

—No puedes ir tú solo. Las tierras del sur son muy peligrosas.

Tracker miró otra vez hacia la casa y entornó los ojos.

—¿Estás seguro de que quieres irte ahora?

Tucker siguió la mirada de Tracker. La casa se elevaba como una pequeña y oscura fortaleza bañada por la luz del amanecer. La oscuridad rodeada por la luz. La desesperación rodeada por la esperanza. Y allí estaba durmiendo Sally, protegida por su fe, su inquebrantable voluntad y su firme creencia en la bondad humana.

No necesitaba a un cazador de recompensas mestizo en su vida.

—Lo estoy —afirmó, y retiró la punta de la bota de debajo del cachorro—. Me vendrá bien la distracción.

Capítulo 5

Sally Mae pensó que necesitaba una distracción.

Tres horas después de separarse de Tucker, seguía dando vueltas en la cama y tapándose el rostro con la almohada, como si así pudiera borrar la imagen de su rostro e impedir que la piel le ardiera, que los pezones se le endurecieran y que todo su cuerpo anhelara volver a hacer el amor. Tendría que hacerse otra vez un lavado vaginal, solo por si acaso. Tucker era un amante muy potente, y por mucho que ella deseara ser madre no quería enfrentarse al estigma de un hijo bastardo. Los lavados de vinagre antes y después del acto evitarían cualquier posibilidad de embarazo. Jonah le había asegurado que era un remedio infalible, y la verdad era que nunca se había quedado embarazada durante su matrimonio. No debería sorprenderla. Al fin y al cabo, Jonah nunca se equivocaba.

Una inesperada ola de resentimiento la invadió. La

habilidad para evitar los embarazos había sido el único campo en el que hubiera deseado que Jonah no fuera tan experto. Durante los últimos años de su matrimonio, se pasaba los días de la menstruación llorando por el hijo que no tenía y que Jonah se resistía a tener. Después de seis años sentía que había llegado el momento, pero sus insinuaciones siempre recibían la misma respuesta: Jonah le acariciaba paternalmente el pelo, sacudía la cabeza y pronunciaba unas palabras cada vez más irritantes y dolorosas. «Aún no».

El resentimiento fue seguido de la culpa. Jonah había sido un buen hombre. Podría haber elegido a cualquier mujer para casarse y la había elegido a ella. Y nunca había ocultado sus ambiciones. Quería cambiar el mundo, tener la libertad para experimentar nuevos tratamientos y llevar las ventajas de la medicina moderna a quien más lo necesitaba. Tampoco había ocultado su deseo porque su esposa fuera su ayudante. Al principio a Sally no le había importado y había absorbido como una esponja todos los conocimientos de Jonah, hasta que fue capaz de diagnosticar enfermedades y realizar operaciones con la misma precisión que él. Pero con el paso de los años descubrió que quería algo más. Eso no significaba que las enseñanzas de Jonah hubieran sido fáciles. Jonah era un profesor muy exigente y riguroso, pero no escatimaba en halagos a la hora de reconocer los progresos de su discípula. Se había sentido muy orgulloso de ella, lo que la hacía sentirse aún peor por sus ideas independientes. Cualquier mujer soñaría con tener la oportunidad que ella había recibido.

Se apretó la almohada contra el rostro. Le gustaba la práctica de la medicina, pero a veces sentía que era lo único que había compartido con Jonah. Siempre había querido desempeñar el papel tradicional de esposa y madre y formar su propia familia. Tal vez para reemplazar a la que había perdido, como Jonah había insinuado en alguna de sus rarísimas discusiones, o tal vez porque realmente necesitaba amar y ser amada.

De repente se oyeron unos fuertes golpes en la puerta.

—¡Señorita Sally! ¡Señorita Sally! —los golpes se hicieron más apremiantes—. Venga rápido. Han disparado a alguien.

Sally se apartó la almohada del rostro y suspiró.

—Deprisa, señorita Sally.

Un herido de bala debería ponerla inmediatamente en marcha, pero en aquel pueblo violento y peligroso no había un día sin que se produjeran disparos, y la verdad era que se estaba volviendo inmune al pánico que provocaban los tiroteos. Para Jonah habría sido un signo de madurez, pero ella lo veía de otro modo. Jonah había sido el médico más brillante y competente que ella había conocido, y para él no había caso que no mereciera toda su atención. Pero el continuo requerimiento de sus servicios le resultaba cada vez más deprimente y agotador, y empezaba a resentirse por la permanente intromisión en su vida privada.

Apartó las mantas de un tirón, se puso un vestido sobre el camisón y corrió hacia la puerta mientras se lo abrochaba. El viejo Jed la estaba esperando con su cara arrugada empapada de sudor y jadeando en busca de aliento. En sus rasgos aún podía adivinarse el hombre que había sido en su juventud, con un cuerpo delgado y esbelto y unos ojos azules y brillantes que ya lo habían visto todo, pero tenía las manos hinchadas y la espalda encorvada por culpa de la artritis, y sus pulmones apenas le funcionaban.

—No deberías correr, Jed. No es bueno para tus pulmones.

Jed la miró con impaciencia.

—La bala tampoco está ayudando a Billy.

—¿Billy Hanson es quien ha recibido el disparo? —preguntó Sally, horrorizada. Billy era solo un crío—. ¿Por qué no lo han traído?

—No se atreven a moverlo.

Sally agarró el maletín de Jonah y salió a toda prisa. No necesitaba preguntarle a Jed dónde había sido el tiroteo. Siempre ocurría en el salón. Corrió por la calle principal con el corazón desbocado, oyendo los resuellos de Jed tras ella.

—Está enfrente del salón.

—¿Dónde si no? —preguntó ella con desdén. Delante podía ver un grupo de personas congregadas alrededor de un bulto en el suelo. Billy.

—Ese sarcasmo no es necesario, señorita Sally. No hay nada malo en que un hombre tome un trago.

No, no había nada malo en ello. Salvo que cuando los hombres se reunían para beber siempre había derramamiento de sangre. Se abrió camino entre la multitud y se detuvo en seco al ver a Billy. El muchacho yacía en el suelo sucio y polvoriento, aferrándose el estómago y con su camisa azul, la misma que su madre le había cosido el mes anterior, cuando Billy se enamoró de Jennifer Hayes, manchada de sangre. La sangre también manaba de sus labios y corría por el cuello. Sally cerró los ojos por un segundo, horrorizada y aturdida, pero enseguida se aferró a la esperanza.

Santo Dios…

El maletín repiqueteó al dejarlo en el suelo. ¿Por qué el único modo que tenía un hombre de probar su valía era matando? A veces le costaba ver la diferencia entre los animales y los humanos. Contempló el rostro contraído de Billy. Un rostro juvenil, inocente, en el que empezaba a vislumbrarse una barba incipiente.

Jed llegó junto a ella, cojeando y sin aliento. Sally le puso una mano en el brazo y observó la preocupante palidez de su piel.

—¿Puede ayudarlo, señorita Sally? —le preguntó mientras intentaba respirar.

Sally no supo qué responder.

—Lo hemos dejado como estaba, señorita Sally —dijo Peter, el tendero del pueblo—. El doctor Jonah siempre decía que no había que mover a un herido.

El comentario molestó a Sally. Desde que el primer lugareño acudió a ella para pedirle que continuara la labor de su marido, no habían faltado las insinuaciones sobre la mejor manera de proceder con un enfermo o herido. El pueblo le había dejado muy claro que no toleraría el menor cambio respecto al método establecido por Jonah. Pero al recibir los conocimientos de Jonah, Sally también había aprendido a tener sus propias opiniones y a hacer las cosas a su manera.

—Gracias, Pete —murmuró. Se arrodilló junto al chico y se obligó a sonreír—. Hola, Billy.

—La he fastidiado —susurró él con un hilo de voz, pero su valiente intento de parecer tranquilo y maduro no sirvió para borrar el miedo de sus ojos. Las víctimas siempre reconocían la proximidad de la muerte. Y también ella. Viendo la sangre que empapaba la ropa de Billy, temía no poder darle una respuesta positiva a la pregunta de Jed.

Aun así, mantuvo la sonrisa y empezó a desabrocharle la camisa.

—Bueno, vamos a ver si podemos arreglarlo, ¿de acuerdo?

El círculo de curiosos se cerró en torno a ellos.

—Qué escándalo —murmuró una mujer.

A Sally siempre le sorprendía que la gente pudiera ser tan malpensada. ¿Cómo podían suponer que albergaba pensamientos lujuriosos mientras atendía a los heridos? Precisamente ella, que nunca tenía pensamientos de ese tipo.

Las imágenes de la noche anterior la obligaron a rectificar aquella opinión. Ella también podía albergar pensamientos libidinosos... Pero aunque el herido fuese Tucker McCade, lo único que podría sentir era horror y angustia.

—Alejen a los demás, por favor —les ordenó a los hombres que estaban más cerca.

—Ya lo han oído. Dejen espacio a la señora Sally.

Sally oyó un murmullo general y el roce de los pies arrastrándose por el polvo. Abrió la camisa y vio el agujero de bala en el torso, por donde la sangre manaba sin parar. Era de color negro. Mala señal. Significaba que la bala había alcanzado el hígado y que Billy tenía el abdomen encharcado. Aquello le ahorraría la agonía de una infección, pero no le evitaría la muerte.

Billy la agarró por la muñeca con sus dedos ensangrentados.

—Es grave, ¿verdad, señora Sally?

Quería mentirle, pero su religión le impedía mentir. Incluso si era una mentira piadosa por el bien de un chico que se había equivocado al intentar hacerse un hombre. No podía articular palabra, de modo que se limitó a asentir.

A lo lejos se oyó a una mujer gritando el nombre de Billy. Solo el grito de una madre podía contener una angustia semejante. Tenía que ser Hazel.

Una extraña expresión de calma cubrió el rostro de Billy.

—Voy a morir, ¿verdad?

Sally solo pudo volver a asentir. Las lágrimas le oprimían la garganta.

La madre de Billy volvió a gritar su nombre. Sally le dedicó al muchacho lo que esperaba que fuese una sonrisa alentadora y volvió a abrocharle la camisa. Él la miró y le dio a entender que comprendía aquel gesto. Parpadeó para contener las lágrimas y ella hizo lo mismo. Tosió y escupió sangre. Sally se la limpió con los dedos en un esfuerzo inútil. Sus atenciones no podían ayudarlo.

Un pañuelo mojado apareció ante sus ojos, junto a un par de botas altas. Solo había un hombre que llevara botas como esas. Tucker. Levantó la mirada y aceptó el pañuelo. Tucker no la estaba mirando a ella. Solo miraba a Billy, y la expresión de su rostro hizo que Sally quisiera abofetearlo por no haber impedido el tiroteo. Una idea absurda, pues Tucker seguía el mismo código que imperaba en el pueblo: todo hombre que buscase problemas acabaría encontrándolos. Según Tucker, si Billy había ido al salón significaba que estaba buscando problemas.

Sally limpió el rostro de Billy lo más rápidamente que pudo. No podía limpiar toda la sangre, pero al menos podía intentar que Hazel no se llevara una imagen tan atroz. Aunque nada podría aliviar su conmoción cuando viera a su hijo y supiera que Sally no podía salvarlo. Siempre pasaba lo mismo. Primero la esperanza, y después la rabia y la impotencia. Sally buscó en su interior la fuerza necesaria para enfrentarse al dolor de Hazel y a su propia sensación de fracaso, y miró a Tucker mientras sus labios se movían en una oración silenciosa.

«Por favor, Señor, dame fuerzas…».

Hazel apareció entre la multitud. Era una mujer pequeña y delgada con el pelo gris, la piel morena y los ojos azules. Con un grito inarticulado se arrodilló junto a su hijo, entrelazó sus estropeadas manos en los cabellos castaños de Billy y lo apretó contra su pecho sin dejar de sollozar. Sally Mae se sentó sobre los talones y sintió el apoyo de los fuertes muslos de Tucker. Se alegró de que no se hubiera apartado. Durante mucho tiempo había sido la mujer fuerte, independiente y decidida que todo el mundo esperaba que fuera, pero en los últimos meses había empezado a darse cuenta de que la autosuficiencia no era tan ideal como había creído. También podía ser enervante, aterradora, y sobre todo, solitaria.

Apoyó la espalda en las rodillas de Tucker y él le quitó el pañuelo empapado de sangre. Ella le ofreció una sonrisa temblorosa, sin importarle lo que los demás pudieran pensar. Tucker siempre estaba presto a ayudarla, y aunque insistía en ser rechazado, ella no pensaba hacerlo. No se arriesgaría a exhibir su amistad por temor a que pudiera ocurrirle algo a Tucker, pero tampoco lo rechazaría. Los amigos no se hacían eso.

—Gracias.

Él asintió y se apartó.

—Haz algo por él —la apremió Hazel con una voz ronca y agónica.

Sally Mae apartó la mirada de Tucker y se enfrentó a la angustia de Hazel con lo único que tenía. Una verdad que no podía cambiarse.

—No puedo.

—Ayudas a los criminales. Ayudas a los forajidos. Ayudas a los perros… ¿y no vas a ayudar a mi hijo?

Sally aferró los pliegues de la falda en un puño.

—Sabes que lo ayudaría si pudiera.

Hazel levantó rápidamente la camisa de la herida, sin que Sally tuviera tiempo para reaccionar, y la aferró fuertemente en sus manos como si con ello pudiera cambiar algo.

—Tiene que haber algo que puedas hacer.

—Puedo rezar.

Hazel se quedó petrificada mientras asimilaba el significado de aquellas dos palabras, pero finalmente asintió y volvió a sollozar.

—Gracias.

Sally se puso de rodillas en el suelo, junto a Hazel, y colocó la mano sobre la suya mientras buscaba la serenidad que le permitía evadirse en momentos como aquel. Era la voluntad de Dios y tenía que aceptarla.

Pero ¿cómo podía tranquilizarse mientras presenciaba la muerte de un chaval de dieciséis años en brazos de su madre? A su alrededor, los hombres se quitaron los sombreros y las mujeres juntaron las manos. La muerte era tan común en aquel lugar que un muchacho agonizando en la calle no suscitaba más reacción que aquella. Sally parecía ser la única que se resistía a lo inevitable.

«Dios Todopoderoso, te suplico que me concedas la serenidad para aceptarlo».

Viendo la espantosa imagen de Billy en el regazo de su madre, pálido, tembloroso y cubierto de sangre, Sally supo que era imposible conservar la calma. Nadie debería aceptar algo así. Puso la mano sobre el hombro de Hazel e intentó absorber su dolor mientras Billy seguía escupiendo sangre y jadeando desesperadamente en busca de aire. Casi había espirado su último aliento. Tan joven y vulnerable, miró a su madre y sus labios incoloros pronunciaron las que serían sus últimas palabras. «Te quiero».

El dolor casi derribó a Sally. Instintivamente buscó a Tucker con la mirada y lo encontró observándola, con una expresión fría e imperturbable cubriendo su rostro. Nunca había sentido tan profundamente las diferencias entre ellos. Los labios de Tucker se torcieron ligeramente, y por ilógico que le pareciera, Sally supo que no era tan frío y distante como le había hecho creer.

Tucker no agachó la cabeza, y ella no apartó la mirada de la suya mientras recitaba el padrenuestro. Al acabar la oración, una mujer empezó a entonar *Sublime gracia*. Por la pureza y claridad de la entonación, Sally supo que se trataba de Alma Hitchell, la mujer de Dwight Hitchell, dueño del salón. A Sally siempre le había maravillado que Alma, una mujer profundamente devota, pudiera conciliar sus creencias con la profesión de su marido. Cuando las notas del himno llegaron a su fin, Sally cerró los ojos y añadió una plegaria silenciosa a la oración común.

«Te ruego que nos concedas a todos la serenidad para aceptarlo».

—¿Qué ha ocurrido? —la voz de Roger, el nuevo sheriff del pueblo, la sobresaltó y le hizo abrir los ojos.

Pero no necesitaba mirarlo para saber la imagen que ofrecía. Arrogante y autoritario, con los pulgares enganchados en los bolsillos del chaleco y una expresión desdeñosa en el rostro, como si su posición le diera derecho a mirar a todo el mundo por encima del hombro. La única razón por la que era sheriff fue que se ganó el nombramiento bebiendo más whisky que nadie en una prueba de resistencia al alcohol, y la única razón por la que el nombramiento se hizo efectivo fue que todo el mundo daba por hecho que no tardaría mucho en recibir un tiro.

—Billy ha hecho que le disparen —explicó Dwight, el dueño del salón.

Sally Mae apretó los dientes. La intención de Billy no había sido recibir un disparo, sino demostrarles que era un hombre a los hombres que tanto admiraba. Y lo único que había demostrado era que podía sangrar como todos los demás.

—Los chicos de su edad no tienen cerebro —intervino Peter, y Sally Mae apretó el puño hasta que los nudillos palidecieron. Los únicos que no tenían cerebro eran los hombres que habían aceptado el reto de Billy en vez de mandarlo a casa. Seguramente se veían a sí mismos más fuertes y peligrosos por matar a un muchacho cuyo único defecto era querer madurar demasiado rápido. Y mientras alternaba la mirada entre Hazel, que seguía meciendo a su hijo moribundo en sus brazos, y la multitud de curiosos y testigos, supo que aquel ciclo de muerte, violencia y odio se repetiría sin cesar. Sin que nadie pudiera ver lo inútil de tanto sufrimiento. Sin que nadie se diera cuenta de que lo mejor para todos sería que colaborasen y trabajasen juntos.

Se puso en pie y se frotó la sangre del vestido gris. La sangre le impregnó los dedos, pero la mancha no desapareció.

«Por favor, Señor, dame...».

Las palabras se interrumpieron en el interior de su cabeza cuando el murmullo de unas voces la distrajo. Parpadeó y miró alrededor. Nadie salvo ella parecía advertir el ruido, que siguió aumentando hasta convertirse en un rugido acusatorio que solo ella podía oír y que no podía acallar. Volvió a sacudirse la falda y dio un paso hacia atrás. Allí no podía rezar ni pensar. Ni siquiera podía estar. Se dio la vuelta y se dirigió hacia su casa, sintiendo el escozor de las lágrimas y sin prestar atención a las pocas personas que la llamaban.

Alguien se interpuso en su camino. Ella lo sorteó sin mirarlo siquiera, pero el olor a cuero y salvia le dijo de quién era la mano que rozaba la suya y los dedos que la apretaron suavemente. Tucker otra vez, quien la noche anterior le había mostrado una ternura exquisita. Si hubiera estado en el pueblo en vez de perderse con ella en el bosque, se habría involucrado en el tiroteo con la misma naturalidad con que respiraba. No le devolvió el apretón ni le agarró la mano. La dejó caer y siguió caminando hasta que llegó a la puerta de su casa. Tras ella oyó un grito de angustia y aferró con fuerza el pomo antes de abrir la puerta y refugiarse en la paz del interior.

El olor a limón, cera y carbólico la envolvió en una patética bienvenida. Lyle la llamó desde la enfermería, pero ella lo ignoró y subió las escaleras. Al llegar a su dormitorio, se arrodilló en el suelo y juntó las manos para rezar. Por Billy. Por su familia. Por el fin de la violencia. Pero sobre todo rezó para olvidar la última imagen que tenía de su marido. El agujero entre los ojos parecía demasiado inocuo, demasiado pequeño para robarle a Jonah toda su inteligencia y vida. Y entonces volvió a rezar, porque le resultaba espeluznantemente fácil sobreponer la cara de Tucker a la de su marido y verlo a él también con un agujero de bala.

«Por favor, Señor, dame fuerzas».

Tucker vio cómo Sally Mae se alejaba por la calle. Caminaba deprisa y erguida, pero él sabía que estaba llorando por el trágico destino del chico. El grito de Hazel había anunciado su muerte en el instante en que Sally Mae abría la puerta de su casa. Las sombras del porche enfatizaron su postura encorvada cuando pensó que estaba a salvo de las miradas. A Tucker le habría gustado seguirla y aliviarla de su carga. Era su amante y debería estar con ella para consolarla, no quedarse con un grupo de ineptos y cobardes que no hacían más que farfullar y despotricar, sin valor para actuar.

Alguien llevó una sábana y la extendió sobre el rostro del chico. Hazel sollozó y con manos temblorosas trazó el perfil a través de la tela. «Era su hijo mayor», dijo alguien.

—Le dispararon hace unos momentos —oyó que el viejo Jed le decía al sheriff—. El chico vino esta mañana al bar y empezó a gritar. Todo el mundo sabía que era su primera vez y nadie esperaba que pudiera pasar nada malo. Pero entonces el loco que estaba junto a él le espetó algo. El chico pareció sorprenderse, y al segundo siguiente el tipo le disparó a quemarropa.

—¿Llegaste a ver quién era?

—Creo que era uno de la vieja banda de Tejala, pero no lo sé con seguridad. En cuanto le disparó al chico salió huyendo.

—No tiene sentido ir tras ellos —murmuró el sheriff.

—Ha matado a mi hijo —exclamó Hazel—. Su trabajo es llevarlo ante la justicia.

El sheriff se irguió en toda su estatura.

—Mi trabajo es mantener la paz, no llevar a una muerte segura a más hombres solo por perseguir fantasmas.

—¡Que Dios lo maldiga por ser un cobarde!

—Le aconsejo que tenga cuidado con lo que dice.

Hazel le clavó una mirada llena de odio.

—Sé muy bien lo que digo y a quién se lo digo.

Tucker no podía culpar a la pobre mujer, pero tampoco podía culpar al sheriff. Era un cobarde cuyo nombramiento como sheriff era cosa de risa, pero en un caso como aquel no podía hacer nada. La banda de Tejala representaba una amenaza cada vez mayor. Con Tejala muerto, sus hombres actuaban por su cuenta, disputándose los botines y luchando entre ellos por el liderazgo. Tan peligrosos podían llegar a ser, sin dinero y sin otra ocupación que el robo y el asesinato, que Tucker casi podría alegrarse si encontraban a otro jefe. Así al menos las fuerzas de la ley podrían concentrarse en una sola dirección, en vez de seguir múltiples caminos.

—¿Qué vas a hacer al respecto, ranger?

Tucker se estaba preguntando cuánto tiempo pasaría hasta que alguien se acordara de que era un ranger de Texas.

—Creo que pediré una descripción y saldré en su busca.

Hazel miró a los hombres que los rodeaban. Tenía el rostro desencajado por el dolor, pero su voz estaba cargada de sarcasmo al dirigirse a ellos.

—¿Algunos de vosotros, valientes, que os quedasteis sin hacer nada mientras disparaban a mi hijo, piensa acompañarlo?

Como era de esperar, los hombres vacilaron. Todos tenían familias a las que cuidar. Y todos temían las represalias.

—Tu hijo irrumpió en el bar fanfarroneando y envalentonado como un hombre, y los hombres asumen sus riesgos —replicó uno de los nuevos vecinos del pueblo.

Tal vez lo hubiera hecho o tal vez no, pensó Tucker, pero culpar al pobre chico era propio de alguien rastrero y cruel.

—Yo iré —dijo el viejo Jed.

Años atrás Jed habría sido un acompañante a tener en cuenta para una misión peligrosa, pero el reuma y la vejez habían hecho estragos en su salud. Lo último que Tucker quería era cargar la muerte del viejo en su conciencia.

—No se ofenda, señora —le dijo a Hazel, tocándose el ala del sombrero—. Pero quiero atraparlo antes de que llegue junto a sus amigos. Y si voy solo iré mucho más rápido.

La expresión de Hazel se endureció.

—Pero ¿lo atrapará?

Tucker miró el cuerpo sin vida de Billy, con su mano inerte aferrada a la de su madre y las mejillas cubiertas de sangre. Al pobre chico ni siquiera le había salido bigote. La búsqueda de Ari tendría que esperar hasta que aquella deuda fuera saldada.

—Le doy mi palabra.

Capítulo 6

Un par de horas más tarde, Sally Mae abrió la puerta trasera al primer golpe de Tucker. Casi parecía que lo hubiera estado esperando.

La mirada que le echó nada más verlo reflejaba su decepción y su desaprobación más rotundas, así como las palabras que pronunció.

—Vas a ir a por él.

No era una pregunta. Tal vez Sally Mae no tuviera en cuenta el color de su piel, pero su profesión era otra cosa.

No sabía si quería besarla o zarandearla. Ella podía creer que los débiles heredarían la tierra, pero en aquel lugar los débiles eran pisoteados sin piedad.

—Si te refieres al asesino de Billy, sí. Ningún hombre que le dispare a un chico por diversión puede quedar impune.

Sally Mae se cruzó de brazos.

—Te agradezco que me lo digas.

Besarla. Definitivamente quería besarla hasta que la obstinada expresión de su rostro dejara paso al deseo.

—No hay de qué. Pero antes de que te deshagas en muestras de gratitud... —el bufido de Sally lo interrumpió brevemente—. No solo he venido a decírtelo. Tengo que pedirte un favor.

Ella lo observó con suspicacia. Lógico. Tucker nunca le había pedido un favor.

—¿De qué se trata?

—Necesito que te ocupes de algo por mí.

Antes de que Sally Mae pudiera decirle que no, Tucker silbó para llamar a Crockett. El cachorro se acercó trotando, con la lengua colgando y una gran sonrisa canina.

—¿Un perrito?

—Sí.

Crockett se acercó a ella y dio un salto, pero Tucker lo agarró antes de que pudiera poner sus patas llenas de barro en el vestido limpio de Sally.

—Aún no he tenido tiempo de enseñarle modales.

Sally Mae volvió a cruzarse de brazos, un gesto nada optimista en ella.

—¿Cómo se llama?

—Crockett, por Davy Crockett.

—¿Crees que se convertirá en un luchador fuerte y poderoso? —preguntó ella con escepticismo.

—No lo sé, pero sí sé que puede ser muy revoltoso.

Sally Mae puso una mueca mientras Crockett gemía y se sentaba.

—Necesita que alguien lo cuide mientras yo estoy fuera.

—¿Cuánto tiempo será?
—Una semana o una semana y media.
Sally Mae dejó caer las manos a los costados.
—Normalmente estás fuera mucho más tiempo.
—Si puedo seguir un rastro no necesito perder tiempo buscándolo.
Ella puso otra mueca y se arrodilló para acariciar a Crockett en las orejas.
—¿Qué se supone que tengo que hacer con él si no regresas?
—Envía un mensaje a los Ocho del Infierno y alguien vendrá a por él. Puedes confiar en ellos. Me han dicho que Desi le tiene mucho cariño al cachorro.
—¿Desi?
—La mujer de Caine Allen.
—No sabía que los Ocho del Infierno se casaran.
Estaba celosa, y a Tucker le gustó descubrirlo.
—Hay cosas que no nos gusta desvelar...
—¿Tenéis miedo de que las mujeres se enteren y se muestren demasiado dispuestas, tal vez?
—Que estén dispuestas no es la cuestión —respondió él, solo para provocarla un poco más—. El problema es cuando empiezan a atar sus bártulos a mis alforjas.
—¿Tan buen partido eres?
Él negó con la cabeza y se agachó para acariciar a Crockett mientras intentaba no sonreír. Le gustaba que Sally Mae se enfadara por imaginárselo con otras mujeres.
—No, pero te agradecería que lo fueras diciendo por ahí.
Ella frunció el ceño.
—Encárgate tú mismo de eso, McCade.

Crockett gimió y se movió hacia él.
—No puedo. Me marcho.
Ella alargó una mano y tocó una de las largas orejas del perro. Sus dedos rozaron los de Tucker y retiró la mano, pero muy despacio.
—Entonces tendrás que hacerlo cuando vuelvas.
Él la miró a los ojos y vio el miedo que intentaba disimular.
—Ya sabes que volveré.
—Estoy segura de que a muchas mujeres les alegrará saberlo.
—¿Incluida tú?
—No es la primera vez que te marchas. Y normalmente estás fuera más de un mes.
Pero eso era antes de que fueran amantes. Tucker sacudió la cabeza. Tenía que aceptar que Sally no iba a ablandarse en aquella despedida.
—Eres una mujer muy dura, Sally Mae Schermerhorn.
—Soy una mujer sensata, y me gustaría evitar los rumores que a ti parecen divertirte.
—¿Crees que me gusta ser el centro de atención?
—Creo que te has acostumbrado tanto a recibir atención que ya ni siquiera lo notas.
Tucker arqueó una ceja.
—Si echara raíces con una buena mujer, no recibiría tanta atención.
La insinuación no provocó la menor reacción en Sally Mae.
—Ninguna mujer podría aceptar la vida de peligro y violencia que llevas.
—No todas las mujeres aman tanto la paz como tú.

—Todas las mujeres quieren tener hijos, una vida tranquila para criarlos y un marido para que las proteja.
—¿En vez de un recuerdo?
Ella asintió, se levantó y se estiró la falda.
—Amar a un hombre que siempre está cortejando a la muerte y la venganza no es una sabia elección.
Él también se levantó y observó sus apetitosos rasgos, sus labios, sus ojos... La deseaba más que nunca, y odiaba tener tan poco tiempo.
—¿Crees que el amor es una elección?
—No puedo elegir a quién amar —admitió ella con una expresión cargada de tristeza—. Pero sí puedo elegir con quién quiero formar una familia.
Tucker recordó las precauciones que había tomado la noche anterior, usando una esponja y vinagre para no dejar nada al azar. También recordó el aspecto que había tenido horas antes, mientras abrazaba a Billy, abatida y sin la menor esperanza.
—¿Y crees que serás feliz con un blandengue que no sepa cómo defenderos a ti y a tus hijos?
—La fuerza no es solo física.
—Si alguien intentara violarte, solo unos buenos músculos podrían impedirlo.
—Dios no aprueba la violencia.
—Yo tampoco, pero a veces no hay elección.
—Siempre hay elección.
Viéndola allí de pie, tan pálida y débil, protegiéndose tras la coraza de sus convicciones, Tucker sintió el deseo de aporrear la pared.
—A veces me das miedo, Sally Mae.
—¿Por tener claras mis ideas?
—Por lo vulnerable que te hacen.

—Creo que tu fallo está en creer que puedes controlar la voluntad de Dios.

La frustración le hizo apretar los puños.

—Tal vez tu Dios me haya puesto aquí para asegurarse de que no acates tan pronto su voluntad.

—También es tu Dios.

—Dios dejó de tener interés en mí el día que nací.

—¡Eso no es cierto!

A pesar del peligro de que pudieran verlos, Tucker le puso la mano bajo la barbilla. Era tan pequeña y frágil... Cualquier hombre podría hacerle daño.

—Cree lo que estés obligada a creer.

—No estoy obligada a creer nada. Yo elijo mis creencias, y elijo creer que mi Dios jamás abandonaría al hombre que eres.

—Soy un asesino, ¿recuerdas?

—Solo te has desviado de tu camino.

Tucker aflojó la mano con que le sujetaba la barbilla. Había visto a Sally Mae salvar a un paciente de una muerte segura sin nada más que su esperanza y su fe. Y ahora había decidido que él, Tucker McCade, debía salvarse.

Alguien llamó a Sally desde el interior de la casa, y Tucker la miró con el ceño fruncido.

—¿Lyle sigue aquí?

El proscrito no era especialmente violento, pero tampoco tenía muchos escrúpulos y Tucker no cometería el error de confiar en él.

Sally Mae tuvo la decencia de adoptar una expresión incómoda al confesarlo.

—Sí. Sufrió un contratiempo.

Desde luego. Un contratiempo muy oportuno. Lyle siempre había estado merodeando por los alrededores, y no era ningún secreto que albergaba un interés personal por Sally Mae. Últimamente Tucker había notado que los solteros del pueblo se fijaban más en ella, como si pensaran que el periodo de luto ya estaba durando demasiado.

Levantó a Crockett y se lo tendió a Sally Mae. Ella dio un paso atrás, pero alargó los brazos para aceptar al cachorro y retrocedió otro paso cuando Tucker entró en la casa y se encaminó hacia el cuarto del enfermo.

Sus botas no hicieron el menor ruido en el suelo de madera. Lyle estaba en la cama, peinándose con las manos. Acicalándose, sin duda, para la supuesta llegada de Sally Mae.

Hijo de perra...

Tucker lo agarró por el hombro y lo levantó de un fuerte tirón a pesar de su corpulencia. Lyle se revolvió y lanzó el puño hacia su rostro, pero Tucker lo bloqueó con la mano y le sostuvo la mirada mientras Lyle descubría con quién estaba tratando y los problemas que se estaba buscando. Maldijo en voz baja y se echó hacia atrás. Tucker esbozó una media sonrisa y le apretó en el hombro en un gesto de amenaza y advertencia.

—Es hora de que te vayas.

—Te has pasado de la raya, salvaje.

Tucker volvió a sonreír.

—Tal vez tú quieras mostrarme dónde está esa raya.

—Alguien lo acabará haciendo... No puedes instalarte libremente en casa de una mujer buena y decente.

Maldito hijo de perra...

—Si se te ocurre difundir algún rumor sobre la señora Schermerhorn, usaré tus tripas como cebo para los coyotes.

Lyle lo miró con desdén.

—La gente ya está hablando... Harías bien en cubrirte las espaldas.

Tucker tensó los músculos. Sabía que Lyle no se estaba tirando ningún farol.

—Cierra tu asquerosa boca —le ordenó mientras los pasos de Sally Mae se acercaban por el pasillo.

—¿Tienes miedo de que la viuda te eche a patadas?

En realidad, tenía miedo de que Sally Mae lo oyera y arremetiera contra Lyle.

Lyle abrió la boca, pero Tucker lo hizo callar con un fuerte codazo, justo cuando Sally entraba en la habitación.

—¡Tucker! ¿Se puede saber qué haces? Lo estaba curando...

—Y has hecho un trabajo excelente —dijo Tucker con un atisbo de sonrisa—. Lyle me estaba diciendo que ya es hora de marcharse, pues se siente mucho mejor —le dio a Lyle otro apretón de advertencia en la mano—. ¿No es así, Lyle?

—Esta mañana tenía fiebre —dijo Sally. Se acercó rápidamente a Lyle, pero Tucker le cortó el paso con el hombro. La única calentura que Lyle estaba pillando era por aquella enfermera en particular, y no tenía nada que ver con su salud.

—Se ha recuperado muy rápido. La última medicina que le suministraste debe de haber hecho milagros —en realidad no sabía si Sally Mae le había dado algún medicamento a Lyle, pero era lo más probable. Sally

Mae tenía toda clase de pócimas y pociones en las que creía firmemente. Algo que había aprendido de Jonah, sin duda, quien siempre había rehusado realizar una sangría si podía emplearse un remedio menos agresivo. Hasta Tucker tenía que admitir la lógica de sus métodos.

—Te sientes mejor, ¿verdad, Lyle?

Lyle miró a Sally Mae, pero Tucker lo apretó con más fuerza para que volviera a mirarlo a él. No podía tolerar que aquella escoria mirase a una mujer como Sally Mae, con toda clase de ideas lujuriosas rondándole la cabeza.

—Así es, señora Sally. Me siento mucho mejor.

—Señora Schermerhorn —lo corrigió Tucker, y le dio un coscorrón en la cabeza antes de tenderle la camisa, que estaba junto al resto de su ropa pulcramente doblada en una silla.

—Tengo que verle los vendajes antes de que se marche —dijo Sally Mae.

No había ni una gota de sangre en la venda que cubría el robusto pecho de Lyle.

—Sus vendajes están bien.

—Tengo que comprobar que no haya infecciones —insistió ella—. Las heridas de cuchillo pueden ser muy peligrosas.

Tucker le entregó a Lyle sus pantalones.

—Lyle volverá si lo considera necesario, ¿verdad, Lyle?

Lyle asintió. Pero ambos sabían que no volvería a visitar a Sally Mae a menos que se estuviera muriendo. Y aunque así fuera se arriesgaría a enfrentarse a Tucker. Era una repugnante alimaña que se aprovechaba de la compasión de Sally Mae para intentar llevársela a la cama. Debería sacarle las tripas allí mismo... Pero se limitó a disimular un suspiro y una sonrisa. Sally Mae no vería necesaria una medida tan extrema.

Lyle aún se estaba abrochando los pantalones cuando Tucker le puso una mano en la espalda y lo empujó no muy amablemente hacia la puerta.

—Ya puedes irte.

—No quiero que te esfuerces demasiado, Lyle —le ordenó Sally Mae mientras apartaba el rostro de las lametadas de Crockett—. La herida se tiene que cerrar del todo.

Lyle agarró su sombrero de camino a la puerta trasera.

—Descuide, señora Schermerhorn.

En cuanto la puerta se cerró tras él, Sally cargó contra Tucker.

—No puedes hacer eso, Tucker. No puedes venir a mi casa y poner en peligro la vida de mis pacientes.

Tucker la miró de arriba abajo. Le había hecho el amor hasta el último palmo de su cuerpo, había aspirado sus gritos de placer y había saboreado hasta la última gota de su esencia. Tenía que ser suya.

—Eso es lo que acabo de hacer.

—Por eso mismo te lo estoy diciendo. No vuelvas a hacerlo.

Tucker apretó los dientes contra el amargo sabor de la frustración.

—Haré lo que tenga que hacer para mantenerte a salvo.

—Solo me he acostado contigo. No soy tu mujer.

—Anoche te entregaste a mí.

Sally Mae sostuvo a Crockett delante de ella como si fuera un escudo.

—Solo fue sexo.

Tucker le quitó al cachorro, lo dejó en el suelo y se valió de su mayor tamaño para atraparla contra la pared. Ella le puso las manos en el pecho y Tucker sintió el calor de sus dedos a través del chaleco. A aquella distancia era imposible pasar por alto la pasión que ardía en sus ojos, junto a la aprensión y la inquietud. Más le valía estar preocupada. Él estaba realmente enfadado.

—Tucker…

Él le puso el pulgar bajo la barbilla y sintió el temblor que la recorría. La lengua de Sally Mae asomó entre sus labios y los dejó húmedos y brillantes. Tucker descendió hacia su boca y la besó una y otra vez hasta que ella separó los labios, lo que aplacó un poco de su furia interna.

—Anoche te entregaste a mí, Sally Mae —repitió. La frustración, la rabia y el deseo ferviente convirtieron su murmullo en un gruñido ronco y amenazador—. No te confundas. Aún tengo algunos derechos, y no voy a renunciar tan fácilmente a ellos.

Ella le mordió el labio inferior, confiando en que la soltara. Un fuerte escozor se propagó desde la boca hasta la ingle de Tucker, quien dejó que Sally Mae separara ligeramente la boca.

—¿Qué derechos?

—La clase de derechos que quizá no me permitan compartir tu lecho públicamente ni casarme contigo, pero que desde luego me permiten garantizar tu seguridad.

Ella parpadeó un par de veces.

—¿Y quién va a protegerme de ti?

Tucker no deseaba otra cosa que levantarle la

falda y hundir su miembro en el sexo tenso y apretado de Sally Mae para restablecer de una vez por todas lo que había entre ellos. Pero no había tiempo.

—Nadie —respondió. La besó por última vez y pasó la mano por su trasero. Presionó los dedos contra la tentadora división de los glúteos y le recorrió la mejilla con los labios hasta llegar a la oreja. Ella ahogó un gemido cuando le atrapó el lóbulo entre los dientes. Tucker sonrió para sí mismo al sentir su temblor y la sujetó cuando las rodillas de Sally Mae cedieron, aprovechando el momento para centrar sus caricias. Ella volvió a gemir y a estremecerse, pero él no se apartó.

—¿Te duele?

Ella asintió y dejó escapar un gritito al tiempo que separaba las piernas. Se lo estaba poniendo fácil... Tucker deslizó la rodilla entre las suyas para mantenerlas separadas.

—¿Recordando lo de anoche?

Ella volvió a asentir y a gritar mientras él le masajeaba suavemente la zona sensible a través de la ropa. Sabía muy bien que Sally Mae era virgen por detrás, pero aun así no había podido contenerse al introducir la punta por el conducto prieto y oscuro que ella le había ofrecido tan despreocupadamente.

—¿Te arrepientes de algo?

Esa vez tardó un poco en responder, pero finalmente negó con la cabeza. Fue un movimiento casi imperceptible, pero bastó para que la verga de Tucker se endureciera aún más.

—Bien, porque la próxima vez lo recibirás... todo.

Le fue subiendo la falda, puñado a puñado, hasta que nada quedó entre su mano y el suave muslo de

Sally Mae. Los dos gimieron al mismo tiempo y Tucker la mordió delicadamente en el labio. Para ser una ferviente defensora de la paz, a Sally Mae le encantaba jugar con fuego. Aquel mordisco en el labio fue todo lo que hizo falta para que relajara los muslos y abriera los labios. Tucker se aprovechó de ambas facilidades y tomó posesión de su boca y de su sexo en un solo movimiento. El canto de su mano entró en contacto con la vulva y le rozó el clítoris con la palma rugosa mientras introducía los dedos en su vagina. Ella dio un respingo y apretó los músculos.

—Shhh —susurró él—. No te muevas.

—No puedo quedarme quieta...

—Sí que puedes. Solo un momento.

Con el pulgar hurgó en la abertura frontal mientras con el dedo corazón hacía lo mismo con la trasera. Ambos orificios seguían humedecidos.

—Aún estás mojada —murmuró, apoyando la frente en la suya.

—De ti.

La confesión le resultó increíblemente seductora. Él y solo él la anegaba con su simiente. El pensamiento prohibido escapó a su control y se instaló en su deseo con la misma precisión con que su dedo presionaba en la entrada de su sexo.

Sally Mae le clavó las uñas en los hombros y se puso de puntillas.

—Tucker...

Podía ver los pezones endurecidos a través del vestido, sentir las convulsiones internas alrededor de su dedo y ver el deseo desatado en sus ojos.

—Ábrete para mí...

Ella se puso completamente rígida por un instante, pero entonces le clavó la mirada en los ojos y su sexo se abrió.

—¡Oh!

—¿Te gusta, rayo de luna?

Ella asintió y le clavó aún más las uñas en el chaleco.

La punta del dedo siguió avanzando al tiempo que el pulgar.

—¿Cuánto?

Sabía la respuesta, pero quería oírsela a ella mientras la penetraba con los dedos por delante y atrás.

—No lo sé...

Él giró la cabeza y la besó en la boca.

—Sí, sí lo sabes. Puedo sentir tu pasión y tu deseo... Quieres apretar, nena. Quieres que mis dedos te penetren hasta el fondo, recordándote cómo te corriste con mi polla. Lo hiciste, ¿verdad, nena? Te corriste de una manera salvaje hasta que yo también me corrí y te llené con mi semen...

—Sí.

—Me volvías loco de deseo —empezó a mover los dedos adelante y atrás, sincronizando la presión a los temblores de Sally Mae—. Como ahora...

Sally Mae echó la cabeza hacia atrás, golpeándose contra la pared.

—Oh, Dios...

Tucker se aprovechó y presionó un poco más, deslizando los dedos en su interior.

—Muéstrame cuánto me deseas, Sally —la resistencia cedió con un fuerte grito—. Eso es. Así...

El orificio anal se cerró en torno a su dedo, acariciándolo con pequeñas contracciones igual que había acariciado su pene la noche anterior. Tucker introdujo el dedo hasta la segunda falange y empezó a moverlo con frenesí mientras con el canto de la mano le frotaba el clítoris, persiguiendo la culminación que ambos anhelaban.

—¡Tucker!

Volvió a apoyar la frente contra la suya, invadido por una corriente de deseo, lujuria y algo mucho más poderoso mientras el orgasmo sacudía a Sally Mae de los pies a la cabeza. Tucker sacó los dedos y volvió a meterlos, saboreando el momento hasta el final. Deleitándose con el placer de Sally Mae, con su aceptación incondicional, con la ilusión de que era suya...

—¿Quién más?

La boca de Sally Mae buscó ávidamente la suya mientras se abría por completo y le ofrecía lo que Tucker más necesitaba. Siempre le daba lo que más necesitaba.

—Nadie más... Nadie más que tú.

Capítulo 7

De pie en el salón, Sally Mae observaba a Tucker alejarse a grandes y poderosas zancadas, como si la calle le perteneciera. Igual que la había besado minutos antes, como si Sally Mae fuera de su propiedad exclusiva. Pero también la había besado como si ella fuera todo su mundo, antes de soltarle la falda y marcharse, dejándola completamente aturdida y confusa. No sabía qué le molestaba más, si el control que Tucker ejercía sobre sus sentimientos o el descontrol que ella tenía sobre los suyos.

Crockett gemía lastimeramente desde la cocina, donde Sally lo había encerrado. Las quejas del cachorro reflejaban la propia frustración de Sally. Se suponía que ella y Tucker solo iban a compartir una aventura. Ese era el trato. Disfrutar del placer que pudieran darse y luego seguir cada uno por su lado. Sin nada más profundo que el mutuo goce de sus cuerpos. Pero Tucker estaba cambiando las reglas. O tal vez habían estado jugando según sus reglas desde el principio y Sally había sido demasiado ingenua para darse cuenta. Se apoyó de espaldas contra la puerta, aún sintiendo los temblores del placer.

«Muéstrame cuánto me deseas».

No sabía si podría hacerlo, pero quería intentarlo. Quería complacer a Tucker y darle el mismo placer que él le daba. Quería entregarle su cuerpo y su corazón y abrazarlo con todo su ser. Se apartó los mechones de la cara y suspiró. Desde el principio había sabido que intentar algo con Tucker era muy arriesgado, pero aun así lo había hecho. Por una noche había querido vivir la ilusión de pertenecer a alguien, pero el impacto que Tucker ejercía sobre ella excedía con mucho a una sola noche. Algo que no se había permitido pensar cuando tomó su decisión. Se había esforzado en creer que Tucker era un mujeriego frívolo y superficial, pero había descubierto que era mucho más que sexo y violencia. La intrigaba, la inspiraba y la atraía como la llama a la polilla. Sally se frotó vigorosamente los brazos. Si fuera la mitad de mujer de lo que Jonah se había jactado de que era, no estaría allí cuando Tucker regresara. Se marcharía con la cabeza bien alta y sus convicciones intactas.

Pero no era la mujer que Jonah había querido que fuera... Jonah había sido un dechado de virtudes y era imposible no admirar su integridad. Pero para Sally no había sido tan fácil mantenerse a la altura de las expectativas, y a veces sentía que Jonah no la comprendía, aunque su marido siempre ocultó su decepción y atribuyó los defectos a los quince años de diferencia que los separaban. En ocasiones Sally se preguntaba si ahora podría sentirse mejor si hubiera sido sincera con él. Pero ¿cómo decirle a alguien que la conocía desde que tenía diez años que no la conocía en absoluto?

Tucker, sin embargo, que solo hacía un año que la conocía, y ni mucho menos tan íntimamente como su difunto marido, podía ver las partes más recónditas de su alma. Cada vez que visitaba el pueblo indagaba en sus secretos y no le permitía eludir las preguntas más íntimas y personales.

Apartó las cortinas y miró por la ventana para ver cómo su tentación se alejaba por la calle a grandes zancadas y la espalda erguida, levantando pequeñas nubes de polvo que resaltaban su inquebrantable determinación, aparentemente ajeno a los murmullos y prejuicios que se respiraban en el pueblo.

Una relación prolongada entre Tucker y ella era muy peligrosa para ambos, pero ninguno parecía capaz de ponerle fin. Ignoraba cuáles serían las razones de Tucker, pero las suyas estaban estrechamente ligadas a todo cuanto sentía cuando estaba con él. Sentía que su lugar estaba a su lado, pero ¿realmente merecía la pena correr el riesgo?

Durante mucho tiempo había trabajado duro para ser quien era y estar donde estaba. Tal vez su vida no fuera perfecta, pero al menos le proporcionaba estabilidad. Si la perdía, volvería a ser la niña de diez años sin familia, sin casa y sin un propósito claro y definido que guiara su existencia.

Sintió un escalofrío y volvió a frotarse los brazos. No podía volver a la oscuridad, pero allí acabaría si continuaba con esa relación prohibida.

Siguió contemplando a Tucker cuando subió a la

acera al otro lado de la calle. Su amante se ajustó el revólver en la cadera, recordándole a Sally lo que iba a hacer. Se disponía a perseguir a un hombre, a darle caza como a un animal y matarlo sin contemplaciones. A Sally se le revolvió el estómago al pensar en la cantidad de sangre derramada, en todos aquellos hombres que habían muerto por culpa de sus ideales de justicia. Apoyó la frente en el cristal y se envolvió los dedos con la cortina. Estaba cansada, muy cansada de que todo fuera siempre igual y de quedarse esperando a recoger los pedazos.

Tucker se detuvo para hablar con un hombre alto y rubio y una mujer bajita y voluptuosa. Eran Bella Montoya y Sam MacGregor. Tucker les tenía mucho afecto, pero Sally Mae aún no sabía qué pensar de Sam. Era un hombre enigmático y oscuro de semblante serio y amenazador. Su novia, en cambio, le gustaba mucho a Sally. Bella era un torbellino de fuego, de gran ingenio y temperamento y sin el menor respeto por las convenciones sociales.

Tucker negó con la cabeza y Sam respondió con una de sus escasas sonrisas que le conferían un aspecto encantador. Tucker dijo algo que a Bella no pareció gustarle, pero Sam le acarició la mejilla y su postura se suavizó de inmediato. Y entonces Sally reconoció una expresión de profundo anhelo en el rostro de Tucker.

No era deseo por Bella, naturalmente. Tucker jamás desearía a la mujer de su mejor amigo. Pero sí anhelaba lo que Sam y Bella compartían. A Sally se le encogió el corazón. Nunca había visto a Tucker como un hombre solitario, lo cual había sido muy egoísta por su parte. Su sangre mestiza lo condenaba al rechazo y la exclusión social, y aunque su gran tamaño le confiriese algún respeto, no bastaba para ser aceptado en ninguno de los dos mundos, ni blanco ni indio. No disfrutaba de la libertad para amar lo que quería, no tenía la posibilidad de hacer amigos y no podía establecer los vínculos que forjaban una comunidad.

El corazón se le encogió de nuevo. Qué horrible debía de ser aquella vida, y qué fácil era para un hombre en esas circunstancias sentir que Dios lo había abandonado. Su único consuelo estaba en la fuerza de sus puños.

La discusión que tenía lugar en el exterior se acabó, y a juzgar por el acelerado paso de Bella no había sido de su agrado. Pisándole los talones iba Kells, el enorme perro lobo que Bella había adoptado y que casi había dado su vida al protegerla. Las sensuales curvas de Bella llamaban la atención de todos los hombres junto a los que pasaba, pero todos ellos miraban inmediatamente a Sam. Había demostrado ser muy posesivo, y nadie quería tener problemas con él.

Solo un hombre no miró al novio posesivo y celoso. Lyle... Sally había oído rumores sobre las libertades que se tomaba con las mujeres, y después de haberlo alojado en su casa sospechaba que esos rumores podían ser ciertos. Gracias a Dios Bella tenía a Sam. En aquella tierra, una mujer solo podía estar a salvo si tenía a un hombre fuerte para protegerla. Sam tenía una reputación letal. Seis meses atrás, cuando Bella fue secuestrada por Tejala, a todo el mundo le quedó claro que nada podía interponerse entre Sam y su Bella.

Sally Mae no era la única que había notado las miradas que Lyle le dirigía a Bella. Sam se apresuró a recolocarse el sombrero y dio un par de pasos hacia Lyle, pero Tucker le puso la mano en el pecho para detenerlo. Tucker era tan fuerte y poderoso que no pareció costarle el menor esfuerzo contener a Sam. La imagen de sus músculos llenó de orgullo a Sally, pero la sensación dejó paso al pánico cuando vio a Tucker acercarse a Lyle, que estaba en la puerta del salón. A pesar de su tamaño, Tucker podía moverse con tanto sigilo como un gato. Lyle seguía observando a Bella y no se percató de su presencia hasta que fue demasiado tarde, cuando se giró hacia Tucker y recibió el impacto de su puño en la cara.

Sally se llevó la mano a la boca para ahogar un grito. Era imposible que la hubiera oído, pero Tucker la miró directamente a ella, y aunque Sally no pudo ver sus ojos bajo el ala del sombrero sí vio sus labios apretados en una mueca de disgusto. Uno de los amigos de Lyle se acercó y Tucker mantuvo unas palabras con él. El hombre miró hacia la casa de Sally antes de asentir, agarró a Lyle del brazo y lo metió de nuevo en el salón.

Obviamente, Tucker le había dicho que no se le ocurriera llevar a Lyle a casa de Sally. Si se hubiera tratado de cualquier otro herido, Sally lo habría aceptado sin importarle la opinión de Tucker. Pero durante los dos últimos días de su recuperación, Lyle la hacía sentirse muy incómoda. Fueran cuales fueran sus creencias, no quería volver a tenerlo en su casa.

Bella podía considerarse afortunada por contar con la reputación de Sam para protegerla, pero Sally era viuda y solo contaba con sus conocimientos para defenderse. Era lo más parecido a un médico que había en el pueblo, pero ni siquiera su incuestionable labor la libraba de ciertos prejuicios. Tras la muerte de su marido los habitantes del pueblo se habían preocupado por ella, pero en los últimos meses habían empezado a cambiar de actitud. Las mujeres le preguntaban sobre sus planes de futuro, y los hombres empezaban a mirarla con algo más que compasión. Cuáquera o no, el mensaje que estaba recibiendo era muy claro. Su período de luto había acabado.

Muy pronto tendría que tomar una decisión. Era una mujer sola en una tierra salvaje. Miró a Tucker una vez más y una punzada le traspasó el corazón mientras soltaba las cortinas y estas se interponían entre ellos.

«Por favor, Señor, dame fuerzas».

Bella llegó al porche. Le ordenó a Kells que se quedara quieto y subió los escalones con un sensual balanceo de sus grandes pechos. Bella jamás se preocupaba por ocultar sus atributos ni su personalidad. Llamó a la puerta y Crockett ladró con fuerza mientras Sally Mae se obligaba a apartar sus aciagos pensamientos.

—Buenos días, amiga mía —la saludó al abrir.

Bella sonrió y se agachó para acariciar a Crockett.

—¿Puedes ofrecerme refugio?

—¿De quién?

—De los hombres idiotas y arrogantes —respondió ella con una mueca—. ¿Sam está mirando?

Sally Mae miró discretamente por encima del hombro de Bella.

—Sí.

—Maldito granuja. Siempre tiene que chafarme los planes.

—Será mejor que entres —le sugirió Sally, y agarró a Crockett por el improvisado collar antes de que el perro pudiera escaparse.

—Sí, será lo mejor —aceptó Bella, quitándose el sombrero—. Estoy muy disgustada con Sam.

Crockett gimió al ver cómo se agitaba la tentadora pluma del sombrero.

—Quizá deberías poner el sombrero en alto, lejos de su alcance —le aconsejó Sally.

—Oh, no. Que al menos uno de nosotros se divierta —le arrojó el sombrero al perro, que se abalanzó sobre él al instante, y tranquilizó a Sally con un gesto—. Sam odia este sombrero.

—¿No has dicho que estabas enfadada con él?

—Lo estoy, pero no hasta el extremo de dejarlo ciego —Sally la miró sin comprender—. No hacía más que meterle la pluma en el ojo, sin querer.

—Podrías quitarle la pluma, simplemente.

—A Sam le gustará oír cómo el perro ha destrozado el sombrero —repuso Bella con una sonrisa.

—Entonces ¿no estás tan furiosa con él?

Bella suspiró.

—Sam se marcha con Tucker.

—¿Y tú no lo apruebas?

—Me preocupa. Ya sé que Tucker y Sam son los mejores, pero temo que cometan algún error y... —se encogió de hombros—. Sería mejor si yo estuviera con él.

—No puedes acompañarlo. Podrías resultar herida.

Bella se echó la trenza sobre el hombro y miró hacia la calle.

—Eso es lo que dice Sam. Como si fuera mejor que lo hieran a él que a mí.

—Es un ranger. Tiene mucha experiencia.

Bella volvió a suspirar y sacudió la cabeza.

—Eso también lo ha dicho, pero no es justo que deba ser yo la que siempre se quede esperando.

Sally Mae podía entender su frustración. Ella misma se quedaba con el corazón en un puño cada vez que Tucker se marchaba a una misión.

—Debes tener fe.

Bella respondió con un bufido.

—Tengo fe, pero Sam cree que es invencible.

—Es un hombre muy listo.

—Sí, lo es, pero a veces se olvida de que yo también lo soy —se pasó la mano por el pelo—. ¿Has visto cómo me ha acariciado la mejilla?

Sally Mae asintió.

—Me ha prometido que volverá a casa —levantó bruscamente las manos—. Como si pudiera mantener una promesa semejante...

—No quiere que te asustes.

Bella se volvió hacia ella con el ceño fruncido.

—¿No estás preocupada por Tucker?

Sally Mae intentó disimular su sobresalto, sin éxito.

—No es lo mismo.

El gesto ceñudo de Bella dejó paso a una expresión pensativa. Sally Mae habría preferido que siguiera frunciendo el ceño.

—Pronto lo será. Entre vosotros dos hay algo... Lo vi el día que nos conocimos, y desde entonces no ha dejado de crecer.

Santo Dios, ¿tan transparentes se habían vuelto para todo el mundo?

—Imaginaciones tuyas.

—Reconozco el fuego cuando lo veo.

Fuego... Sí, eso sentía cuando Tucker la tocaba.

—Creo que prefiero hablar de tu enfado con Sam.

—¿En vez de especular sobre Tucker y tú?

—Eso es.

—En ese caso cambiaré de tema —aceptó Bella, y apartó las cortinas para mirar por la ventana—. Al menos Tracker y Shadow irán con ellos.

Lo único que Sally Mae podía ver era a un hombre de espaldas. Iba vestido de negro y tenía la complexión recia de un consumado jinete. El pelo largo y negro que caía por su espalda evidenciaba su origen indio.

—¿Tracker y Shadow?

—Forman parte de los Ocho del Infierno, y en mi opinión, son los más temibles de todos.

—He oído que el más temible es Caine Allen. Un hombre muy posesivo y vengativo cuando ve amenazado lo que considera suyo.

—Tendré que verlo para creerlo. Pero dudo que haya hombres más temibles que Tracker o Shadow. Albergan mucho odio en su interior. Igual que le pasaba a mi Sam.

—¿Le pasaba?

—Yo lo he cambiado por amor.

—¿Seguro que no eres cuáquera?

—Seguro. Pero tal vez tú eres católica... —le dijo Bella, sonriendo.

Sally Mae le devolvió afectuosamente la sonrisa, pero negó con la cabeza.

—No, no lo soy.

—No importa. Mi Sam siempre dice que hay muchos caminos distintos que conducen al mismo sitio.

Nuestra elección depende de lo mucho que queramos trabajar para llegar hasta ahí.

—¿Estás diciendo que he elegido un camino difícil?

—Estoy diciendo que para mí no tiene la menor importancia el camino que elijas, porque al final llegaremos al mismo sitio. Eso es lo único que importa.

Sally Mae volvió a mirar por la ventana. Los hombres estaban hablando, y a juzgar por sus posturas tensas y nerviosas parecían mantener una discusión muy seria.

—¿Van a ir todos en busca del asesino de Billy?

—No pensarás que los Ocho del Infierno dejarían que Tucker fuera solo, ¿verdad?

No lo sabía. Solo conocía a Tucker como amante y como su fiel protector. No sabía más de él porque no había querido saberlo. Había mantenido la distancia entre ellos por la sencilla razón de que no quería que unos sentimientos más profundos la hicieran sufrir.

La expresión de Bella reflejaba la decepción que Sally Mae sentía consigo misma. No había sido justa con Tucker. Ni con ella.

—No.

—Los Ocho del Infierno son tan leales como los vaqueros de Montoya. Se dice que surgieron del infierno después de hacer un pacto con el diablo.

—¿Y tú te lo crees?

Bella negó con la cabeza.

—Sé que su pueblo fue arrasado cuando eran niños y que a punto estuvieron de morir sin nadie que los cuidara. Tuvieron que valerse por sí mismos y hacerse fuertes para buscar su venganza, pero en ninguno de ellos he visto el mal. Tan solo... —suspiró—

una profunda tristeza mezclada con una fortaleza increíble.

Sally también conocía aquella tristeza. La había visto a menudo en el rostro de Tucker.

—Son buenos hombres.

—Buenos hombres que han tenido una vida muy dura —añadió Bella—. No esperes de ellos la misma indulgencia de otros hombres.

—No lo hago. Ya no.

Los hombres entraron en el salón y se perdieron de vista. Bella dejó caer la cortina y se giró hacia Sally.

—¿Lo has descubierto por ti misma?

Sally Mae sonrió débilmente. No tenía sentido seguir fingiendo.

—Sí.

—Es imposible resistirse a ellos cuando deciden salirse con la suya.

—Lo sé —admitió Sally con un suspiro.

Bella tiró de la falda para liberarla de los dientes de Crockett.

—No quieres que Tucker se vaya, ¿verdad?

—No.

—Porque sientes algo más que miedo...

Bella era extremadamente perspicaz.

—Lo único que se consigue matando es que haya más muertes.

—A veces matar es necesario —replicó Bella. Crockett se lanzó otra vez a por la falda, gruñendo juguetonamente, y Sally Mae lo sujetó por el collar.

—Yo creo en la paz.

—¿Pase lo que pase?

Sally asintió y Bella emitió un silbido de admiración.

—Eres más fuerte que yo.
—Es una cuestión de fe.
—Dios ayuda a los que se ayudan a sí mismos.
Sally se había ayudado a sí misma en más ocasiones de las que podía recordar.
—Que no crea en la violencia no significa que me deje pisotear por todo el mundo.
—Así es para la mayoría.
—Pues la mayoría estará equivocada.
Bella se cruzó de brazos sobre sus generosos pechos.
—Me gustas mucho, ¿sabes? Sally Mae... con ese apellido impronunciable.
Sally se echó a reír y soltó a Crockett.
—Has estado hablando con Tucker.
—Se divierte mucho burlándose de ti.
—Se divierte con muchas cosas malsanas.
Bella asintió.
—Sí, así es. Tendrás que curarle esas malas costumbres.
—¿Por qué habría de hacerlo?
Bella la miró con una expresión sospechosamente inocente.
—Tu trabajo es curar a la gente, ¿no?
—Creo que Tucker no tiene cura.
La expresión de Bella perdió un poco de su inocencia.
—Quizá deberías intentarlo, de todos modos.
—¿Por qué?
—Porque lleva toda su vida esperándote.
Sally Mae tragó saliva, pero Crockett le evitó tener que responder cuando empezó a gemir y a revolverse a sus pies.

—Discúlpame. Tengo que sacarlo.

Levantó a Crockett y corrió hacia la puerta trasera, frunciendo el ceño al ver el estado en que el perro había dejado la cocina. En cuanto el cachorro acabó de hacer sus necesidades en la tierra, se lanzó de nuevo hacia Bella, quien también había salido al porche. Se arrodilló para rascarle las orejas y besarlo en el hocico.

—Eres un perrito muy, muy lindo —le dijo ella—. ¿Cómo se llama?

—Crockett.

Bella miró por encima del hombro el estado de la cocina.

—Creo que sería más propio llamarlo Torbellino.

—Debería haber creído las advertencias de Tucker cuando decidí hacerme cargo de él, pero parecía tan inocente y adorable… ¿Cómo iba a saber que sería tan travieso?

Unos ruidos en la esquina le llamaron la atención. Desde donde estaba podía ver el callejón que comunicaba con la calle principal, por la que estaban bajando Sam, Tucker y dos hombres que debían de ser Shadow y Tracker. Los dos eran igualmente robustos, sus cabellos negros se agitaban bajo los sombreros y parecía envolverlos una sombra amenazante y siniestra. Dos hombres que vivían para codearse con la muerte… e iban a acompañar a Tucker y a Sam.

Su angustia debió de reflejarse en su rostro, porque Bella le puso la mano en el brazo.

—No les pasará nada.

—¿Cómo puedes estar segura?

Bella suspiró y enganchó su brazo al de Sally.

—Se lo preguntaremos a alguien que sí lo sabe.

—¿Un adivino?
—A tu dios.
—¿Qué te hace pensar que me está hablando?
—Tampoco sé si me está hablando a mí, pero no hará ningún daño «poner la oreja», como dice Sam.
—Yo no soy católica.
Bella le dedicó una bonita sonrisa.
—No pasa nada. No creo que nadie en este pueblo profese la religión católica —le tocó el brazo a Sally—. Me gustaría rezar por Sam. ¿No quieres hacer lo mismo por Tucker?
Sally echaba de menos los momentos de unión en la iglesia, cuando los fieles se reunían para cantar salmos o para rezar por los más necesitados.
—Sí, me gustaría. ¿Qué haremos con Crockett?
El cachorro estaba demasiado ocupado persiguiéndose la cola como para preocuparse por lo que hicieran con él, pero Sally Mae no podía dejarlo solo. Tucker se lo había confiado a ella y no podía fallarle.
—Lo llevaremos con nosotras —dijo Bella.
—No creo que al reverendo Schuller le haga mucha gracia.
Bella silbó tres notas entre los dientes y Kells apareció trotando por la esquina. Era un perro muy grande y Sally puso inmediatamente la mano en la cabeza de Crockett.
—Son amigos, Kells —le dijo Bella.
Sally dudaba que aquellas palabras sirvieran para detenerlo si decidía zamparse a Crockett de un solo bocado, y contuvo la respiración mientras Kells se acercaba y acercaba el hocico al cachorro. Crockett se retorció alegremente y le lamió el morro. Aquello debería haber tranquilizado a Sally, pero por lo poco que

sabía de Crockett el cachorro podía ser un bobo que no reconocía el peligro de una muerte inminente.

—No hay de qué preocuparse —le aseguró Bella—. Kells forma parte de los Ocho del Infierno y protege a los más pequeños e indefensos.

A Sally Mae no le quedó más remedio que aceptar su palabra, mientras Kells rodeaba al cachorro para olfatearlo desde la cabeza al rabo. Aparentemente satisfecho, se sentó y miró a Bella.

—Cuídalo —le ordenó ella, señalando a Crockett.

No hubo el menor cambio en la expresión ni en el comportamiento de Kells, pero Bella pareció quedar satisfecha y se limpió las huellas del cachorro de la falda.

—¿Nos vamos?

—Sigo pensando que al reverendo Schuller no le hará gracia ver a Crockett.

—Pues tendrá que hablarlo con Kells.

El perro eligió aquel momento para bostezar y mostrar sus grandes y afilados colmillos. Sally Mae quedó convencida y siguió a Bella por el callejón.

Mientras caminaba detrás de ella, se dio cuenta de que hacía muchísimo tiempo que no tenía una amiga. Había aprendido a distanciarse de las personas porque nadie entendía su visión particular del mundo. Siempre había creído que se estaba protegiendo, pero tal vez lo que había estado haciendo era huir.

El interior de la iglesia era fresco y acogedor, y nada más entrar Sally sintió que era el lugar adecuado para esos momentos. No importaba que no fuera una reunión de cuáqueros o un santuario católico.

Bella hizo una genuflexión, se santiguó y alargó inconscientemente la mano hacia el agua bendita. Pero en aquel lugar no había ninguna pila y Bella retiró la mano con una despreocupación que Sally envidiaba.

—Hay cosas que son diferentes, ¿verdad?
—No creo que importen —dijo Sally.
—Yo tampoco.

Bella recorrió el pasillo y se detuvo en el medio. Sally la siguió, empapándose de la paz que se respiraba entre los bancos. La oración silenciosa había sido el mayor consuelo para su joven mente cuando entró a formar parte de la congregación, y echaba de menos las reuniones con los Amigos cuáqueros en momentos como aquel, cuando recordaba todo lo que había dejado atrás. Pero no quería volver a su tranquila y pacífica comunidad. Aquella tierra salvaje y peligrosa tenía algo único y especial que la atraía poderosamente. La violencia la inquietaba, pero podía llegar a entenderla e incluso aceptarla como parte natural de una vida dura y difícil.

Ella jamás recurriría a la violencia, pero convivir con unas personas que sí lo hacían como único modo de supervivencia la ayudaba a aceptar su propia lucha interna.

Jonah había sido un hombre de naturaleza pacífica. Vivía en paz consigo mismo, con su religión y con sus principios morales. Ella nunca había logrado alcanzar esa paz total, y eso la había hecho sentirse inferior. A pesar de las horas y horas que había dedicado a la meditación, parecía identificarse mejor con la violencia que con sus ideales religiosos. Siempre había sentido el impulso de devolver el golpe en vez de poner la otra mejilla. Por tanto, aunque sus creencias la siguieran aislando socialmente, en una tierra como aquella no podía sentirse inferior.

Se sentó en el banco junto a Bella y cerró los ojos. A su lado, Bella murmuraba una oración en su lengua nativa, el español, con una cadencia suave y fácil de seguir. Sally quería rezar por muchas cosas, pero el único ruego que ocupaba su mente era que Dios le devolviera a Tucker.

Alcanzaron al asesino de Billy tres días después. El bandido ni siquiera se había molestado en ocultar su rastro. Tucker miró a sus compañeros y vio reflejada en sus rostros la misma sospecha que él sentía.

—¿Qué os parece?

—Creo que está pidiendo a gritos que lo capturen o bien nos está conduciendo a una trampa —dijo Shadow, arrodillado en el suelo para examinar las huellas.

Tracker apuntó hacia el cañón que tenían delante.

—Si no está solo, ese sería un buen lugar para tender una emboscada.

—¿Alguien ha estado antes en ese cañón?

—Yo sí —dijo Shadow, apoyándose en el borrén de la silla de montar con un cigarro entre los dedos—. El mejor lugar para una trampa está en mitad del cañón, donde el valle se estrecha y es fácil ocultarse en los riscos —le dio una calada al cigarro—. Hay un camino secundario que podríamos tomar. Y un par de nosotros podrían apostarse en la cima y caer sobre ellos mientras están pendientes del resto.

—¿De verdad creéis que nos están esperando ahí

dentro, confiando en que sigamos su rastro hasta una muerte segura? —preguntó Tucker.

Tracker se encogió de hombros.

—No me parece una idea tan descabellada. La única ley que hay por aquí sois Sam y tú. Si se libran de vosotros, no habrá quien los detenga para actuar a su antojo.

Sam le dio unos golpecitos a su cigarro para quitarle la ceniza.

—La gente del pueblo se asusta con facilidad. No les costaría dominarlos.

Tracker mordió una brizna de hierba.

—Si tienen éxito en su emboscada, podrán hacer lo que quieran.

Tucker miró a Sam. Sabía que sentía la misma tensión que él, a pesar de su aspecto tranquilo y despreocupado.

—Por eso no quería que vinieras. Tienes una novia en quien pensar.

Sam se tiró hacia abajo del sombrero, como hacía siempre que no quería que nadie viera sus ojos.

—Que esté comprometido no significa que quiera perderme la diversión.

Tucker sacudió la cabeza. Renunciaría a sus viejas costumbres sin dudarlo con tal de tener a Sally Mae.

—Formarás parte de los Ocho del Infierno hasta el fin de tus días, Sam, pero ahora tienes otras responsabilidades. Tal vez tengas a un hijo en camino, y no quiero ser yo quien le diga a Bella que no vuelves a casa.

Tracker se cambió la brizna al otro lado de la boca.

—Sería capaz de matar al mensajero...

Shadow lo corroboró con un gruñido.

—Aprecio mucho la preocupación —dijo Sam—, pero hay decisiones que solo me corresponden a mí.

—Muy bien —aceptó Tucker—. Pero hazme un favor e intenta refrenar esa imprudencia todo lo que puedas.

—Ya he prometido que lo haría.

—¿A quién?

—A Bella.

—Claro...

—¿Para ti ha sido fácil abandonar a la viuda, Tucker? —preguntó Shadow.

Tucker golpeó las riendas contra su muslo.

—No hay nada entre Sally Mae y yo.

—Quizá puedas engañar a cualquier idiota, pero no a nosotros —repuso Shadow—. Recuerda que te conocemos mejor que nadie.

—No puede haber nada —insistió Tucker—. Si me sorprendieran con ella me colgarían del cuello sin importarles que fuera un ranger.

Sam escupió y le dio otra calada al cigarro.

—Tendrían que pasar por encima de los Ocho del Infierno para hacerlo.

Tucker lo miró a los ojos. No quería que nadie se viera envuelto por su culpa en aquella batalla absurda contra la población civil.

—Y lo harían. Ya sabéis cómo son los hombres blancos en lo que respecta a sus mujeres.

—Tú eres medio blanco —señaló Sam.

—Solo la mitad que no importa a nadie.

Tracker escupió la brizna al suelo.

—Nadie lo diría, con esos ojos que tienes.

—No son mis ojos lo que más preocupa a los blancos...

—Seguro que no —corroboró Sam, riendo.

—Estás jugando a un juego muy peligroso con la viuda —dijo Tracker.

—Eso ya me lo has dicho, pero lo que haga con ella es asunto mío y de nadie más.

—Por supuesto —afirmó Tracker, mirándolo bajo el ala del sombrero negro. La cicatriz de la mejilla refulgía a la brillante luz del sol—. Pero aun así te estaremos cubriendo las espaldas… solo por si acaso.

Tucker no sabía si sentirse halagado u ofendido.

—Sé lo que hago —declaró. O al menos eso intentaba hacer creer.

Sam sacudió la cabeza.

—Tengo la sensación de que no tienes lo que deseas tener.

—No he dicho que tuviera lo que quiero. He dicho que sé lo que hago.

—¿La quieres a ella? —preguntó Shadow tranquilamente.

Shadow rara vez hablaba, pero cuando lo hacía más valía escucharlo. El problema era que Tucker no quería escuchar nada de eso.

—No te metas, Shadow.

—Si la quieres, deberías tenerla —dijo él con el mismo tono tranquilo y sereno—. De todos modos, ella no aceptará a otro.

—No es tan fácil.

—Tampoco es tan difícil. Tú la quieres, ella te quiere. Tómala.

Como haría el salvaje que todos creían que era…

—Solo soy medio indio.

—Primero eras solo indio, y ahora quieres ser todo blanco —dijo Shadow—. Parece que tu origen mestizo te resulta muy conveniente, según sean las circunstancias.

Shadow se encogió enigmáticamente de hombros.

—Quédate con la parte que te permita obtener lo que quieres.

Era lo que Tucker más ansiaba hacer, estremecido por la fuerza del deseo.

—Solo se está divirtiendo un poco para abandonar el luto.

—Siempre he pensado que conviene entender a la mujer con la que te estás acostando —murmuró Shadow.

—Muestra un poco de respeto —le advirtió Tucker, llevando la mano a su cuchillo.

Shadow ni siquiera se inmutó.

—Muestro más respeto del que tú pareces tener. No veo a la viuda con los ojos de otros. Ella no es como las otras mujeres blancas. Y, al igual que tú, tampoco ha encontrado su lugar en este mundo. Tómala y dáselo tú.

—¿Y cuánto tiempo podría durar una relación así?

—Supongo que eso dependerá de lo fuerte que seas para retenerla —dijo Tracker, observando el risco con los ojos entornados.

—No más de cinco minutos en un lugar como este.

Sam se echó el sombrero hacia atrás.

—Tal vez no sea este vuestro lugar.

—¿Se os ha olvidado que tenemos un trabajo que hacer? —espetó Tucker—. Estamos aquí para encontrar al asesino de Billy, no para cortejar a mujeres viudas.

—Lo segundo es mucho más divertido —arguyó Sam con una sonrisa.

—Y mucho más fructífero —añadió Shadow.

—Tengo una buena pista que nos podría llevar hasta Ari —dijo Tracker—. He oído que hay una mujer rubia viviendo con los mexicanos justo al otro lado de la frontera.

—¿Y crees que puede ser ella? —le preguntó Sam.

—Las fechas coinciden.

No parecía muy convencido, pero Tucker no podía culparlo. Llevaban ocho meses sin encontrar ni rastro de la hermana de Desi. Había pasado casi un año desde su secuestro, pero los Ocho del Infierno nunca faltaban a su palabra y le habían prometido a Desi que le llevarían noticias de su hermana, ya fueran buenas o malas.

—Por el bien de Desi espero que lo sea.

—Iré a comprobarlo en cuanto acabemos con esto —dijo Tracker—, pero ahora parece que tenemos compañía —apuntó con la barbilla hacia la cresta, donde Tucker ya había visto el reflejo del sol en un cristal.

—Un grupo curioso, ¿verdad?

Shadow montó en su caballo sin apenas mover el aire a su alrededor. No había mejor jinete que Shadow. Ni mejor jinete, ni mejor asesino. Nadie mejor que él para una misión peligrosa. Nadie más difícil de entender.

—Entonces será mejor que no los hagamos esperar.

El preludio a la acción le resultaba agradablemente familiar a Tucker.

—¿Alguna vez os he dicho que sois la mejor compañía para morir?

—¿Alguna vez te han dicho que eres un pesimista

sin remedio? —le preguntó Sam, colocándose el sombrero—. Además, ¿quién dice que vamos a morir hoy? Yo no, desde luego. En casa me espera algo realmente bueno...

Por primera vez, Tucker se dio cuenta de que a él también lo esperaba algo bueno.

—Vamos allá.

Capítulo 8

Una rápida mano a las cartas decidió que Tucker sería el señuelo para distraer a los forajidos mientras Tracker, Shadow y Sam se colocaban en posición para sorprender a los atacantes. Actuar como señuelo era peligroso, pero no era esa la razón por la que siempre se lo jugaban a las cartas, sino porque hacían falta unos nervios de acero para esperar sin hacer nada a que algo ocurriera. No era la primera vez, ni siquiera la quinta, que Tucker hacía de señuelo. Tenía pésima suerte con las cartas, pero la experiencia no servía para tranquilizarlo lo más mínimo mientras cabalgaba entre las altas paredes rocosas, sabiendo que los proscritos podían estar ocultos detrás de cualquier peñasco y que bastaría con un solo disparo para acabar con su plan y con su vida. Su única protección radicaba en la inteligencia y pereza de los proscritos. Perezosos, porque querrían emplear el menor esfuerzo posible en librarse de los rangers, e inteligentes porque tenían que serlo para llevar a cabo su rudimentario plan.

Los pelos de la nuca se le erizaron al rodear la roca que protegía la entrada al cañón. Desenfundó su revólver a medias para asegurarse de que no estaba atascado y se colocó el rifle sobre los muslos. Estaba caldeada por el sol, y su peso familiar alivió la impaciencia de Tucker. No era la primera vez que unos forajidos intentaban tenderles una emboscada a los Ocho del Infierno, ni era la primera vez que los Ocho decidían frustrar un ataque sorpresa. Tucker se había entretenido durante una hora antes de dirigirse hacia el cañón, fingiendo que preparaba la cena mientras los otros rodeaban el cañón para sorprender a los asaltantes por detrás.

Observó las rocas que se habían desprendido sobre el angosto sendero. La trampa que pretendían tender era demasiado obvia, lo cual era una ventaja para el plan de Shadow. Su caballo, Smoke, dio un traspié en el momento más oportuno posible, justo antes de llegar a la mitad del cañón, donde supuestamente tendría lugar la emboscada, y junto a un montón de maleza para cubrirlo si fuera necesario. Tiró de las riendas y desmontó de un salto, y dejó el rifle contra una roca antes de levantar uno de los cascos delanteros de Smoke. Con suerte, los bandidos supondrían que se había detenido para examinar la herradura. Con suerte, lo verían como una oportunidad para apuntar con sus armas. Y con suerte, Tracker, Shadow y Sam habrían tenido tiempo para rodear el cañón y tendrían sus armas preparadas. Habría que tener un poco de fe.

—Sally Mae diría que estoy progresando, ¿verdad? —le dijo a Smoke, dándole una palmada en el costado—. ¿Yo, teniendo fe?

El caballo sacudió la cabeza y relinchó.

—Sí, yo también siento que están cerca. Tranquilízate, chico, y habremos acabado en cuestión de minutos.

Soltó el casco y Smoke piafó con inquietud, pero se mantuvo en su sitio. Tucker lo había elegido para aquella cabalgada precisamente por su obediencia. El hormigueo en la nuca se intensificó. Recogió el rifle y volvió a montar, reprimiendo los nervios que bullían bajo su piel. Cuando empezaran los disparos no habría tiempo para las dudas ni los errores.

A su derecha los pájaros dejaron de cantar, y un arrendajo lanzó un chillido de advertencia a la izquierda. Otro arrendajo emprendió el vuelo desde un matorral. Tucker siguió cabalgando. Las pisadas de Smoke en las piedras del suelo coincidían con los latidos de su corazón, invadido por la fría calma que precedía a la batalla. Los sentidos de Tucker se agudizaron al máximo, aumentando el calor del sol y aquel silencio sobrenatural. Los músculos del pecho se le tensaron casi dolorosamente. Odiaba esa clase de situaciones. Se le daba mucho mejor la acción que la espera pasiva y paciente.

Unos metros por delante, las florecillas silvestres crecían entre dos rocas, salpicando la polvorienta superficie con brillantes destellos dorados. Un atisbo de belleza en aquel paisaje agreste y desolado. Tucker lo tomó como un buen presagio y se tocó la bala que colgaba de su cuello. A medida que se acercaba, la luz que caía sobre los pétalos le recordó el pelo de Sally Mae a la luz de la luna. Ella sí que era un rayo de luz y color entre las sombras que oscurecían su vida. Si hubiera sido otra mujer y él otro hombre, ya la tendría atada y bien atada a su lado, con anillo y todo. Sally Mae viviría con los Ocho del Infierno, a salvo de cualquier peligro, suya para siempre…

Escupió con desagrado al suelo, asqueado consigo mismo. Sally Mae era una mujer de principios que necesitaba al hombre adecuado, y él no era ese hombre. No había ningún futuro para ellos, por más que Shadow lo acuciase a poseerla como si fuera lo más fácil del mundo.

Tan sumido estaba en sus divagaciones que casi se le pasó por alto el chillido simulado de otro arrendajo.

No podía distraerse en esos momentos, o conseguiría que los mataran a todos. Esperó a oír la llamada de nuevo, esa vez el gorjeo de un petirrojo. Era una imitación perfecta, que no delataba la frustración que Sam debía de estar sintiendo por intentar llamar su atención. Tracker lo acusaría de perder la cabeza por una mujer, y tendría razón. No podía soñar despierto cuando sabía muy bien que había un montón de armas apuntándolo.

Examinó el perímetro por el rabillo del ojo y vio un destello a su izquierda. ¿Sería el reflejo del sol en un rifle? El aviso de Sam le decía que había localizado a un hombre en la pared sur. Estaban siguiendo el rastro de cinco. A su derecha oyó la débil imitación de una codorniz. Tiró de las riendas y esperó. Volvió a oír el aviso, tres veces seguidas. Tracker había localizado a tres hombres. Eso hacía cuatro, o tal vez cinco si contaba al que Tucker había descubierto. Tras él una bandada de codornices emprendió el vuelo. El fuerte aleteo asustó a Smoke, que se lanzó desbocado hacia delante. Un segundo después, una bala impactó en la pared rocosa que dejaban atrás. El disparo resonó en todo el cañón.

De repente el barranco estalló en una continua descarga de munición. Tucker reconoció enseguida el rifle de Sam, pues siempre usaba una pólvora especial que le confería un ruido muy característico al disparo. Se agachó lo más posible en la silla y guio a Smoke hacia los matorrales de la derecha. Era un refugio minúsculo, pero siempre sería mejor que exponerse en el claro. Smoke miró el exiguo espacio que dejaban las ramas y los espinos y se negó a avanzar. Tucker no tenía tiempo para obligarlo. Agarró su munición de la silla y desmontó de un salto, antes de que Smoke se encabritara y se alejara al galope. Sería imposible volver a alcanzarlo.

—Si le disparáis a mi caballo os despellejaré vivos y os arrojaré a las hormigas —gritó, ofreciéndole a Smoke la única protección que podía.

Una bala pasó junto a su cabeza, impactó en un árbol y lanzó una lluvia de astillas sobre Tucker.

—Agáchate, Tucker —gritó Sam en un tono casi divertido—. ¿Es que te estás volviendo viejo?

Aferró con firmeza su revólver y abrió fuego repetidas veces hacia los movimientos que percibía a su derecha. Oyó el inconfundible sonido de una bala hundiéndose en la carne, un gruñido y un cuerpo pesado desplomándose en el suelo.

—Cualquier día de estos me harás perder la paciencia, Sam.

Se oyó un solo disparo de rifle, seguido por la alegre voz de Sam.

—Pero hoy no.

Tres disparos sucesivos procedieron de las alturas y a la derecha, como si el francotirador no pudiera conseguir un ángulo de tiro mejor. Tucker siguió la trayectoria de las balas. No le quedaba mucho tiempo. Lo único que su atacante tenía que hacer era moverse hacia la derecha, bajar hasta el siguiente cúmulo de rocas y tendría a Tucker a tiro. Pero no si Tucker cambiaba su posición. Si se desplazaba unos treinta metros hacia arriba sería él quien tuviera ventaja al disparar.

Confiando en que el bandido ya se hubiera puesto en movimiento, subió corriendo por la colina. A unos quince metros por encima casi se tropezó con el forajido al que había disparado antes. El herido le apuntó con su pistola, pero Tucker se lanzó hacia la izquierda, rodó hacia él y le clavó el cuchillo en la garganta. El arma del proscrito cayó al suelo, con la bala que habría delatado la posición de Tucker aún en el tambor.

Tucker extrajo el cuchillo, y mientras limpiaba la hoja con la camisa del muerto oyó el arma de Tracker. Entonces miró la cara del cadáver, mexicano, y recordó el ataque de los soldados mexicanos a su aldea, veinte años atrás. Instintivamente se tocó la bala del cuello. Durante mucho tiempo los Ocho del Infierno habían vivido alimentando el odio que nació en aquella noche trágica. Se habían jurado que jamás volverían a estar indefensos y que nadie podría derrotarlos por ser débiles. Y nadie los había vuelto a derrotar. Se convirtieron en unos chicos feroces y despiadados para sobrevivir en un mundo de hombres, y cuando se hicieron hombres les bastaba con su reputación para ganar la batalla.

Los ojos sin vida del proscrito lo miraban en una mueca congelada de horror. Tucker parpadeó para volver al presente y en vez de la satisfacción salvaje que siempre le proporcionaba la victoria sintió un silencio opresivo y el calor de la bala contra la piel.

Volvió a envainar el cuchillo al tiempo que oía un grito agudo y agónico. El cuchillo de Shadow había encontrado a su presa. El grito siguió recorriendo la espalda de Tucker mucho después de haber cesado. Era otra señal. Shadow siempre dejaba que el último objetivo gritara. A Tucker no debería molestarle, pero últimamente muchas cosas habían perdido su atractivo, incluido su trabajo. ¿Cómo era posible? ¿Desde cuándo no le gustaba hacer justicia?

«La fuerza no es la solución».

Tucker se volvió hacia la dirección de Sam y apartó de su cabeza las creencias de Sally. En aquel lugar solo la fuerza era una solución. Pensar cualquier otra cosa era una estupidez.

Por debajo de él vio un rifle que asomaba sobre una roca, apuntando a un objetivo. Siguió la trayectoria y a unos cuantos metros vio a Sam, apoyado de espaldas contra un árbol. Y mientras Sam sacaba despreocupadamente el tabaco del bolsillo, Tucker oyó el disparador de un rifle.

¡Maldición! No eran cinco los asaltantes, sino seis. Y Tucker estaba demasiado lejos para desarmar al bandido.

—¡Agáchate, Sam!

Un disparo resonó en el cañón al mismo tiempo que su grito de advertencia. El rifle dio una sacudida hacia arriba y la bala se perdió en el aire. Dos segundos después el proscrito se llevaba la mano al pecho y sus ojos se encontraban con los de Tucker, antes de caer al suelo con los brazos en jarras. Tucker apartó el rifle con el pie y siguió avanzando hacia Sam, enfadado y aliviado a la vez.

—¿Celoso porque no has sido tú el señuelo?

Sam esbozó una sonrisa despreocupada.

—No me pude resistir cuando Shadow apareció y me dio la oportunidad —volvió a apoyarse en el árbol y siguió liándose un cigarrillo—. Gracias por el aviso, de todas formas.

Por lo visto nada había cambiado en Sam. Seguía asumiendo riesgos de todo tipo, incluso cuando no era su obligación.

—No hay de qué.

—Era el último —dijo Shadow al saltar desde un árbol al suelo, delante de ellos, antes de desaparecer entre la maleza.

Sam encendió una cerilla.

—Nunca me acostumbraré a verle hacer eso.

Tucker respiró profundamente y deseó, no por primera vez después de una batalla, que a él también le gustara fumar.

—Yo tampoco.

—¿Estás herido?

—No. ¿Y tú?

Sam le mostró un desgarrón en el costado de la camisa.

—No, pero a Bella le dará un ataque cuando vea cómo ha quedado mi camisa nueva —sonrió y apuntó con la barbilla hacia la colina—. Supongo que deberíamos enterrarlos.

—Podríamos dejarlos para los coyotes. Tracker y Shadow ya los habrán despojado de los objetos valiosos.

—Espero que llevaran una fortuna encima. A la madre de Billy le vendrá bien el dinero.

—Sí —la política de los Ocho del Infierno consistía siempre en reembolsar a las víctimas el dinero recuperado a los criminales. No servía para reemplazar la pérdida de un ser querido, pero al menos ayudaba a los supervivientes a seguir adelante—. Es una lástima que olvidase mi pala —dijo, mirando el suelo pedregoso. Cavar una tumba sería casi imposible.

Sam le dio una última calada al cigarro.

—Bella envío una.

—¿Para qué?

—Sus creencias religiosas son muy fuertes.

Tucker tuvo que reprimir una carcajada.

—¿Eso significa que vas a tener que cavar?

Sam apagó la colilla con la bota y se encogió de hombros.

—Es el precio que debo pagar para tenerla contenta.

—Todo tiene un precio —dijo Tracker, saliendo de los árboles junto a ellos. El sombrero le cubría los ojos y la cicatriz, como siempre, y Tucker volvió a preguntarse si lo hacía a propósito—. ¿Estáis bien?

—Sí. ¿Y tú?

Tracker miró el cuerpo que yacía junto a ellos y luego a Shadow, que estaba despojando a otro cadáver de sus armas y pertenencias.

—Han sido tan ridículamente fáciles de batir que no sé si merece la pena enterrarlos…

—Tienes razón —corroboró Sam.

Tracker tocó el cadáver con la bota, como si esperase que se levantara y se redimiera a sí mismo presentando una batalla más digna.

—Casi me siento culpable por haberlos matado.

Tucker miró al muerto, a Sam y luego a Tracker. Habían compartido muchos momentos de tensión e inquietud después de una matanza, pero en aquella ocasión tan solo se sentían... vacíos. ¿Realmente los bandidos habían sido tan ineptos o ellos se habían vuelto excepcionalmente eficaces a la hora de matar?

No llegaron al pueblo hasta pasada la medianoche. Cualquiera con un mínimo de sentido común se habría quedado a pasar la noche en el campamento, tal y como Tracker había sugerido, pero Sam no quería pasar más tiempo lejos de Bella y había continuado hasta el pueblo, asegurando que tenía luz suficiente con la luna en cuarto creciente. En cuanto a Tucker, tenía sus propios motivos para seguir adelante. Quince minutos después, Tracker y Shadow también habían montado en sus caballos. No se molestaron en disimular su regocijo, pero al menos mantuvieron la boca cerrada hasta que llegaron a Lindos.

—Hasta el salón está cerrado —se quejó Tracker—. Es triste que los borrachos tengan más juicio que las fuerzas de la ley.

—El whisky no tiene el mismo encanto que mi Bella —replicó Sam.

—Tal vez —murmuró Tracker—. O tal vez no haya un idiota mayor que un idiota enamorado.

—Di lo que quieras. Bella me está esperando en ese hotel de ahí, y eso es mucho mejor de lo que os espera a cualquiera de los tres.

La verdad golpeó a Tucker como un puño en la garganta, y seguramente a los demás también.

—Eres un bocazas, Sam —espetó Shadow.

—Oh, vamos, ya sabéis que no hablaba en serio —protestó Sam.

Tracker y Shadow se limitaron a mirarlo en silencio. Había cosas que Sam no podía entender, y una de ellas era la discriminación social que sufrían algunos por el color de su piel. Los gemelos dieron la vuelta con sus monturas y se dirigieron hacia las cuadras. El hotel no admitía a indios ni mexicanos bajo su techo.

Sam observó cómo se alejaban y masculló una palabrota.

—Saben que no lo decías en serio —le dijo Tucker.

—Tendré que gastarme una fortuna en pasteles para conseguir que me perdonen.

Tracker y Shadow siempre permitían que Sam saldara sus deudas con comida. Lógicamente, conseguir que el dueño de un restaurante les sirviera a unos indios casi siempre suponía emplear la fuerza bruta, pero Sam siempre enmendaba sus errores y Tracker y Shadow siempre lo perdonaban.

Cabalgaron por la calle en silencio, hasta que Sam acabó su cigarro y se echó el sombrero hacia atrás.

—Por cierto… si tu relación con Sally Mae llega a un punto en el que quieras comprometerte, ya sabes que hay un lugar para ti en el rancho Montoya.

¿Por qué todo el mundo se empeñaba en plantear lo imposible?

—Gracias.

Formuló su agradecimiento en un tono brusco y seco, dándole a entender a Sam que no siguiera ahondando en el tema. Pero a Sam nunca se le daba bien captar las indirectas.

—Sally Mae siempre me ha parecido la clase de mujer por la que un hombre estaría dispuesto a hacer grandes cambios.

—Me da miedo —admitió Tucker.

—Bella también me daba miedo.

Tucker lo miró con una ceja arqueada.

—No parece que te lo siga dando.

—Cada día me asusta de una forma distinta, pero siempre dejo que me convenza de que merece la pena.

—Es una forma curiosa de ver las cosas.

—Nosotros no crecimos como el resto del mundo, Tucker. Lo hicimos movidos por la desesperación y la violencia, y siempre teníamos una confianza ciega en lo que hacíamos. Pero desde que conocí a Bella he aprendido que a veces hay que ver las cosas de otro modo... —miró hacia la casa de Sally Mae—. Todo cambia, Tucker, incluso los Ocho del Infierno —sonrió—. Y lo creas o no, algunos de nuestros principios sagrados no son más que tonterías.

—¿Como cuáles?

—Como la creencia de que no necesitamos amor en nuestras vidas. Pues déjame decirte, Tucker, que ser amado es una sensación incomparable en esta vida.

—¿Has estado empinando el codo sin que me diera cuenta? —le preguntó Tucker. Aquella actitud romántica e idealista no era propia de Sam.

—No, simplemente intento hacerle ver a un amigo que está rechazando algo maravilloso.

—Ya sabes lo que le harían a Sally Mae... lo que nos harían a los dos si alguien nos sorprendiera juntos —la ridiculizarían, violarían y apalearían. Y encima dirían que se lo tenía merecido—. No pueden verme con ella.

Sam arrojó la colilla al suelo y enfiló su caballo hacia el hotel.

—Pues no te pasees por ahí con ella. Llévala con los Ocho del Infierno.

—¿Y luego qué?

Sam casi se había esfumado en la oscuridad de la noche.

—Ámala.

El granero de Sally Mae tenía el mismo aspecto que siempre. Oscuro, desierto y con una nota clavada en la puerta. Tucker la leyó antes de metérsela en el bolsillo del chaleco junto a las otras cinco que le habían dejado en el mismo sitio. Márchate o morirás.

Una amenaza tan poco original como las anteriores, pero con un estilo más directo que sugería un poco más de determinación. Definitivamente, era hora de marcharse.

La puerta se abrió sin hacer ruido al meter a Smoke. Lo desensilló y le quitó la brida, y lo frotó un poco con la almohaza antes de darle una palmada en la ijada.

—Lo haré mañana —le prometió. Aquella noche estaba demasiado cansado. Había creído que se relajaría al llegar a un entorno familiar, pero la extraña sensación que lo invadía no dejaba de crecer.

Abrió la puerta que comunicaba con la habitación que Jonah le había alquilado un mes antes de morir. Lo primero que vio fue el recipiente sobre la cama. Dejó las alforjas en el suelo y se acercó. La manta olía a jabón y frescor. Sally Mae debía de haberla lavado. Tocó la tapa del recipiente, cerrado herméticamente para proteger el contenido de los roedores. Sally Mae no podía saber cuándo volvería a casa, lo que significaba que se había preocupado día tras día en prepararlo todo para cuando Tucker regresara.

Maldita fuera... Apretó el puño y quiso destrozar el recipiente, como si así pudiera sofocar la inquietud que crecía en su interior.

«Ella tampoco ha encontrado su lugar en este mundo. Tómala y dáselo tú».

Se giró bruscamente sobre sus talones y salió de la habitación. Sally Mae no podía seguir haciendo todo aquello. Se dirigió hacia la casa, recordando el olor limpio y fresco de la manta. Maldijo en voz baja y fue al pozo. Iba a echarle un merecido sermón a Sally Mae, pero no tenía por qué hacerlo apestando a sudor y caballo.

El agua estaba helada, pero no consiguió enfriar la ira que lo abrasaba por dentro.

Esperaba encontrarse a Crockett en los escalones traseros, y la preocupación se mezcló con la furia al no ver ni rastro del cachorro. Le costó menos de un minuto forzar la cerradura y entrar en la casa. Subió los escalones de dos en dos y vio que la puerta del dormitorio estaba entreabierta. La abrió del todo y la brisa agitó suavemente las cortinas, dirigiendo la mirada de Tucker hacia la cama. Como si necesitara alguna indicación... Su mirada siempre buscaba a Sally, fuera donde fuera. La escasa luz que entraba por la ventana la bañaba como una caricia plateada, realzando la blancura de su piel, el brillo de sus cabellos y los destellos de sus pestañas. Su rayo de luna...

Avanzó un paso más y entonces vio a Crockett hecho un ovillo en la cama. Lo levantó con cuidado y el cachorro se acurrucó en sus brazos. También olía a jabón. Al menos Sally no era tan hospitalaria como para invitar a las pulgas a su cama.

Llevó a Crockett abajo y lo sacó por la puerta trasera. Crockett se puso inmediatamente a hacer sus necesidades, y al acabar se sentó delante de Tucker y lo miró con expresión suplicante.

—Menos de una semana con ella y ya eres peor que un crío mimado —el cachorro hizo un ruidito, bostezó y agitó la cola. Tucker maldijo entre dientes y volvió a levantarlo—. No te acostumbres a esto —le advirtió mientras lo metía de nuevo en la casa—. Dentro de poco serás demasiado grande para que te lleven en brazos.

Su severa advertencia recibió una lametada en la barbilla.

—Maldita sea, eres un perro de caza —se quejó Tucker, secándose la barbilla en el hombro—. La buena vida no es para ti.

Tampoco lo era para él, y aun así volvió a entrar en la casa y se llenó los pulmones con aquella fragancia sutil y exótica que solo podía asociar con Sally Mae, y que siempre le recordaba a la primavera y la luz de luna...

Volvió a subir las escaleras y se detuvo en la puerta del dormitorio. Mucho debía de estar afectándole Sally Mae si empezaba a evocar imágenes poéticas.

Empujó la puerta con el pie y Crockett gimió mientras miraba hacia la cama.

—Ni lo sueñes. El suelo o nada.

Crockett volvió lastimeramente mientras era depositado en el suelo. Tucker se quitó la cartuchera y la dejó sobre el aparador, lejos del alcance del perrito. A continuación se quitó el chaleco y las botas. La derecha sufrió el ataque inmediato de los pequeños colmillos de Crockett. Tucker suspiró y le cambió la bota por el hueso de jamón que había en el suelo, semiescondido bajo la cama. Crockett aceptó el cambio con un gruñido feroz.

—Solo por esta noche —le recordó Tucker.

Crockett no le prestó la menor atención y Tucker se quitó los pantalones y se metió bajo las mantas. Sally Mae se removió y se dio la vuelta, pero en vez de gritar, como Tucker esperaba, sonrió y le rodeó el cuello con los brazos.

—Tucker...

Él la apretó con fuerza y deslizó una mano por su espalda, deleitándose con la sensación de su cuerpo. A pesar de haberse dicho a sí mismo que nada bueno podía resultar de aquellos momentos prohibidos, la besó suavemente en lo alto de la cabeza.

—¿Quién si no?

La risa somnolienta de Sally fue tan suave como la caricia de su mano sobre el pecho de Tucker.

—Nadie más —sus dedos encontraron el pezón—. No deberías estar aquí.

Él sonrió y aspiró el olor de su pelo. Era delicioso poder abrazarla, olerla, reír con ella...

—¿Vas a echarme a patadas?

—No tengo fuerzas ahora mismo...

Él tampoco, y quizá por eso no la detuvo cuando Sally Mae bajó la mano por sus costillas y el abdomen. A su pene no le importaba cómo lo tocara; tan solo que lo tocara. Se irguió y le golpeó el dorso de la mano cuando empezó a acariciarle la pelvis.

—La única parte que me duele está unos centímetros más abajo —la informó.

—¿Estás seguro?

Tucker le agarró la mano y la bajó hasta que sus dedos rodearon el miembro erecto. Ella le dio un pequeño apretón y una descarga de placer lo recorrió bajo la piel.

—Completamente —respondió con dificultad mientras Sally empezaba a descender con la boca por su cuerpo, rozándole las muñecas con la trenza.

—Sí, será lo mejor...

—Pero recuerda que las ventanas están abiertas.

Los dientes y labios de Sally llegaron a los músculos del abdomen.

—Entonces tendrás que guardar silencio.

Nada más decirlo, encontró un punto en el hueso de la cadera que envió una descarga de placer al sexo de Tucker. Se le escapó una maldición y ella se rio y volvió a tocarlo con la lengua. Tucker le agarró la trenza y deslizó el pie por la cama, temblando al recibir las caricias de su camisón de algodón en la cara interna del muslo.

—Estaba tan preocupada que no podía dormir —dijo ella, mirándolo bajo sus largas pestañas.

—Lo siento.

—Y cuando me cansé de preocuparme, empecé a pensar.

Desplazó la mano hacia los testículos.

—¿En qué? —lo preguntó con más dureza de la pretendida, pero el delicado apretón que Sally le dio a sus genitales hacía imposible hablar con suavidad.

—En lo buena persona que eres, lo bien que me siento cuando estoy contigo y lo mucho que te echo de menos cuando no estás.

Aún podían verse los restos de la inquietud en sus ojeras. Tucker se las tocó con el dedo. Su piel oscura contrastaba fuertemente con la blancura de Sally.

—No quiero hacerte daño.

Ella se encogió de hombros como si no le importara.

—Mis decisiones son cosa mía.

Tucker llevó el dedo desde su mejilla al mentón y le hizo levantar el rostro.

—Entonces toma las decisiones adecuadas.

Sin apartar la mirada de la suya, Sally se frotó la mejilla contra el miembro viril. La sumisión implícita en el gesto reverberó por todo el cuerpo de Tucker. Podría hacer con ella lo que quisiera y ella se lo permitiría.

—Eso hago —murmuró Sally, y presionó suavemente los labios contra la punta del pene.

Tucker la sujetó por la nuca para mantener su boca allí, tocándolo pero no tragándoselo.

—Merecería que me pegasen un tiro.

—Mereces recibir otra cosa.

—No de ti.

Una expresión de dolor se dibujó en su rostro, pero fue rápidamente desplazada por la obstinación que tan familiar le resultaba a Tucker.

—Esta noche soy lo único que tienes.

—Podría marcharme.

Era una excusa tan patética que Sally esbozó una sonrisa triunfal.

—He sido muy paciente al esperarte —su lengua

le acarició la parte inferior del sexo—. ¿No vas a recompensármelo como merezco?

Le daría todo lo que quisiera...

—¿Qué es lo que quieres?

La sonrisa de Sally le aceleró los latidos y le provocó una sacudida en el pene contra su lengua rosada y humedecida.

—A ti.

La respuesta vino acompañada de otra dulce caricia de su lengua y de otro beso en la punta. Tucker se arqueó bruscamente en el colchón y su miembro quedó encajado entre los pechos de Sally.

—Te liberaría de toda la agresividad que llevas dentro y te llenaría de paz —le dijo ella.

A Tucker se le encogió el corazón. Su pasado estaba manchado de sangre y violencia, y su futuro no iba a ser muy distinto.

—No sabes quién soy.

—Tú tampoco sabes quién soy, y sin embargo aquí estamos juntos.

Aquella incuestionable verdad quedó suspendida entre ellos. Dos desconocidos que se habían convertido en amantes. Separados por unas diferencias infranqueables y sin embargo unidos por una mágica ilusión.

—No podemos ser el uno para el otro —dijo Tucker, acariciándole los hombros.

—Y aun así se nos ha presentado esta oportunidad.

Cubrió sus pechos con las manos y ella se estremeció al endurecérsele los pezones.

—¿Una oportunidad para qué?

—Para crecer.

—Si aprovechamos esta oportunidad, Sally, no habrá vuelta atrás.

—Esa es mi decisión.

Las firmes palabras de Sally se propagaron por la sensible punta del pene, donde se formó una gota perlada. Tucker esperó a ver qué hacía Sally. Ella se inclinó hacia delante, la recogió en su lengua y se la mostró para que él pudiera verla antes de tragársela.

Tucker no pudo resistirse y le sujetó la cabeza para mantenerla pegada a su miembro.

—No puedo darte lo que quieres.

Sally retiró la boca con un pequeño ruido sordo y lo apretó con la mano hasta arrancarle un gemido.

—Pero sí puedes darme lo que tienes, Tucker McCade, y no me conformaré con menos.

Tal vez no se conformara con menos, pero se arrepentiría de ello. Era una certeza absoluta, igual que no había futuro para ellos.

Pero ahora estaban juntos, protegidos por la intimidad de la noche y con la pasión ardiendo en sus cuerpos. Los pezones de Sally cedieron fácilmente cuando Tucker los presionó en el interior de los pechos, y la poca resistencia que le quedaba desapareció al oír su gemido felino de placer. Nunca podría saciarse con ella, ni con los sonidos tan sensuales que emitía cuando él le pellizcaba los pezones.

—Entonces tómame —le ordenó.

Y ella lo hizo. Sin dudarlo, sin miedo, sin nada que se interpusiera entre ellos salvo las llamas del deseo. Se suponía que debería tomarla él a ella, pero los labios de Sally se encargaron de demostrarle lo contrario mientras avanzaban centímetro a centímetro por la enhiesta longitud de su miembro. Tucker la agarró con fuerza y levantó las caderas, desesperado porque se lo tragara en su totalidad. Tenía que introducirse hasta el fondo y aferrarse al momento para cuando no tuviera más que recuerdos.

Sally lo aceptó por completo, cada empujón, cada sacudida, cada vez más fuerte, más rápido y más profundo, bombeando su miembro, apretando sus testículos y sorbiendo con una avidez frenética hasta que Tucker le entregó su semilla y su lealtad en un torrente de pasión líquida.

Las convulsiones se desataron en su interior, se le tensaron todos los músculos del cuerpo y el nombre de Sally se escapó de sus labios en un grito culminante.

Ella se abrazó a él y lo besó suavemente en el miembro exprimido, riendo mientras le acariciaba el abdomen.

—Deberías controlarte un poco más o se armará un escándalo en el pueblo...

Tucker se maldijo a sí mismo al recordar la nota del granero.

—Cualquiera que nos oiga sabrá mantener la boca cerrada si sabe lo que le conviene.

Sally Mae se acurrucó contra él y le puso una mano sobre el corazón.

—Eso espero, porque está claro que tú no puedes hacerlo.

Tucker se echó a reír antes de quedarse dormido.

Capítulo 9

Sally Mae se despertó al sentir los labios de Tucker en la nuca y el frío roce de sus dedos entre las nalgas.

—¿Qué haces?

—Me estoy preparando para irme.

—No es eso lo que parece —dijo ella, apretándose contra el tacto de Tucker, cuyos dedos se colocaron sobre el orificio anal y presionaron ligeramente. La promesa que le había hecho en su segunda noche resonó en sus oídos.

«La próxima vez lo recibirás todo».

—Más bien parece un saludo —susurró ella.

—¿Eso te parece? —preguntó él, acariciándole el cuello con los dientes. A Sally se le puso la piel de gallina y Tucker se rio mientras sus dedos se introducían un poco más entre las nalgas—. El saludo será esta noche. No cierres con llave la puerta trasera.

—¿Y por qué no? Las cerraduras nunca te han detenido...

—Cierto.
Sally giró la cabeza en su antebrazo y lo besó con ternura. Un segundo dedo se unió al primero en la exploración erótica.
—¡Oh!
—Te gusta, ¿verdad?
Afirmarlo sería delatarse demasiado. Pero negarlo sería ridículo, teniendo en cuenta cómo se estaba apretando contra él.
—Esta es mi chica. Sigue así...
Sally estaba dispuesta a seguir hasta el final, y lo demostró cuando los dedos de Tucker se deslizaron en su interior. Apretó los músculos con tesón, desesperada por recibir lo más posible.
Pero entonces sintió cómo el cuerpo de Tucker se quedaba totalmente rígido. Al parecer, él también estaba desesperado por seguir.
—¿Seguro que no puedes quedarte?
Nada más preguntárselo supo que estaba siendo muy egoísta. Pedirle a Tucker que se quedara era pedirle que pusiera en juego su vida. No podía exigirle que se pusiera en peligro solo por darle placer.
—Si haces que merezca la pena... —murmuró él, mordiéndole suavemente el cuello.
Los recuerdos de la última vez que estuvieron juntos invadieron su sentido común. Sería muy fácil pretender que el riesgo merecía la pena, pero la realidad era muy distinta. Para ella las repercusiones serían muy desagradables. Los hombres la llamarían de todo cuando la vieran por la calle, y algunos incluso intentarían aprovecharse, mientras que las mujeres la criticarían y excluirían de sus círculos sociales. Pero ¿y para Tucker? Para él sería mucho peor. Lo persegui-

rían como a un perro rabioso y lo colgarían de su bonito cuello hasta morir. En aquella tierra hostil se perdonaban muchas cosas, pero no se toleraba que un indio tocase a una mujer blanca. Ni siquiera a una mujer cuáquera como ella, con sus principios de paz e igualdad.

Pero no podía decírselo a Tucker. Él tenía su orgullo, y una vena rebelde que lo hacía mofarse del peligro.

—Creo que... me resultaría emocionante —le dijo.

Tucker le presionó la mano contra las nalgas.

—No estarás preocupada por mí, ¿verdad?

Ella le puso una mano en el hombro y lo aferró con tanta fuerza como él la estaba sujetando. La situación se le estaba yendo de las manos.

—Teniendo en cuenta que sería yo la que cuidase de ti si te pasara algo, me parece una buena inversión...

Tucker soltó una carcajada deliciosamente seductora, y Sally se imaginó el brillo de sus ojos. Era un hombre muy difícil de descifrar, pero ella sabía qué signos buscar para entender su complejidad.

Gimió con frustración cuando los dedos de Tucker se retiraron. Donde antes se había sentido antinaturalmente llena ahora sentía un vacío antinatural. Con Tucker siempre era así. Lo que al principio le parecía demasiado acababa siendo demasiado poco.

La cama crujió cuando Tucker se puso en pie, pero volvió a tumbarse antes de que Sally pudiera preguntarle nada. Sintió un objeto redondeado, duro y resbaladizo entre sus glúteos, y un escalofrío le recorrió la columna.

—¿Qué es eso?
—Una cosita para que me recuerdes.
—¿Una cosita? —por el tacto no parecía muy pequeña—. No sé si...

Tucker la besó en la nuca, provocándole una reacción inmediata. Siempre sabía cómo prender sus zonas más erógenas.

—Quiero asegurarme de que estarás del todo abierta y preparada para recibirme cuando vuelva más tarde. Y para eso has de llevar esto.

—¿Quieres que lleve eso toda la mañana?

Tucker presionó con más fuerza, y los músculos de Sally se separaron para recibir aquella sensación ardiente, dolorosa y, al mismo tiempo, increíblemente placentera.

—Sí.

—¿Y qué harás tú toda la mañana mientras yo...? —jadeó cuando el objeto se introdujo un poco más—, ¿... me dedico a sufrir?

Tucker le echó la trenza a un lado.

—Estaré tan duro como una roca, imaginando cómo te saco esto y en su lugar te penetro yo... —la besó con ardor entre los hombros.

Sally se estremeció de miedo y excitación, pero sobre todo de excitación.

—¿Cómo se llama?

—La mujer que me lo dio usó un nombre impronunciable en una lengua que no entiendo, así que... para nosotros será simplemente un juguete.

Sally aferró la almohada a su pecho mientras él ahondaba un poco más. Lo agarró del brazo y tiró de él para que la rodeara.

—¿Quieres que pare? —le preguntó él, antes de

morderle el lóbulo de la oreja con la misma delicadeza con que su juguete penetraba en su ano.

Debería parar. El cabello de Tucker le caía sobre el hombro, y entre los omoplatos podía sentir la bala que siempre llevaba al cuello. Un recordatorio del hombre que era. Violento. Tierno. Sexy...

—No —respondió, pero con gusto le arrancaría la piel a la mujer que le había enseñado esos juegos.

—Bien —murmuró él, besándola en el hombro—. Solo un poco más, rayo de luna. Vamos a introducirlo un poco más...

Sally sacudió frenéticamente la cabeza, pero no en un gesto de rechazo. Su cuerpo y su corazón deseaban abrirse sin reservas.

—Es demasiado grande.

Tucker volvió a reírse.

—Claro que es grande. Se supone que tiene que recordarte a mí.

—Indios...

La presión alcanzó el límite entre el placer y el dolor, y Sally pegó la boca a los fuertes músculos de su antebrazo.

—Esta es la parte más difícil. Un poco más... —ella negó con la cabeza—. Muérdeme si es necesario.

Sally siguió su consejo y oyó la maldición de Tucker mientras sus músculos sucumbían a la desigual batalla y se cerraban en torno a la porción más estrecha del objeto.

Por unos momentos no pudo respirar, pensar ni hacer otra cosa que absorber las íntimas sensaciones que la colmaban. No sabía si gemir o suplicar, de modo que hizo ambas cosas pronunciando el nombre de Tucker, cuyos dedos avanzaron por debajo de sus nalgas hasta los empapados pliegues de su sexo, en busca del clítoris hinchado.

—Respira... —le murmuró contra el hombro—. Relájate...

Ella intentó hacerle caso y se estremeció violentamente al sentir la plenitud que la colmaba por detrás, mientras el pene de Tucker se rozaba contra su muslo, dura, gruesa y ardientemente.

—Cuando vuelva, te haré esta señal —se tocó el muslo con dos dedos—. Y cuando lo haga, te levantarás la falda y te doblarás por la cintura.

Ella quiso protestar, pues era lo que debía hacer como mujer independiente. Pero por dentro se derritió al imaginar el dominio de Tucker en aquellos juegos eróticos. Una descarga de lujuria la sacudió y gimió patéticamente mientras él se reía.

—Sí, nena. Va a ser tan excitante como estás imaginando.

La cama volvió a crujir cuando Tucker se levantó. Sally movió las piernas tentativamente, y el juguete se movió dentro de ella lo necesario para que sus músculos se contrajeran a su alrededor. Los dedos de Tucker le acariciaron el vello púbico. Estaba tan sensible que podía sentir el calor que emanaba de su piel. El sexo le palpitaba frenéticamente, necesitado de una penetración total. Separó las piernas y en silencio le suplicó algo sin saber qué quería realmente. Él se rio y tocó la base del juguete, provocando una reverberación que la recorrió por entero.

—Ven aquí.

Moverse originaba toda clase de sensaciones únicas y pensamientos contradictorios. Demasiado placer. Demasiado poco. Quería parar. Quería seguir.

Cuando los dedos de Tucker volvieron a tocar la base del objeto, lo sujetaron y lo giraron ligeramente antes de ejercer presión de nuevo. Un grito agudo ascendió por la garganta de Sally mientras el dedo de Tucker le acariciaba el clítoris en círculos. Todo su cuerpo estaba al límite de la tensión, esperando la siguiente caricia, el siguiente roce...

Nunca se habría imaginado que un hombre pudiera poseer a una mujer de aquella manera. Y nunca se habría imaginado que una mujer pudiera disfrutarlo tanto. Al parecer ella era una mujer de gustos variados, porque estaba gozando como nunca con el juego de Tucker.

Él la hizo girarse y a Sally se le abrieron los ojos como platos cuando vio el juguete en posición. Tucker la agarró de las manos y las sujetó a ambos lados de su cabeza. El pelo le cayó sobre su rostro y la bala le rozó la base del cuello.

—Eres mía.

Sí. Era suya y de nadie más.

Tucker se levantó y ella permaneció en la cama, contemplando su cuerpo y su sexo erecto a la pálida luz del alba. Se relamió con deleite al recordar su sabor. Él le tendió una mano y a ella ni se le pasó por la cabeza no aceptarla y dejar que la arrastrara hacia el borde de la cama. El juguete se movió en su interior. La sensación era insoportable.

—Despacio, nena. Date un poco de tiempo.

No podía darse tiempo. Estaba tan colmada que iba a estallar de un momento a otro.

—No me gusta.

Él la besó muy suavemente en la sien.

—Eres demasiado novata para saber si te gusta o no.

—¿Pero a ti sí?

—Claro que sí —deslizó la mano por sus cabellos hasta la nuca y tiró de ella hacia delante. El objeto se movió con ella, provocándole otro aluvión de sensaciones.

Una ligera presión en la nuca la llevó hacia el pene de Tucker. Sabía lo que quería, y era lo mismo que quería ella. Él la agarró del pelo y le ladeó la cabeza hasta que su boca quedó a la altura del pene. Estaba siendo más agresivo y descontrolado de lo normal, y la impaciencia también se advertía en su voz. Estaba tan excitado como ella...

—Y a ti también te gustará —murmuró.

¿Cómo podía saberlo? ¿Cómo podía saber que aquel juego lascivo y morboso estaba despertando una parte de ella desconocida hasta entonces? ¿Cómo podía saber que su cuerpo estaba tan henchido de placer que solo le haría falta un ligero roce en el clítoris para explotar? Solo un roce más...

Pero él no se lo dio. En vez de eso, tiró de ella hacia su miembro y Sally le mantuvo la mirada mientras pasaba la lengua por la punta.

—Abre la boca —le ordenó él.

Ella obedeció, pero solo un poco. Quería que ejerciera su autoridad un poco más. Quería sentir su fuerza dominante, y no pudo evitar reírse cuando el pene se deslizó por su lengua.

Sin apartar los ojos de los suyos, desafiándolo al tiempo que se sometía, abrió la boca por completo para que él la llenase con su verga, igual que el juguete llenaba su trasero y su amor por Tucker llenaba sus sentidos. El cúmulo de sensaciones era abrumador, pero seguía sin ser suficiente. Tucker le acariciaba las mejillas con los dedos con una ternura tan exquisita que contradecía la fiereza de su pasión desbocada. No tardó en correrse, con los pulgares apretados en la comisura de los labios y clavándole su mirada de fuego. Pero ella cerró los ojos, porque no podía enfrentarse a la esperanza de que él pudiera cambiar.

El tacto de su dedo en uno de sus pezones, duros como diamantes, le hizo abrir los ojos de nuevo. Tucker le estaba mirando los pezones con una extraña expresión en el rostro.

—Estarías muy sexy con tus pezones perforados —se lo pellizcó suavemente y Sally ahogó un gemido en su garganta—. Muy, muy sexy...

¿Las mujeres se perforaban los pezones? Lo miró con asombro, incapaz de hablar con el pene en la boca.

Él le apretó con más fuerza el pezón y ella se estremeció con otro gemido mientras se frotaba desesperadamente los muslos. El deseo iba a acabar con ella.

—Ven aquí, rayo de luna.

La levantó en sus brazos y la apretó contra su pecho. El juguete volvió a hacer notar su presencia y Sally gritó de placer por la sensación única y perfecta que la invadía. Una sensación que, sin embargo, se interrumpió justo antes de lo que más necesitaba.

Tucker volvió a tenderla en la cama y le recorrió el cuerpo con una de sus grandes manos. La besó dulcemente en los labios mientras la mano que tenía en su cadera la ayudaba a aliviar la tensión. Su frente se pegó a la suya. A esa distancia, los únicos indicios de su sonrisa eran las arrugas alrededor de sus ojos, pero Sally podía sentirla por todo su cuerpo, como el más efusivo y cariñoso de los abrazos.

—¿Mejor?

Ella asintió.

—¿Quieres más?

—Por favor —susurró. No podía decir nada más que la verdad.

—Bien. Apóyate en las manos y separa las piernas.

—¿Por qué?

Tucker la besó en la punta de la nariz.

—Hazlo y lo descubrirás.

Sally fingió que dudaba, mirándolo bajo sus largas pestañas.

—¿Me estás desafiando?

—¿Quieres que lo haga?

—Mmm... —levantó lentamente la rodilla y la dejó caer a un lado—. Tal vez.

Él se echó a reír y con el dedo trazó una línea descendente por su cuello y la clavícula, siguió entre los pechos, rodeó el ombligo, cruzó la pelvis y encontró el clítoris.

—Te desafío.

Un estallido de calor se propagó por todos sus nervios, haciéndola arquearse hacia arriba. Una vez más... Solo necesitaba que la tocase una vez más. Pero sus caderas solo recibieron la caricia del aire. Se agitó frenéticamente en el colchón, moviendo el juguete con ella.

—Tucker...

Algo frío y metálico se cerró sobre su clítoris. La primera descarga de dolor la pilló por sorpresa, pero la segunda le provocó una increíble oleada de placer por la espalda. ¿Qué le estaba haciendo? Le clavó las uñas en el hombro y bajó la mirada. Tucker sostenía lo que parecía un pendiente color granate. Giró los dedos y la presión sobre el clítoris fue aumentando poco a poco.

Sally no podía quedarse quieta ni apartar la mirada de aquel objeto.

—¿Qué es eso?
—Una abrazadera.
—¿Para qué?
—Para ayudarte a mantener el control.
—No necesito mantener el control. Lo que necesito es correrme de una vez —la abrazadera le provocó otra oleada de placer, subiendo por sus brazos y endureciéndole los pechos—. Tucker...

Él le puso una mano en el hombro para sujetarla mientras le acariciaba el estómago.

—Aquí estoy, pequeña. Relájate y espera un poco.
—No puedo.
—Sí puedes —sus dedos se deslizaron por el vello púbico y apretaron justo encima del sexo—. Solo un poco más. Al igual que con el juguete, hace falta tiempo para acostumbrarse a la abrazadera, pero dentro de poco te encantará.

A Sally le costaba creer que pudiera sentir más placer. Con cada latido sentía que iba perdiendo el control, cediéndoselo incondicionalmente a Tucker.

—Quítamelo.
—Después.

Sally le hundió las uñas en los brazos. Estaba a un suspiro del orgasmo, pero no conseguía llegar.

—Ahora.

Tucker le dio un beso, tan firme como su rechazo.

—Levántate.

—No puedo —caería de bruces si lo intentara.

—Claro que puedes. Solo tienes que poner los pies en el suelo y levantarte.

Era muy fácil decirlo, pero Sally había perdido el control de sus músculos. Si aquella sensación caótica y desenfrenada no estuviera acompañada de un placer semejante, sería ciertamente espeluznante.

—Yo te ayudaré —le aseguró Tucker, poniéndole una mano bajo la barbilla y agarrándole la mano derecha con la otra.

Por el brillo de sus ojos, era obvio que Tucker sabía lo que sucedería en cuanto ella se levantase. Y estaba impaciente por verlo.

Al ponerse en pie, el juguete se movió dentro de ella y la abrazadera tiró del clítoris. Sally casi se desplomó por la irresistible sensación, pero Tucker la agarró de la otra mano, le separó los brazos del cuerpo y ella quedó suspendida en aquel incomparable placer que a pesar de todo seguía sin ser suficiente.

Al levantar la mirada vio que Tucker estaba contemplando la parte inferior de su cuerpo.

—Qué imagen tan hermosa...

Sally no podía ni respirar por el deseo que la abrasaba por dentro. Tenía los pezones hinchados y doloridos, y sus muslos estaban empapados. Necesitaba el alivio inmediato, pero Tucker no parecía dispuesto a dárselo.

—¿Qué imagen? —consiguió preguntar con una voz entrecortada—. ¿La de una mujer a punto de cometer un asesinato?

—No olvides que eres una pacifista.

Su trasero se contraía, el sexo le palpitaba y todo el cuerpo le ardía con un deseo insatisfecho.

—Creo que esta transgresión de mis creencias estaría justificada.

Tucker se rio y tiró de ella hacia su pecho. El calor de su piel masculina era una auténtica bendición.

—¿Algo que objetar?

Sally tenía mucho que objetar, pero nada era tan fuerte como el placer de pertenecer a Tucker.

—Aún no.

Tucker le rodeó la nuca con una mano, la hizo ponerse de puntillas y la cubrió con sus oscuros cabellos al inclinar la cabeza para besarla.

—Espero que me compenses como es debido... —le dijo ella.

Él la soltó con suavidad, cerciorándose de que Sally recuperase el equilibrio, y se apartó de ella para ponerse la camisa.

—Así será —le prometió con una sonrisa por encima del hombro.

—¿Cuándo?

—Cuando vuelva.

—¿Y cuándo volverás?

Tucker se abrochó rápidamente la camisa y se puso los pantalones.

—Cuando esté aquí.

Lo dijo como si sus ojos no estuvieran ardiendo de pasión y como si su miembro no estuviera estirando sus pantalones de lana. Como si realmente fuera a marcharse y dejarla así.

—¿Y si viene alguien?

—Sonríe y dale la bienvenida.

¿Recibir una visita con un juguete en el trasero y

una abrazadera colgándole del clítoris? La escena era tan tentadora como inverosímil.

—No creo que abra la puerta si llaman.

Tucker agarró su alforja y se la cargó al hombro antes de agarrar su rifle.

—Buena idea.

—¡Cerraré con llave para que tú tampoco puedas entrar! —le gritó mientras él se dirigía hacia la puerta con un paso irritantemente despreocupado.

Tucker se detuvo con la mano en el pomo y se giró para mirarla, con los ojos ocultos bajo su sombrero negro.

—Haz lo que quieras, pero echaré la puerta abajo si me la encuentro cerrada.

Tres horas más tarde, al límite de su paciencia, Sally Mae ya podía comprender cómo la crispación y los nervios podían llevar a la violencia. Su cuerpo, siempre tan manso y obediente a los dictados de Dios, la había traicionado. Bajo la dirección de Tucker, el constante zumbido de la excitación la acompañaba a todas partes. La abrazadera se agitaba eróticamente a cada movimiento y mantenía el deseo en su punto álgido.

Podría acabar con la tortura si se quitaba los dos objetos, pero no lo hizo. Era una mujer pecadora, lasciva y libidinosa, pero también era posesión de Tucker, y así lo demostraba su estado de inquietud e impaciencia mientras aguardaba su regreso. ¿Por qué tardaba tanto? Tendría suerte si ella no le arrojaba a la cabeza lo primero que tuviese a mano cuando lo viera aparecer. Empezó a tamborilear con los dedos en el paño de la mesa del salón y entonó una canción para distraerse de la agónica espera. Casi enseguida se calló al darse cuenta de que la canción era un salmo religioso.

—No te detengas por mí.

Se dio la vuelta bruscamente y el cuerpo le reaccionó como era de esperar al ver a Tucker, llenando el umbral con su enorme tamaño, el pelo suelto enmarcando su rostro curtido y sus ojos plateados observándola con toda la pasión que se podría desear. Sally agarró instintivamente el paño y a punto estuvo de volcar la mesa.

—No te he oído entrar.

Tucker sonrió, mostrando sus blancos dientes, y entró en el salón. Sally volvió a maravillarse de la elegancia de sus movimientos mientras él corría las cortinas. Sus músculos irradiaban un poder tan varonil que un caudal de flujo empapó los muslos de Sally.

—¿Qué van a pensar los vecinos?

Era una excusa ridícula, y Tucker la desestimó con su lógica de siempre.

—Que te quedaste toda la noche en vela cuidando a un paciente y ahora estás descansando un poco.

Lenta y deliberadamente, se tocó el muslo con dos dedos.

Sally dejó caer el paño. Vaciló y él repitió el gesto, sin sonreír esa vez. Sintiéndose indefensa y vulnerable, Sally se dio la vuelta y se dobló sobre el brazo del sofá.

—Es un buen comienzo —dijo él—. Y ahora, súbete la falda y ofrécete a mí.

Santo Dios... Sus amenazas iban en serio. Sin apenas poder respirar por la excitación, Sally empezó a subirse la falda. No era una tarea fácil. Entre la falda y las enaguas había demasiada ropa que apartar. Pero Tucker no se mostró impaciente. Al contrario. Permaneció inmóvil y en silencio, dejando que la tensión creciera mientras ella se descubría las pantorrillas, la corva de las rodillas, los muslos y finalmente el extremo del juguete sobresaliendo por detrás. Sally estaba a punto de gritar cuando oyó crujir una tabla del suelo y la mano de Tucker le acarició la cara interna del muslo, justo encima de la rodilla.

—Así me gusta...

Su mano siguió subiendo por el muslo, abrasándole la piel con su tacto cálido y calloso, hasta llegar al trasero mientras la otra mano rodeaba el extremo del juguete.

—Empuja hacia atrás.

Ella lo hizo, y Tucker empezó a extraer el objeto a un ritmo lento pero imparable. Al llegar a la parte más gruesa se detuvo, manteniendo la sensación de ardor y quemazón al máximo. Sally se aferró a un cojín mientras luchaba desesperadamente por permanecer en aquella postura.

—¡Tucker! Deprisa, por favor...

—Sí... —el juguete salió con una sorprendente rapidez, pero antes de que Sally pudiera recuperar el aliento, algo frío y resbaladizo se expandió por su interior y el pene de Tucker ocupó el lugar del juguete.

—Sigue empujando.

El juguete era grande, pero el miembro de Tucker era aún mayor. Sally recibió la lenta y punzante acometida con un exultante grito de goce, y él hundió los dedos en sus hombros mientras hundía su enorme sexo entre los apretados músculos del trasero.

La abrazadera se agitaba con cada empujón de Tucker, torturándola con la inminencia de un orgasmo elusivo y escurridizo. El pene se adentraba cada vez más, implacable en su avance posesivo, pero Sally quería aún más.

—Más fuerte… —pidió mientras se movía hacia atrás.

—No te muevas —le ordenó él, y le puso la mano en la espalda para mantener el ritmo constante de la penetración. Sally se revolvió en un frenético intento de acelerar el ansiado final. Él respondió con un gruñido y un cachete en el glúteo derecho, que avivó aún más el fuego que la consumía.

—Lo único que tienes que hacer es empujar, rayo de luna.

Ella no quería empujar más. Solo quería correrse de una maldita vez. Recibió otro cachete, más fuerte, y apretó hacia abajo. El resultado fue doloroso, pero también muy placentero. Era algo indescriptible. Maravilloso. Volvió a hacerlo.

—Maldita sea, Sally Mae —la agarró por los cabellos y tiró de su cabeza hacia atrás. El ligero escozor en el cuero cabelludo añadió aún más placer a un cuerpo que lo demandaba con una avidez insaciable. Tucker soltó un gemido gutural y cubrió los últimos centímetros, hasta que sus testículos quedaron aplastados contra la vulva de Sally. Y con su verga firmemente encajada, un torrente de semen inundó las irritadas paredes del recto.

Loca de placer y deseo, Sally llevó las manos hacia atrás para agarrarlo de los muslos y tirar de él en su desesperado intento de recibir más.

—¡Tucker!

—Dios... tómalo todo —se retiró rápidamente, dejándola vacía por un instante, y le quitó hábilmente la abrazadera un segundo antes de darle la vuelta. Sally cayó hacia atrás por el impulso, pero él la agarró de la pierna, se la sostuvo en alto y el siguiente chorro de semen se derramó sobre el clítoris—. Córrete para mí, rayo de luna.

Ella se arqueó hacia atrás y explotó con toda la fuerza contenida cuando Tucker volvió a penetrarle el trasero, abriendo por completo su cuerpo y su alma. Tucker la cubrió con su cuerpo, apoyando el peso en sus codos y apretando las caderas contra las suyas como si él también necesitara estar lo más pegado posible. Como si deseara tanto como ella estar en su interior.

—¿Estás bien? —le preguntó al cabo de un minuto.

Ella negó con la cabeza. El clítoris seguía palpitándole furiosamente, como si el orgasmo que acababa de tener no fuera suficiente. Con el trasero estrujó el miembro de Tucker, exprimiéndolo a fondo. No, un orgasmo no era suficiente, pero prefirió mentirle para disimular su ansiedad.

—Sí.

—Mentira —dijo él, riendo entre dientes—. Tu cuerpo aún no ha acabado.

La retirada no fue más fácil que la entrada inicial. Aunque se moviera con cuidado y suavidad seguía siendo un hombre muy grande, y Sally no dejó de gemir hasta que su enorme verga estuvo fuera por completo. Entonces Tucker le tocó el clítoris, hinchado e hipersensible, la besó en la pantorrilla y fue bajando con la boca hasta arrodillarse frente a su sexo jugoso y rosado. Se inclinó hacia delante, pero ella lo agarró del pelo para detenerlo. No podría soportar ni el más ligero roce.

—Tranquila, nena. Déjame hacerlo... Pasará un mes antes de que vuelva, y necesito llevarme tu sabor conmigo.

¿Un mes? Era casi una eternidad. Una eternidad sin sus besos, sus caricias, su boca... Ansiaba su boca más que nada, pero...

—Estoy demasiado...

—Sensible —dijo él por ella, y empezó a meterle y sacarle el dedo del trasero mientras le atacaba el clítoris con la lengua—. Córrete para mí, Sally.

La orden fue tan devastadora como la pasión con que la había colmado momentos antes, y Tucker la llenó con un placer tan intenso que no dejó un solo hueco libre en su interior. El mundo exterior se desvaneció y solo quedaron él, ella y la belleza sublime que habían creado juntos. Y esa vez, cuando Sally se corrió, lo hizo por él.

Y por ella misma.

Capítulo 10

—Debes tener cuidado.

Sally levantó la mirada de su lista. Peter Bloom, el tendero, estaba mirándola bajo sus espesas cejas desde la puerta del almacén, sosteniendo una caja en las manos. Si pretendía prevenirla contra Tucker, sería la quinta advertencia que recibía aquella semana. Al parecer, el pueblo no solo determinaba cuándo debía acabar su luto, sino con quién tenía que acabarlo.

—¿Con qué?

—Con ese indio.

Sally dejó la lista en el mostrador.

—¿Podrías concretar un poco más? —había muchos hombres mestizos en el pueblo, y aunque Sally sabía que se refería a Tucker no iba a darle la satisfacción de reconocerlo. Hacía seis semanas que Tucker se había marchado con Tracker y Shadow en busca de Ari, y en ese tiempo Sally había comprobado hasta qué punto estaba arraigada la intolerancia en el pueblo.

Suspiró para sí misma. Una relación con Tucker jamás sería posible en aquel lugar. Tal vez no fuera posible en ninguna parte, aunque él pudiera abandonar la violencia que siempre lo había caracterizado.

—Ese ranger engreído.

¿Engreído? Tucker podía ser decidido, intimidatorio, incluso arrogante, pero ¿engreído?

—¿Te refieres al señor McCade?

—Es un hombre peligroso.

—Según he oído, es un héroe.

—¡Ja! —se mofó el tendero—. Pasa mucho tiempo en tu casa.

Sally Mae siempre había pensado que el gesto ceñudo de Peter expresaba su estrechez de miras, y aquella acusación corroboraba sus sospechas.

—Duerme en el granero.

—No está bien, con tu marido muerto y todo eso.

Lo que no estaba bien era que su marido hubiera muerto, que sus padres hubieran sido asesinados, que un buen hombre como Tucker no fuera apreciado como merecía...

—Mi marido lo contrató para que ayudara con la tierra y me protegiera —lo último no era cierto, pero Peter se lo creería—. Tras la muerte de Jonah tenía miedo de estar sola y por eso le permití que se quedara.

Oyó un ruido a pocos metros y reconoció el sombrero sucio y flexible de color marrón que asomaba sobre las latas de conserva.

—Como Lyle dijo la semana pasada, es peligroso que una mujer viva sola —añadió, como si la amenaza de Lyle hubiera sido motivo de preocupación.

Peter soltó un carraspeo asqueroso, como si se hubiera atragantado con el tabaco que estaba masticando. Era una costumbre repugnante.

—Aun así no está bien.

—No me dijiste lo mismo cuando Lyle se estaba recuperando en mi casa...

Peter volvió a fruncir el ceño y escupió un gargajo de tabaco líquido al suelo.

—Lyle se estaba muriendo. El indio está sano.

Más sano de lo que Peter estaría en su vida, por mucho que se creyera en posesión de la verdad.

Aquel pensamiento no era propio de un alma caritativa como ella, pero no le importó en absoluto.

—De lo cual estoy muy agradecida —dijo, mirando a los dos hombres—. En este pueblo hay ciertos elementos por los que una mujer tiene miedo de quedarse sola.

Peter se acercó al mostrador y depositó la caja en la superficie, cubriendo la mitad de la lista de Sally.

—Razón de más para velar por tu reputación. Curar a los enfermos es un trabajo de hombres.

La paciencia de Sally Mae empezó a flaquear.

—Si los hombres de Lindos pudieran erradicar la violencia endémica de este pueblo, sería un hombre quien se ocupara de los enfermos. Por desgracia, parece que no hay hombres de verdad por aquí —tiró de la lista y le dio la vuelta antes de volver a ponerla sobre el mostrador—. Por ello me siento más segura con un ranger de Texas durmiendo en mi granero.

—Creía que tus creencias eran contrarias a la violencia.

—Lo son, pero también creo en la necesidad de tomar medidas preventivas, y la reputación del señor

McCade es lo bastante eficaz por sí sola para disuadir al más peligroso de los malhechores.

—Un marido podría protegerte mejor —intervino Lyle.

Sally Mae apenas pudo reprimir una mueca de exasperación. Lyle seguía insistiendo en que aceptara su proposición incluso después de haberse marchado de su casa. Pero Sally Mae no tenía el menor interés en él. No tanto por su sobrepeso, sino por su carácter indolente y perezoso.

—Aún estoy de luto por mi marido. Aceptar a cualquier otro pretendiente sería un sacrilegio y una falta de respeto a su memoria.

Lyle apoyó el codo en el mostrador y se acercó más de lo que sería respetable, recorriéndola con la mirada de arriba abajo.

—No puedes estar siempre de luto.

—Debo guardarle a mi marido el respeto que se merece. Era un buen hombre.

Peter gruñó y abrió la caja.

—Sí que lo era.

Empezó a sacar latas y a colocarlas sobre el mostrador. Remolachas y más remolachas. Sally Mae suspiró. Había albergado la esperanza de que el envío de aquella semana incluyera guisantes. Aquella mañana se había despertado con un antojo de guisantes. Por desgracia, aún faltaba un mes para plantar en su huerto.

Le dio a la lista otro empujón y consiguió que Peter la agarrara por fin. Pero a Lyle no se le daba tan bien captar indirectas.

—Los períodos de luto no duran tanto en este lugar.

Sally se apartó del hedor corporal que la envolvía. Las palmas de las manos empezaron a humedecérsele, como siempre le ocurría cuando estaba nerviosa. No sabía por qué se sentía así. Aquellos dos hombres no suponían el menor peligro para una mujer. Tal vez fuera el modo en que la miraban, o quizá lo que ambos representaban.

En cualquier caso, se acercaba el momento de poner fin a su luto, ahora que la gente del pueblo, especialmente los hombres, empezaba a mirarla con otros ojos.

Peter agarró los productos de los estantes y los colocó en la bolsa que acababa de vaciar.

—¿Tienes suficiente carne? —le preguntó a Sally—. Puedo venderte un poco de venado que tengo colgado atrás.

—Te lo agradezco, pero el señor McCade me provee de carne como parte del pago por alojarse en el granero.

—Lleva muchos días fuera del pueblo.

—Dejó la despensa llena.

—¿Sabes cuándo volverá?

A Sally no le gustó la mirada de Peter ni la expresión expectante de Lyle, así que decidió mentir. Últimamente lo estaba haciendo mucho.

—Supongo que cualquier día de estos, y eso me recuerda que debo añadir una libra de granos de café a la lista.

—No me extraña que se esté volviendo tan engreído —se mofó Lyle—. Para ser un indio está viviendo a cuerpo de rey.

Sally optó por morderse la lengua. Era lo más prudente si quería proteger a Tucker, pero le resultaba difícil callarse la boca cuando un tipejo como Lyle decía aquellas barbaridades.

—Y bastante azúcar, por lo que veo —comentó Peter, leyendo la lista.

—La semana que viene es mi cumpleaños —dijo Sally con una sonrisa forzada—. Voy a preparar una tarta para celebrarlo. Un pequeño capricho.

—Me gustan los caprichos... —insinuó Lyle, pero la sonrisa de Peter parecía sincera.

—Feliz cumpleaños, entonces.

—Gracias —respondió Sally, ignorando a Lyle.

—¿Cuántos años cumples? —le preguntó Lyle.

Sally ni siquiera se giró para mirarlo. Aquel hombre le resultaba sumamente desagradable en todos los aspectos. Lo había acogido en su casa porque así lo dictaban sus principios, pero con algunas personas se hacía más difícil que con otras.

—Un hombre no le hace esa pregunta a una dama —lo reprendió Peter.

—No pasa nada —dijo Sally, y miró a Lyle fijamente a los ojos—. Veintiséis.

Peter hizo la cuenta de la compra y le dijo el precio. Sally Mae metió la mano en el bolso y sacó sus últimas y preciadas monedas.

Los ahorros de Jonah no habían sido muy cuantiosos. Jonah siempre decía que Dios proveería, y mientras estuvo vivo Sally así lo había creído, porque Dios la había recompensado con un marido maravilloso. Pero la muerte de Jonah lo cambió todo, porque a ella no se le daban precisamente bien las finanzas. Dejó las monedas en el mostrador y arrastró la caja hacia ella.

—Muchas gracias.

—Hay un baile el sábado —le comentó Peter—. ¿Piensas asistir?

—No lo creo —solo había asistido a un evento social desde la muerte de Jonah, y aún se estremecía al pensar en el resultado.

—Habrá muchos hombres deseosos de bailar contigo... —insistió Peter, y su mirada volvió a incomodar a Sally.

—No me interesa el baile —agarró la caja y se dio la vuelta, pero Lyle le cortó el paso.

—Yo sería el primero en la lista.

Tenía la misma expresión que Peter, y Sally se estremeció al reconocerla. Era deseo. Los dos la deseaban. ¡Y Peter era un hombre casado!

—No sería apropiado —dijo, y por el destello de furia en los ojos de Lyle supo que la excusa del luto era cada vez más pobre. Tendría que tomar algunas decisiones mucho antes de lo que había esperado—. Pero gracias.

Lyle no se movió. El pestilente olor que emanaba su cuerpo seguía envolviendo a Sally, y empezaba a provocarle náuseas.

—Yo llevaré esto —dijo, quitándole la caja de los brazos sin esperar respuesta.

A Sally no le quedó más opción que agradecérselo y salir de la tienda tras él, sintiéndose el centro de todas las miradas mientras avanzaban por la calle. Lyle no se detuvo al final del entablado, sino que siguió caminando por el barro que había dejado la lluvia de la noche anterior. Tal vez a él no le importara mancharse las botas, pero Sally no estaba acostumbrada a ensuciarse tan despreocupadamente. Alguien había colocado una tabla sobre el barrizal, y las suelas de sus zapatos resonaron en la áspera superficie de un modo tan llamativo que se sintió aún más expuesta a la vista y las opiniones ajenas. Todo el mundo debía de estar preguntándose por qué Lyle Hartsmith estaba llevando sus compras.

Respiró hondo para intentar tranquilizarse. Odiaba que los demás la manipulasen, y eso era lo que Lyle estaba haciendo. La estaba manipulando para dar la impresión de que Sally lo había aceptado. Hazel salió de su casa y se detuvo en el umbral. Su única reacción al verlos fue secarse las manos en el delantal. Una mujer tenía que ser práctica en aquel lugar, y sin duda Hazel había dado por hecho que Sally había puesto fin a su luto. Los rumores empezarían a circular por el pueblo en cuanto se metiera en casa. ¿Por qué todo tenía que ser tan complicado?

—¿Y bien? ¿Qué dices?

Sally Mae se sacudió mentalmente y miró a Lyle. ¿Cuánto tiempo llevaba hablándole?

—¿De qué?

—De venir conmigo de picnic este domingo.

Sally miró la oronda barriga de su pretendiente. Preparar un picnic para Lyle le llevaría toda la mañana y añadiría otra capa de grasa a su poca agraciada anatomía. No pudo evitar compararlo con Tucker. Preparar una comida para su amante le llevaría seguramente más de un día y medio, pero todo se transformaría en fibra y músculo. Recordó su poderosa y bien definida musculatura, tensa y endurecida, sin un ápice de grasa ni carne blanda por todo el cuerpo. Tucker necesitaba comer más, y Sally sonrió al imaginar su reacción si le dijera que necesitaba ablandarse un poco.

—Estupendo, entonces quedamos para el domingo —decidió Lyle, sin duda interpretando su sonrisa como una respuesta afirmativa.

Oh, no…

—Me temo que el domingo no estoy libre.

—¿Tus creencias religiosas no te permiten hacer vida social los domingos? —le preguntó, pero no le dio tiempo a responder—. Porque he oído que algunas religiones modernas son muy estrictas con ese tipo de cosas.

Sally no malgastó aliento en explicarle que la suya no era una religión moderna ni nada por el estilo. Pero se le ocurrió que sí podría valerse de la ignorancia de Lyle.

—Así es.

Él la miró extrañado, pero no dijo nada más.

Dos hombres que estaban apoyados en la fachada del salón se irguieron y se tocaron el ala del sombrero cuando Sally pasó frente a ellos. Sus miradas especulativas la enfadaron aún más. Era una lástima que rechazara la violencia, porque le habría encantado golpear a Lyle en su arrogante cabeza o patearle su gordo trasero. Con una jugada miserable Lyle había echado por tierra la ilusión que había servido para protegerla durante un año.

Finalmente llegaron a su casa, y Lyle abrió de una patada la puerta de la valla, sin el menor respeto por la maceta que colgaba de la entrada. Sally había pintado la puerta la semana anterior, y la bota de Lyle dejó una fea mancha oscura en la madera.

—Después de ti —dijo, apartándose mínimamente de la puerta.

Para entrar, Sally tendría que apretujarse entre

la valla y la barriga de Lyle. Antes preferiría revolcarse en el fango, así que le ofreció su sonrisa más amable.

—Tú primero. La caja debe de pesarte mucho—

—No pesa nada —replicó él, aunque el sudor que chorreaba por su rostro acalorado y la dificultad con que respiraba contradecían flagrantemente su arrogancia.

Para sostener su mentira, convencido de que la estaba impresionando, entró él primero. Sally volvió a respirar hondo para no perder la paciencia y arrugó la nariz al oler su apestoso sudor. Lyle no se preocupaba mucho de su higiene personal.

Llegó al porche y la miró expectante. Sally apretó los dientes. Por la expresión y la postura de Lyle no sería fácil echarlo de allí.

—Muchas gracias —le dijo, alargando los brazos hacia la caja.

—Yo la llevaré adentro.

—No es necesario —bajo ningún concepto volvería a dejarle que pusiera un pie en su casa—. Gracias de todos modos.

La frialdad de su voz no tuvo el efecto deseado. Más bien al contrario, porque el tono de Lyle se hizo más insinuante.

—Un vaso de limonada vendría muy bien en una mañana tan calurosa.

Sally no se dio por aludida y le arrebató la caja de los brazos.

—¿No sirven limonada en el salón?

Él la miró con ojos entornados, y Sally lamentó haber formulado aquella pregunta.

—No lo sé —alargó la mano hacia el abridor, pero

Sally se adelantó y se interpuso rápidamente entre Lyle y la puerta. Fue otro error, porque los dedos de Lyle llegaron a rozarle la cadera. Sus ojos se entornaron aún más y una media sonrisa curvó sus labios—. Hay otras cosas más... refrescantes —su mano se posó en el marco de la puerta, junto a la cabeza de Sally, y su barriga apretó la caja contra su costado. El paquete de azúcar se tambaleó en lo alto de las cosas.

Un escalofrío subió por la espalda de Sally. Estaba atrapada entre la puerta y Lyle, quien le miraba la boca como si se dispusiera a besarla. El asco la invadió, pero consiguió llevar la mano hasta el pomo de la puerta.

—Te agradezco mucho tu ayuda.

Lyle se inclinó hacia ella.

—Te sorprendería saber lo servicial que soy.

Sally sacudió la caja con la cadera y consiguió que el paquete de azúcar cayera al suelo. Cuando Lyle se agachó para recogerlo, ella entró rápidamente en casa, cerró la puerta y echó el cerrojo. Entonces dio un paso atrás, tropezó con la alfombra y cayó de espaldas. Una mano la agarró por el brazo y otra le cubrió la boca. El pánico la paralizó. Iban a violarla en su propia casa y ni siquiera podía gritar.

—¿Cuánto tiempo lleva ocurriendo esto? —le preguntó una voz profunda al oído.

Tucker. Un alivio inmediato recorrió a Sally Mae, tan inmenso que sus rodillas flaquearon y se habría desplomado si Tucker no la hubiera estado sujetando. Tucker retiró la mano de su boca y le quitó la caja mientras la abrazaba con la otra. Sally se apretó contra su pecho y aspiró el olor a caballo y virilidad. Debía de haber llegado en aquellos momentos, porque si llevara allí más tiempo ya se habría lavado. A diferencia de Lyle, Tucker sí se preocupaba de su aspecto e higiene.

Se apretó aún más contra su pecho y se aferró a su camisa mientras escuchaba los tranquilizadores latidos de su corazón. Siempre había creído que Lyle era inofensivo, demasiado holgazán para suponer una amenaza. Su equivocación había estado a punto de costarle cara.

—¿Va todo bien, Sally? —preguntó Lyle, llamando a la puerta.

Tucker dejó la caja en el suelo y se dispuso a abrir, pero Sally le agarró la mano y negó con la cabeza. El rostro de Tucker parecía haberse vuelto de piedra, y no había duda de lo que ocurriría si abría la puerta.

—¿Sally? He oído un ruido.

Sally se enderezó, se pasó las manos por el pelo y volvió a mirar a Tucker negando con la cabeza, por si acaso.

—He tropezado con la alfombra, pero estoy bien.

Un silencio.

—Tengo tu azúcar.

¿Era su imaginación o Lyle se estaba insinuando otra vez?

—Eres muy amable, pero... —¿pero qué? Tucker se cruzó de brazos y arqueó una ceja—. Ya no la quiero.

—El paquete no se ha abierto.

—Ha tocado el suelo. Tírala.

—¿Tiras las cosas solo porque hayan tocado el suelo?

Estupendo. Que Lyle pensara que era una derrochadora. A un hombre tan flojo como él no le gustaría un rasgo así en una mujer.

—Así es. Adiós, Lyle.

Oyó las pesadas pisadas en el porche y finalmente pudo suspirar de alivio. No se dio la vuelta inmediatamente. Necesitaba un momento para recobrar la compostura. Pero la mano de Tucker en su brazo no le dio tiempo a recuperarse, ni tampoco el dedo que le puso bajo la barbilla.

—Estás asustada por Lyle.

—Nerviosa, más bien. El único hombre que me había cortejado hasta ahora era Jonah, y él era muy diferente.

El dedo meñique de Tucker bajó por su cuello.

—¿Crees que te está cortejando?

No.

—Sí.

—Puedes aspirar a algo mucho mejor que él.

Sally apartó bruscamente la barbilla.

—¿En serio?

Tucker le agarró la barbilla entre los dedos y le sostuvo el rostro hacia él. A aquella distancia Sally podía ver cómo se le hinchaban las aletas de la nariz. ¿Sería furia contenida o frustración?

—Si no te está cortejando, ¿por qué le has permitido traer tus compras a casa?

Furia. Estaba furioso, pero no tanto como ella. Los sucesos de la última hora empezaban a afectarle los nervios.

—No tenía manera de impedírselo. Por si no te has dado cuenta, Lyle puede ser muy obtuso cuando le conviene.

Tucker frunció el ceño.

—¿Obtuso?
Sally alargó la mano hacia la caja.
—Lento para comprender.
—Eso sí —corroboró Tucker, mirando la puerta.
Le entregó la caja a Sally y ella se dirigió hacia la cocina. Necesitaba mantenerse ocupada con cualquier cosa.
—¿Cuándo has vuelto?
—A tiempo para presenciar la declaración de Lyle.
Sally dejó la caja en la mesa, mientras Crockett arañaba la puerta trasera.
—Déjalo ya, Tucker.
Él entró en la cocina y se apoyó en la puerta.
—¿Que deje qué?
—Deja de fingir que estás celoso por un hombre que no te llega ni a la suela de las botas.
—Tengo algo que decirte, rayo de luna —dijo él, mirándola de una manera enervante mientras ella sacaba las cosas de la caja—. Estoy muy celoso.
Sally se detuvo con una lata en la mano.
—¿De qué?
—De que Lyle tenga derecho a declararse.
La lata cayó de la mano de Sally y rodó por la mesa. Tucker la agarró y los dos se miraron en silencio.
—¿No tienes nada que decir? —le preguntó él finalmente.
—Tenemos una aventura.
—Es lo que siempre dices.
—Se suponía que solo iba a ser una noche.
Tucker dejó la lata en la mesa.
—Ya llevamos dos meses.

Tenía razón, y sin embargo...

—No puedo casarme con un hombre violento.

—Cariño, con quien no puedes casarte es con un indio.

—Eres un buen hombre, Tucker McCade.

Él sacudió la cabeza.

—Te niegas a ver la verdad.

—Me niego a creer la mentira que otros creen.

—¿Y eso adónde nos lleva?

Sally sacó el paquete de café de la caja.

—No lo sé. Mi vida no puede ser tuya.

Volvieron a quedarse en silencio mientras ella seguía sacando las cosas. Un silencio cargado de tristeza y esperanza.

—Tengo que volver a marcharme —dijo él.

«Y a matar», pensó ella. ¿Cómo era posible que un hombre tan tierno con ella fuese tan despiadado con otros?

—¿Cuándo volverás?

—No lo sé —se acercó a ella por detrás y le quitó la caja vacía de la mano—. ¿Compraste todo lo que querías?

Ella negó con la cabeza y él le rozó el pelo con los labios. ¿Sería una disculpa?

—¿Qué te ha faltado, nena?

—Guisantes.

—¿Te gustan los guisantes en lata?

—Últimamente me apetecen mucho.

—Si paso por alguna tienda veré si tienen.

A Sally se le hizo la boca agua mientras los dedos de Tucker le acariciaban el cuello.

—No es necesario.

Él sonrió.

—Aun así los buscaré.

Sus dedos continuaron el descenso hasta posarse debajo de los pechos. Su tacto era tan ligero que Sally no podía sentirlo a través de la tela, pero no importaba. Le bastaba con su imaginación para llenar los huecos. Los pezones se le endurecieron mientras Tucker le acariciaba los pechos.

—Te echaré de menos —murmuró él.

Sally levantó la mirada hacia sus ojos, sorprendida. Nunca hablaban de los sentimientos. La vista se le empañó por las lágrimas, pero intentó contenerlas con todas sus fuerzas. No podía llorar.

—Creía que ya estarías harto de mí…

Tucker deslizó los dedos bajo sus trenzas y tiró suavemente de ella hacia él.

—Aún tenemos que avanzar mucho hasta llegar a ese estado.

Sally separó los labios, exigiendo la pasión que solo Tucker podía darle. Si aquello era una despedida, quería un beso que pudiera recordar para siempre.

Tucker no la decepcionó. Nunca lo hacía. Sus labios y dientes la devoraron con una avidez salvaje hasta dejarla sin aliento, y ella se aferró a él con sus manos, su boca y su corazón. Cuando él se retiró, Sally abrió los ojos y lo encontró mirándola con una extraña e indescifrable expresión en su rostro.

—Mantente alejada de Lyle.

Sally debería enfadarse por aquella orden, pero podía percibir la preocupación de Tucker.

—Lo intentaré.

Él la besó una última vez.

—Hazlo.

Capítulo 11

Evitar a Lyle no fue tan sencillo como debería haber sido. Durante las dos semanas siguientes parecía estar en todas partes. Y cada vez que se acercaba a ella había más insinuaciones y roces furtivos. Los continuos rechazos de Sally recibían una hostilidad cada vez mayor, hasta el punto de que el corazón le dio un brinco cuando una mañana alguien llamó a la puerta trasera.

—¿Quién es?

—Hazel.

¿Hazel? Dejó con cuidado el instrumento que estaba esterilizando en el frasco de carbólico y se secó las manos en el delantal. Estaban temblándole. Tenía que hacer algo con Lyle, y pronto. Se puso en pie y la habitación empezó a dar vueltas, obligándola a apoyarse en la mesa y respirar hondo.

—Un momento.

—Deprisa, por favor. Es Davey. Tiene un corte muy profundo en la mano.

Sally Mae recuperó el equilibrio y corrió a abrir la puerta. Allí estaba Hazel, con el pequeño Davey en brazos. El niño era casi tan alto como su madre y las piernas le colgaban hasta las pantorrillas de Hazel. Tenía la cara enterrada en su cuello y llevaba la mano herida oculta entre los dos cuerpos.

—Vamos, pasa —la apremió Sally, echándose hacia atrás y levantando una mano para detener a Crockett.

El perro lanzó un gemido suplicante, pero Sally negó con la cabeza y no pudo evitar una sonrisa cuando Crockett se alejó por el porche como un crío enfadado.

—Solo le había quitado los ojos de encima un segundo y... —empezó a explicar Hazel, pero se detuvo al dar unos pasos en la cocina y mirar a su alrededor—. ¿Dónde lo dejo?

—En la mesa de la cocina.

En realidad se refería a la silla, pero Hazel dejó a Davey en la sólida mesa de madera y le echó una mirada severa.

—Y en ese momento decidió cortar él mismo el pan —respiró hondo para intentar calmarse—. Con un cuchillo de carnicero.

A Sally Mae se le revolvió el estómago. ¿Se habría cortado los tendones? De ser así, estaba metida en un buen apuro.

Durante seis años había asistido a Jonah en toda clase de operaciones y había asimilado sus vastos conocimientos, pero no había recibido la misma formación médica que él, y temía que llegara el día en que tuviera que hacer algo más que extraer balas y coser heridas. El día en que su falta de preparación académica pudiera costarle a un paciente un brazo, una pierna o incluso la vida.

—¿Eso es lo que ha ocurrido? —le preguntó a Davey, tomando su mano vendada.

El niño asintió, mirándola por el rabillo del ojo.

—Bueno, vamos a echarle un vistazo —dijo Sally, pero Davey negó con la cabeza y se resistió—. Por favor.

—¡Haz lo que te dice, Davey!

Sally le sonrió al niño para contrarrestar la dureza de su madre.

—Tendré mucho cuidado, te lo prometo.

Davey relajó la muñeca y Sally le dio la vuelta a su mano. Tuvo que contenerse para no poner una mueca de desagrado al ver el algodón empapado de sangre. Había heridas que sangraban mucho, y los cortes en la mano entraban en esa categoría. Seguramente harían falta unos puntos.

—¿Puedes sentarlo aquí? —le preguntó a Hazel, retirando la silla del extremo de la mesa.

Hazel asintió, pero Davey se aferró a ella y negó con la cabeza.

—Está asustado.

—Lo entiendo —dijo Sally. Puso la mano en la espalda de Davey y probó con otra táctica—. ¿Prefieres sentarte en el regazo de tu madre?

El chico asintió y volvió a mirarla de reojo.

—Pues eso es lo que haremos, cariño.

Hazel le ofreció una débil sonrisa. Sally Mae no podía ni imaginarse lo que aquella mujer estaba pasando. Ocho meses atrás había perdido a su marido, y luego había perdido a Billy, quien a pesar de su corta edad podía hacer el trabajo de un hombre. Sally no sabía cómo se las arreglaba Hazel económica o emocionalmente, pero Davey era todo lo que le quedaba.

Hazel se levantó con su hijo en brazos, y Sally cerró la mano para conservar la sensación de la recia espalda de Davey. Siempre había querido ser madre, pero Jonah había insistido en esperar y utilizar unos medios anticonceptivos que, aun siendo inútiles para muchas parejas, en ella habían demostrado ser infalibles, hasta el punto de hacerle creer que era estéril. Y ahora Jonah estaba muerto y ella no tenía nada.

«Por favor, Señor, dame la fuerza necesaria para evitar el resentimiento y la amargura».

Ayudó a Hazel a sentarse y Davey se acurrucó en su regazo. Antes de tomarle la mano, Sally ocultó detrás de una lata los instrumentos quirúrgicos. No tenía sentido asustar al chico más de lo que ya estaba.

—Y ahora vamos a ver esa herida.

Davey arrugó la nariz.

—Aquí apesta.

—¡Davey!

Sally sonrió.

—No te esperaba, y me habéis pillado limpiando mis instrumentos —explicó mientras retiraba el improvisado vendaje de la muñeca.

El pequeño cuerpo de Davey se puso muy rígido, pero Sally estaba tan asustada como él. Rezó porque no se hubiera cortado ningún tendón. Porque el cuchillo hubiera estado limpio. Porque dentro de dos semanas no tuviera que amputarle el miembro por culpa de una infección.

—Te prometo que tendré mucho cuidado —le dijo al llegar a la última capa del vendaje.

—Me he hecho un agujero muy grande —murmuró él con voz temblorosa.

—¿Una línea recta o curva? —le preguntó Sally, más para distraerlo que para recibir una descripción de la herida.

—Una línea recta —respondió Hazel.

Sally miró a Davey a los ojos y le mantuvo la mirada. No quería que viera la herida y volviera a invadirlo el pánico.

—¿Es así, Davey?

Al niño le entró un ataque de hipo y asintió.

—¿Y no has llorado nada? —le preguntó, como si no tuviera las mejillas hinchadas y los ojos enrojecidos.

—Solo un poco —respondió, intentando aparentar más valor del que sentía.

—Tu padre habría estado muy orgulloso de ti —retiró la última venda y examinó la herida. Era un tajo bastante largo, pero no tan profundo como había temido—. Has sido muy valiente.

—¿Es grave? —preguntó Hazel.

Sally le echó a Hazel una mirada de advertencia antes de dedicarle una sonrisa a Davey.

—Ahora necesito que muevas los dedos, por favor.

Con mucho cuidado por temor al dolor, Davey cerró brevemente la mano. Al menos podía mover los dedos, y eso era lo importante.

Davey miró a su madre con expresión afligida. Su deseo de llorar era evidente, pero se contuvo para demostrar el valor que se esperaba de él.

En ese momento llamaron a la puerta y a Sally Mae le dio un vuelco el corazón, pero esa vez con entusiasmo. Solo había un hombre que llamara así a la puerta. Tucker había regresado.

—Adelante.

La puerta se abrió y Tucker entró en la cocina, llenando la estancia con su imponente presencia y arrolladora personalidad.

Los ojos de Davey se abrieron como platos y Hazel se puso tensa al instante.

—Hola, señor McCade —lo saludó Sally con una sonrisa cortés.

—Señora —se tocó el ala del sombrero y miró a Davey—. ¿Va todo bien?

—Davey ha tenido un pequeño altercado con un cuchillo de cocina.

Tucker se acercó en dos grandes zancadas y observó la mano de Davey. Sally sintió cómo la envolvía su olor familiar a cuero y virilidad, y tuvo que emplear toda su fuerza de voluntad para reprimir el deseo de besarlo en su brazo desnudo. ¿Por qué nunca llevaba una camisa con mangas bajo el chaleco?

—Parece que ganó el cuchillo.

—Davey ha sido muy valiente.

Tucker tomó la mano del niño en la suya. A su lado parecía un gigante, pero Davey ni siquiera se amedrentó. Tucker podía ser tan delicado como violento.

—Le quedará una cicatriz.

A Davey casi se le salieron los ojos de las órbitas, y Tucker esbozó una de sus raras sonrisas. Sally Mae se quedó mirándolo sin poder evitarlo. Parecía haber pasado una eternidad desde que lo vio por última vez, y todos sus sentidos eran intensamente conscientes de su presencia.

—Un par de semanas y podrás presumir de ella.

Era obvio que aquella posibilidad no se le había

ocurrido a Davey, porque su expresión de pánico se esfumó de inmediato.

—Sí.

Sally intercambió una mirada divertida con Hazel, quien sacudió la cabeza y puso los ojos en blanco.

Tucker movió los dedos de Davey.

—Menos mal que no te has cortado los tendones, o podrías haberte quedado lisiado para siempre.

Davey asintió. Miraba a Tucker absolutamente embelesado, asimilando todo lo que decía como si fuera el mismísimo evangelio.

—Seguro que tu madre te prohibió tocar los cuchillos —le dijo Tucker, examinando su dedo meñique. Davey asintió casi imperceptiblemente con una mezcla de terror y admiración en su rostro—. Tienes que hacerle caso a tu madre hasta que seas lo bastante mayor. Y recuerda que un hombre jamás tiene derecho a preocupar a su madre. ¿Lo has entendido?

Davey hizo un mohín con los labios.

—Me trata como a un niño pequeño.

Tucker le guiñó un ojo a Sally, quien tuvo que ocultar una sonrisa. Se quitó el sombrero y lo dejó sobre la mesa. El sol que entraba por la ventana arrancó reflejos negros y azulados de sus largos cabellos.

—Hay una forma correcta y otra incorrecta de hacer las cosas, hijo, y tú mismo has comprobado que la forma incorrecta no es la mejor.

El gesto de Davey se tornó pensativo y Tucker se giró hacia Hazel.

—Si no le importa, señora, cuando Davey haya acabado aquí me gustaría enseñarle la técnica adecuada para manejar un cuchillo.

Davey dio un respingo en el regazo de su madre.

—¡Por favor, mamá!

—No sé...

Sally sacó la aguja y el hilo. Nunca habría imaginado que Tucker supiera qué hacer con un crío de seis años, pero tampoco lo había creído capaz de tener un cachorro. De repente la asaltó la idea de que Tucker sería un padre maravilloso. Aunque quizá un poco imprudente al pretender enseñarle a un niño a manejar el cuchillo.

—Es muy pequeño —dijo Hazel, ganándose una mirada furiosa de Davey y una ceja arqueada de Tucker.

—Pequeño o no, a mí me parece muy decidido. Y unas cuantas enseñanzas básicas podrían resultarle muy útiles.

Hazel se mordió el labio.

—El señor McCade tiene razón —intervino Sally.

—Sí, mamá, tiene razón.

Tucker esbozó otra sonrisa.

—No se preocupe, señora. Solo le enseñaré lo necesario.

A Sally le costó reprimir la sonrisa al ver el creciente entusiasmo en el rostro del niño. Lo que para Tucker era correcto y necesario no tenía nada que ver con el caos y la muerte que el chico debía de estar imaginando.

Hazel suspiró y dio por perdida la batalla.

—En ese caso... supongo que sería posible.

—No puede evitar que el chico crezca, señora. Lo único que puede hacer es intentar que se convierta en un hombre sensato y juicioso.

Hazel asintió.

—En ese caso, se lo agradezco.
El grito de júbilo de Davey resonó en toda la casa.

Sally Mae acabó de recoger el instrumental y miró por la ventana. Tucker estaba sentado en el porche con Davey, enseñándole la forma correcta de empuñar un cuchillo mientras Crockett mordía un palo a sus pies. Davey se había quedado lívido al ver el hilo y la aguja con que Sally se disponía a coserle la herida, pero Tucker le había enseñado un truco de los rangers para soportar el dolor. Le puso una tira de cuero entre los dientes y le ordenó que mordiera con todas sus fuerzas, y el chico, fascinado con su nuevo héroe, aguantó estoicamente hasta que Sally terminó de lavarle y coserle el corte.

Hazel se acercó a ella con un cuenco de agua sucia.

—Tengo que tirar esto, pero no quiero interrumpirlos.

—Puede esperar.

Hazel dejó el cuenco en un estante y miró también por la ventana.

—Había olvidado la diferencia que puede suponer un hombre en la vida de un niño.

Una punzada de celos traspasó a Sally. ¿Tendría Hazel un interés personal en Tucker? Nada más pensarlo, sin embargo, se reprendió a sí misma por ser tan egoísta.

—Tucker no le dejará hacer nada peligroso —le aseguró Sally, viendo cómo Tucker corregía la posición de la mano de Davey en torno al mango del cuchillo—. Sabe que solo es un niño pequeño.

—A su edad, Billy tenía su propio cuchillo para cortar los cebos —murmuró Hazel con voz ahogada—. Su padre se lo dio.

—Para ti ha sido muy duro desde que murió tu marido.

—Mucho —afirmó Hazel—. Voy a llevarme a Davey al Este.

—¿De vuelta con tu familia?

—Sí. Aquí ya nada me retiene.

La mirada de Sally se desvió involuntariamente hacia Tucker. Ella también había pensado en volver a casa, pero ya no estaba tan segura de que fuera la mejor opción.

—Voy a echarte de menos.

—Gracias —Hazel se apartó las lágrimas que resbalaban por sus mejillas—. Quizá si volvemos a casa... —se encogió de hombros—. No sé. Quizá ayude a mitigar el dolor.

Sally no sabía qué decir.

—Eso espero.

Las dos recogieron la cocina en silencio, hasta que Hazel volvió a mirar por la ventana.

—Parece que se le dan bien los niños.

—Es un buen hombre.

Hazel la miró por el rabillo del ojo.

—Lástima que sea indio.

Sally apretó con fuerza el trapo que llevaba en la mano.

—Todos los hombres son iguales a ojos de Dios.

—Pero no a ojos de los hombres —se giró para mirarla directamente—. La gente habla, Sally Mae. Y algunos están empezando a proferir amenazas.

—¿Contra Tucker?

—Y contra ti.

La conmoción estuvo a punto de tirarla al suelo.
—¿Por qué?
—Porque no les haces caso.
—Pero casi todos ellos están casados.
—Eso no les importa.
—Pues debería importarles.

Hazel suspiró y sacudió la cabeza.

—No puedo decir que apruebe ese tipo de relaciones...
—No recuerdo haber pedido tu aprobación.

Hazel volvió a sacudir la cabeza.

—Es muy duro remar contra corriente, pero he oído que los europeos son más abiertos con las... relaciones difíciles.

Relaciones difíciles. Era un modo de definirlas, desde luego.

—No me importa el color de la piel de Tucker.
—¿No?
—Su camino no es el mío.

Hazel no fingió no entenderla. No tenía sentido hacerlo. Las creencias de Sally y de Jonah habían sido motivo de habladurías durante años.

—El matrimonio exige un sacrificio.

Sally lo sabía muy bien. Tucker revolvió el pelo de Davey y sonrió. En momentos como aquel, era fácil creer que podía renunciar a la violencia. Pero entonces Tucker se giró y el sol se reflejó en la bala que llevaba al cuello. Siempre habría algo que recordara lo que era. Un hombre de aquella tierra salvaje y hostil. Un superviviente que se abría camino con los medios que fueran necesarios y que nunca renunciaba a un desafío.

—A veces no basta con un sacrificio.

Hazel suspiró.

—¿De verdad te importa tanto su trabajo?

—Aborrezco la violencia en todas sus formas.

—No serías tú la que la pusiera en práctica.

—Pero no podría prohibírsela a mis hijos.

—La única ley que impera en este lugar es la que un hombre puede imponer por sí mismo, y si un hombre no puede defender a sus seres queridos nadie podrá hacerlo por él.

—Lo sé.

Hazel dejó caer la cortina.

—Tal vez no sea yo la única que deba volver a casa.

—Tal vez.

No era la primera vez que pensaba en aquella posibilidad, pero cada vez que lo hacía se le formaba un nudo de pánico en la garganta y la invadía un mal presentimiento. Sentía que, de alguna manera, su futuro estaba allí. Y esa certeza siempre venía acompañada por el profundo anhelo que veía en los ojos de Tucker. Era un hombre que vivía para la violencia, y sin embargo ansiaba desesperadamente la paz.

—Tendré que tomar una decisión.

Las cortinas de la cocina volvieron a cubrir la ventana y Tucker resistió el impulso de sacudir la cabeza. Si las mujeres estaban tan preocupadas de lo que pudiera enseñarle al niño, ¿por qué se lo habían permitido?

La cortina se apartó de nuevo y Tucker distinguió el cabello rubio de Sally Mae. Podía entender la inquietud de Hazel. Davey era todo lo que le quedaba y la reputación de Tucker no era precisamente tranquilizadora. Pero ¿Sally Mae? Sostuvo la vaina mientras Davey extraía cuidadosamente el cuchillo con su mano sana, apuntando con la hoja hacia abajo como Tucker le había enseñado. Le dolía que Sally Mae estuviera vigilándolo. Había creído que lo conocía mejor y que habían llegado a cierto grado de entendimiento mutuo en los últimos dos meses. No era la primera vez que se equivocaba, y tampoco sería la última, pero no por ello dejaba de dolerle.

—¿Lo he hecho bien, señor McCade? —le preguntó Davey, mirándolo con una sonrisa desdentada.

Enseñarle a un chico a manejar un cuchillo era una nimiedad, pero a Tucker le gustaba hacerlo. Se preguntó si la mujer de Caine tendría un niño o una niña. Ojalá fuera un niño. No creía que nadie de los Ocho del Infierno estuviera preparado para criar a una niña. La sonrisa de Davey desapareció y Tucker se maldijo a sí mismo al darse cuenta de que no le había respondido.

—Sí, lo has hecho muy bien, hijo. Pero recuerda… un cuchillo puede ser el mejor amigo de un hombre, pero siempre tienes que mostrarle el respeto que se merece o se convertirá en tu enemigo.

Davey asintió solemnemente.

—Y siempre tengo que usar el cuchillo adecuado para cada trabajo.

—¿Y qué harás si no sabes cuál es?

—No tocar ninguno hasta haber preguntado.

Tucker sonrió y le revolvió la mata de pelo castaño.

—Eres un chico muy listo.

Una vez más, Tucker se sorprendió de lo importante que era para el chico aquella mínima muestra de atención. Pensó en su propia infancia, pero no podía recordar ningún momento similar con su padre. Si se equivocaba en algo recibía una paliza. Si no se equivocaba y tenía suerte a veces se libraba de la paliza, pero en ningún caso la mano de su padre le inspiraba seguridad y confianza. ¿Y su madre? Recordó a la mujer triste y oprimida que siempre caminaba cabizbaja y en silencio. Cuando Tucker nació, estaba tan atemorizada y destrozada que no podía cuidar ni de ella misma, y mucho menos de su hijo.

Apretó el puño al costado al recordar las veces que había rogado en silencio porque su madre lo ayudara y le demostrara su cariño. Que se acercara a su cama y le curase las heridas igual que él había curado las suyas cuando su padre salía de casa. Pero ella nunca hizo nada semejante, y a medida que Tucker se hacía mayor se conformó con rezar para que su madre fuera un poco más fuerte. No sabía qué podría hacer contra los músculos de su padre, pero tan solo deseaba que, por una sola vez, su madre hiciera el esfuerzo.

Sally Mae seguía observándolos desde la ventana, y Tucker sonrió amargamente al imaginársela en el lugar de su madre. Por muy pacifista y cuáquera que fuera, estaba seguro de que no le permitiría a ningún hombre, marido o no, ponerle la mano encima a su hijo. No sabía cómo se las arreglaría para defenderlo, pero estaba convencido de que lo haría. Era una mujer cuya capacidad para amar estaba tan profundamente arraigada como sus convicciones. Sí, protegería a sus hijos con su vida y...

Sus hijos. Estaba pensando en los hijos... de ambos.

«Tómala».

El consejo de Shadow sorteó sus escrúpulos y lo tentó con la descabellada posibilidad. Maldito Shadow... No tenía derecho a meterle aquellas ideas en la cabeza. Ni una esposa, ni unos hijos, ni una familia estaban hechos para él. Y aunque así fuera, la única mujer con la que desearía formar una familia estaba demasiado lejos de su alcance.

Le quitó el cuchillo a Davey y volvió a envainarlo. Era un cuchillo pequeño, pero tenía la hoja muy afilada.

—Llévalo tú, pero ten cuidado —le dijo a Davey, tendiéndole la vaina.

Davey se colocó torpemente la vaina en su regazo. Las cortinas volvieron a cubrir la ventana, dejando un rectángulo negro en el que pintar las imágenes del recuerdo.

«Tienes que quitarte la costumbre de soñar despierto».

La acusación de su padre lo golpeó con la misma fuerza que descargaba en sus puños. Su existencia había sido un error. Su padre había intentado que su madre abortara a golpes, y a golpes había intentado matar a su hijo. La única justicia que recibió su madre fue cuando alguien mató a su padre. Pero otros estaban esperando a ocupar su lugar. Un hombre débil no tardaba en sucumbir a la fuerza de los otros, y por eso Tucker se aseguró de ser fuerte.

Apretó otra vez los puños y apartó los recuerdos. Había llegado a un estado donde el pasado no importaba. Era lo bastante grande y despiadado para recurrir a la fuerza siempre que fuera necesario, pero eso no le impedía apreciar las creencias de Sally. Simplemente, le parecían inútiles en aquel lugar.

Crockett gruñó y Tucker levantó la cabeza. Lyle acababa de rodear la esquina, y se detuvo en seco en cuanto vio a Tucker. El cambio en su expresión hizo que Tucker se levantara inmediatamente, y lo mismo hizo Crockett, mostrándole sus pequeños colmillos al recién llegado.

—Davey, entra en casa.

—¿Qué hago con el cuchillo?

Tucker mantuvo la vista fija en Lyle, quien parecía a punto de estallar.

—Es tuyo, pero tienes que dárselo a tu madre para que lo guarde.

—¿De verdad? —preguntó el niño con los ojos muy abiertos, como si Tucker le hubiera regalado un puñado de diamantes.

—De verdad, pero que sea tu madre quien lo guarde, ¿está claro?

Davey chilló de entusiasmo, asintió y corrió hacia la puerta.

—¡Mamá, mamá! ¡Mira lo que me ha dado el señor McCade!

Lyle también se dirigió hacia la puerta trasera.

—Eres un indio muy generoso.

—Siempre has sido un idiota, Lyle.

A Lyle pareció abandonarlo el valor a cinco metros de la puerta.

—Y tú siempre has sido un engreído.

Crockett avanzó hacia Lyle.

—Creía haberte dicho que no volvieras por aquí.

—Tengo derecho a visitar a mi prometida.

Tucker se quedó completamente rígido.

—¿Tu prometida?

—Eso es.

—¿Has estado bebiendo más de la cuenta, Lyle?

—He dejado la bebida, pero eso no es asunto tuyo.

Lyle era ante todo dos cosas: un bocazas y un bebedor empedernido.

—¿Por qué?

—La señora Schermerhorn no tolera la bebida.

—La señora Schermerhorn no tiene ningún problema con la bebida, sino con los borrachos.

—Sea como sea, ha aceptado mi proposición.

—Y un cuerno —espetó Tucker, perdiendo la poca paciencia que le quedaba. Dio un paso hacia Lyle sin saber lo que iba a hacer, pero dispuesto a hacer lo que fuera para borrarle aquella odiosa expresión de seguridad.

—¡Tucker!

Solo Sally Mae se atrevía a pronunciar su nombre en aquel tono. Y solo ella podía detenerlo con una sola palabra.

—Enseguida estoy contigo, Sally.

—Ahora, Tucker.

Tucker no pudo evitar una media sonrisa ante la actitud de Sally y la falta de temor que mostraba ante su temperamento.

—Para ti «señora Schermerhorn» —intervino Lyle.

—El día que acepte órdenes de alguien como tú estará nevando en el infierno.

Lyle se irguió en toda su estatura. Antes de aficionarse a la bebida había sido un adversario temible, o al menos eso decían, pero el alcohol y su gandulería habían convertido sus músculos en grasa y el temor que inspiraba en desprecio.

—Como prometido de la señora Schermerhorn...

—¿Como qué? —exclamó Sally, pero Lyle siguió como si no la hubiera oído.

—... es mi deber protegerla contra un indio engreído que no tiene dónde caerse muerto.

Tucker se bajó el sombrero sobre la frente.

—Vuelve adentro, Sally Mae.

—Él no es mi prometido.

—En ningún momento he pensado que lo fuera. Vuelve adentro.

—¿Por qué?

—Porque estoy a punto de hacer algo que no va a gustarte.

Sally Mae bajó del porche y lo agarró por el brazo.

—No vas a hacerle nada por mí.

El tacto de sus manos era frío, pero podrían haber sido ascuas encendidas por la forma en que avivaron sus nervios.

—No pensaba hacerlo por ti —dijo, sin dejar de caminar.

—Por lo que sea, Tucker. Para mí no hay diferencia —insistió ella, plantándose firmemente en el suelo.

Tenía dos opciones. O arrastrarla o detenerse. Se decidió por lo segundo, porque no era fácil ignorar la mirada suplicante de sus grandes ojos grises.

—Lyle puede ser un pobre estúpido, pero es... inofensivo —dijo ella.

—No necesito que una mujer me defienda —protestó Lyle—. No le tengo ningún miedo.

—Deberías tenérselo —le advirtió Sally—. ¿No has visto sus músculos? Podría partirte en dos como una simple ramita.

No había nada como una mujer sincera para disuadir a un hombre. Tucker solo necesitó hacer ademán de avanzar para que Lyle retrocediera. Abrió la boca para decir algo, pero Sally no le dio tiempo.

—Ahora vuelve al salón.

—Ya no bebo. Gracias a ti.

—No me agradezcas lo que ha sido obra de Dios.

—Dios no ha tenido nada que ver —declaró Lyle con una vehemencia feroz—. Ha sido obra tuya y de nadie más.

Tucker se soltó de la mano de Sally.

—Entra en casa, Sally Mae.

—No.

—Ahora —la miró amenazadoramente y esa vez consiguió que Sally vacilara.

—Prométeme que no emplearás innecesariamente la violencia.

—Te lo prometo.

Ella lo miró con expresión dudosa.

—Vete.

Sally Mae obedeció, pero lo miró por encima del hombro tres o cuatro veces de camino a la puerta. Tucker esperó a que hubiera entrado en casa y cerrado la puerta antes de cubrir la distancia que lo separaba de Lyle, quien tenía la frente empapada de sudor.

—No sé qué ideas estarán rondando tu cabeza, Lyle, pero aléjate de Sally Mae.

—Ella no te pertenece.

—No, pero tampoco te pertenece a ti. Ni ahora ni nunca.

—Es una santa —dijo Lyle con otro ferviente arrebato.

—No es para ti, así que olvídalo.

—¿Y qué vas a hacer si no? Le has prometido a Sally Mae que no emplearías la violencia.

—Le he prometido que no lo haría si no era necesario —sonrió y agarró a Lyle por la pechera—. Pero lo que para ella no es necesario tal vez para mí sí lo sea...

Capítulo 12

—¿Se puede saber qué le has dicho a Lyle Hartsmith para hacerle creer que podía cortejarte?

Sally Mae dejó cuidadosamente el trapo en el armario. Sabía que Tucker volvería furioso y exigiéndole explicaciones, y por eso había echado a Hazel y a Davey por la puerta principal. También había creído que Tucker volvería cubierto de sangre, y le miró el puño para comprobarlo.

—No lo he golpeado.

—Te lo agradezco —dijo ella, tocándole la mano.

—¿Por qué?

—Por no haberle hecho daño a Lyle.

Tucker le rodeó la nuca con la mano. El momento de tensión había pasado.

—Era él o tú.

—Y optaste por mí.

Los bonitos ojos de Tucker se rodearon de arrugas mientras sus labios se curvaban.

—Sí —murmuró, haciéndole avanzar un paso.
Sally le puso las manos en el pecho.
—¿Debo tener miedo?
La mueca de Tucker se suavizó en una sonrisa.
—A mí nunca me tienes miedo, rayo de luna.
Era cierto. Sally extendió las palmas sobre sus poderosos bíceps y apretó. Era comprensible que siempre los llevara descubiertos, pero le molestaba que otras mujeres pudieran ver la perfección de sus brazos.
—¿Qué piensas? —le preguntó él.
—Pienso que no soy mejor que cualquier otra.
Tucker arqueó una ceja en un gesto tan familiar como encantador.
—Oh, desde luego que sí.
—Aún estás enfadado.
—Mucho.
—¿Por qué?
—Porque no he dejado sin dientes a ese imbécil, como se lo tenía merecido.
Sally le acarició el pecho como hacía después de hacer el amor.
—Si agredieras a Lyle, se armaría un gran revuelo. La gente no creería que eres un simple huésped que se aloja inocentemente en mi granero.
—No lo soy.
Sally puso los ojos en blanco.
—Lyle lo acabará olvidando. Encontrará cualquier otra mujer que le guste y me dejará en paz. Solo tienes que esperar hasta entonces.
—No confío en Lyle.
—No pasará nada. No es tan valiente.
Tucker suavizó un poco la expresión y la besó en la mejilla y los labios.

—Mi Sally... ejerces una atracción irresistible en los hombres.

El uso del posesivo la hizo estremecer.

—No lo hago a propósito.

—Ese es el problema. No me gusta la idea de dejarte aquí con un hombre detrás de ti.

A Sally se le cayó el alma a los pies.

—¿Vas a volver a marcharte?

—Por eso he vuelto tan pronto. Tengo que enviar un telegrama.

—¿Has encontrado a Ari?

—No, necesitamos más datos, pero tenemos una buena pista y tengo que mandarle un telegrama a Desi para comunicárselo.

—Eso es bueno, ¿no?

—Es lo mejor que hemos tenido hasta ahora —corroboró él, aunque no muy convencido.

—Entonces, ¿por qué no pareces satisfecho?

—La mujer que encontramos está muerta. Estamos intentando averiguar si el cadáver es el de Ari o no.

¿El cadáver? Santo Dios... Sally abrazó a Tucker por la cintura y se apretó a él con fuerza.

—¿Cómo vas a hacerlo?

—Parece que se rompió una pierna que no llegó a sanar del todo.

Para saber eso había tenido que ver el hueso.

—¿Esa mujer lleva muerta mucho tiempo?

—Sí —respondió él, posando la barbilla en su cabeza.

Parecía cansado, y no era de extrañar... después de haber exhumado un cadáver para examinarlo y tener que enviar malas noticias a casa.

—Lo siento. Tu amiga Desi se quedará destrozada.

—Lo que la está destrozando es no saber nada —con cada palabra deslizaba la mandíbula sobre los cabellos de Sally, tirándole del cuero cabelludo igual que lo que estaba haciendo por su amiga tiraba de su corazón. Era un hombre muy bueno.

—Espero que no sea ella.

—Esté Ari viva o muerta, Desi se sentirá mejor si lo sabe.

Era comprensible. Cada vez que Tucker se marchaba, Sally se quedaba con el corazón en un puño, temiendo que algo le sucediera sin que ella llegara a enterarse nunca.

Tucker le acarició la frente. Sus músculos aún seguían tensos.

—No necesito que luches por mí —le dijo ella—. Deja que haga las cosas a mi manera.

—Es más rápido a mi manera. Y mucho más efectivo para conseguir lo que quiero.

—Si te lo pido es porque no quiero que te hagan daño —abrió la palma sobre su pecho, justo donde latía su corazón—. Ni por dentro ni por fuera —él frunció el ceño pero ella no se dejó intimidar—. Me preocupo por ti.

Tucker se puso rígido.

—No lo hagas.

—A veces sueño con un futuro contigo.

Tucker apretó visiblemente la mandíbula.

—Eso no va a suceder.

—Lo sé.

—No puede suceder.

—Eso también lo sé.

—Dejando a un lado tu idealismo, Sally Mae, piensa en la vida que le esperaría a un hijo mestizo.

—Tú amarías a tus hijos, Tucker.

—Yo sí, pero el mundo no.

Sally no quería oírlo. En aquel momento solo quería albergar la ilusión de un futuro imposible, de modo que no respondió y se limitó a abrazarlo de nuevo.

—No serían solo los adultos —siguió él—. Los niños buscarían cualquier motivo para burlarse de un crío o para molerlo a golpes.

—No todos.

—Sí, Sally Mae —insistió él, mirándola fijamente a los ojos—. Todos. Y si fuera una niña, nadie la invitaría a una fiesta ni la respetarían cuando se hiciera mayor.

Aunque Sally había comprobado por sí misma que aquello era cierto, no podía creer que alguien pudiera despreciar a su hija.

—Podríamos irnos al Este.

—Los prejuicios no se quedarán en la frontera, Sally. En el Este será igual. Tal vez un poco más refinado, pero igual, al fin y al cabo.

Sally tenía que admitir que Tucker tenía razón. Aquella ilusión era demasiado frágil para soportar los ataques de una sociedad intolerante. Tucker le acarició el labio con el dedo y siguió por la mejilla y la mandíbula, como si la estuviera memorizando. ¿Estaría pensando en marcharse? De ser así, ella no tenía nada más que perder. Respiró hondo y retuvo el aire un momento antes de hablar.

—¿Estarías dispuesto a abrazar la paz, Tucker?

Él se quedó tan rígido como ella se sentía por dentro.

—¿Con qué fin?
—A veces, cuando te miro a los ojos, veo lo cansado que estás.
—Hay días más duros que otros.
—No es eso lo que yo veo.
—No importa lo que yo quiera, Sally.
—Es tu elección, Tucker. Tú eliges vivir en guerra o en paz —Tucker le clavó la mirada de sus brillantes ojos grises, y en ellos vio Sally el destello de la esperanza.
—¿Qué estás diciendo?
—Estoy diciendo que si estuvieras dispuesto a vivir en paz, yo lo estaría a comprometerme —por primera vez desde que lo conocía, vio a Tucker quedarse atónito. Fue una reacción apenas perceptible. No se quedó boquiabierto ni ahogó un gemido. Pero Sally lo vio en sus ojos—. No puede sorprenderte que piense de esta manera. Entre nosotros hay algo. Una atracción, un sentimiento al que no podemos resistirnos.
—Yo puedo resistirlo sin problemas.
Ella sonrió y puso la mano sobre la de Tucker, que descansaba sobre su trasero.
—Sí, ya lo veo…
Él se echó a reír, pero no se contradijo.
—¿Quieres hacerme creer que no te importará si me fijo en otros hombres?
—No.
—Entonces tienes que decidirte, Tucker. Tienes que saber lo que estás dispuesto a sacrificar cuando vuelvas a mí.
—¿Así de simple?
Sally suspiró. El corazón le latía desbocado y tenía

las manos húmedas. Amaba a Tucker con todo su ser. Tal vez en otra época, cuando el color de la piel no importara, o en otro lugar, donde la gente fuera más tolerante y comprensiva, solo necesitaran dar un simple paso adelante. En aquel tiempo y aquella tierra suponía un riesgo demasiado grande, pero Sally estaba convencida de que el riesgo merecía la pena.

—Sí. El tiempo es limitado, Tucker. Una vida en común no sería fácil, y necesito a un hombre que tenga el valor de luchar por ella. Y no con sus puños —se llevó la mano de Tucker a los labios y la besó en la palma—. Sino con su corazón.

—¿Me estás pidiendo que sea un cobarde? —espetó él, pero no retiró la mano y Sally le besó los dedos.

—Sí.

Tucker murmuró una palabrota, seguida por un largo silencio en el que los recuerdos se sucedieron en la cabeza de Sally. Recuerdos de Tucker sosteniéndole la mano por la noche y preparándole el desayuno cuando el dolor por la muerte de Jonah le impedía cuidar de sí misma. Recuerdos de Tucker fregando el suelo después de que la gente del pueblo lo hubiera dejado perdido de barro al presentarle sus respetos tras el funeral. Recuerdos de Tucker montando guardia en el cementerio mientras ella lloraba desconsoladamente. Recuerdos de Tucker en todas partes, siempre presente. Tucker, tan fuerte y seguro de sí mismo. Tucker, que había luchado por tantas y tantas cosas pero que nunca había luchado por ellos. Seguramente le diría que no lo había hecho porque no era tan ingenuo, pero ella sabía la verdadera razón. No lo hacía porque aquella era una batalla que deseaba ganar a toda costa. Una lucha que no soportaría perder.

—Quiero una respuesta —lo acució.
—Me estás dejando sin salida —murmuró él.
—Ya lo sé.
—¿Por qué?
—Porque...

Porque si no lo hacía, él pondría fin a su relación. Y lo haría por las razones más nobles y sensatas. Para protegerla, a ella, a sí mismo y a sus respectivas vidas. Podía ver la determinación en su mirada. El problema era que Sally no quería vivir sin él.

—Porque ha llegado el momento de que yo tome una decisión respecto a mi futuro.

—No hay ninguna prisa —dijo él, pero ambos sabían que sí la había.

—Sé lo que quiero, pero si no puedo tenerlo, tendré que hacer lo que debo.

—¿Has estado leyendo cuentos de hadas mientras estaba fuera?

Sally respondió con un bufido y se soltó de su abrazo.

—Nunca he creído en las hadas, pero sí creo en ti.
—No es más que una vana ilusión.

Sally no se dejó engañar y se aferró con todas sus fuerzas a lo que creía y sentía por Tucker. Si no lo hacía, lo que había entre ellos se perdería para siempre bajo las cenagosas aguas de los estigmas sociales.

—Y cuando vuelvas —le dijo, cruzándose firmemente de brazos—, sabré si mi fe está justificada o no.

Tucker maldijo en voz baja y se dirigió hacia la

puerta. Se detuvo en el umbral, se ajustó el sombrero en la cabeza y se volvió para mirarla.

—Dios nos ha condenado, Sally Mae.

Sally esperó a que estuviera bajando los escalones de la entrada para lanzarle su respuesta.

—Dios no nos condena a nada. Somos nosotros quienes lo hacemos.

Por tercera mañana consecutiva, Sally Mae se inclinó sobre la escupidera de su dormitorio para vaciar el estómago. Tucker no era el único que se retrasaba. También lo estaba haciendo su menstruación, y se habría dado cuenta mucho antes si no hubiera estado tan distraída por la seducción de Tucker y el acoso de Lyle. Estaba embarazada.

Se echó la trenza sobre el hombro y se meció hacia delante y atrás, apoyada en el palanganero. ¿Qué iba a hacer? Un bebé... Le había pedido a Dios que le diera fuerzas y le había dado un bebé. La idea era tan abrumadora que volvieron a entrarle náuseas.

Sabía lo que quería hacer. Quería decirle a Tucker que iba a ser padre. Quería pasarse la vida demostrándole que las dudas que albergaba sobre sí mismo no tenían sentido. Quería estar con él cuando se diera cuenta de que, como marido y como padre, era el sueño de toda mujer. Quería verlo sonreír por las mañanas y reír por las noches. Quería amarlo, honrarlo y respetarlo hasta que la muerte los separase.

Respiró hondo mientras las náuseas volvían a invadirla. Quería casarse con él. Quería ser la mujer de Tucker, el hombre con un corazón violento y un alma cuáquera.

Tucker nunca hablaba de su pasado, pero Sally podía imaginarse el trauma que arrastraba porque cada vez podía entender mejor su forma de pensar. Para Tucker, cualquier cosa que deseara era efímera, por lo que en vez de luchar por una ilusión se contentaba con disfrutarla mientras durase. Así había empezado su aventura. Tucker había accedido a compartir una sola noche cuando era obvio que deseaba mucho más. Y cuando la oportunidad se le presentó, la tomó sin dudarlo y le dio a Sally todo lo que ella demandaba. Todo, salvo la promesa de un futuro en común.

Se puso la mano en el vientre. Su embarazo lo cambiaba todo, y ahora tendrían que pensar en un compromiso estable y duradero.

Vertió agua del jarro en la jofaina y empapó un trapo para lavarse la cara. El tacto de la tela húmeda y fría le resultó muy agradable en la piel irritada. Volvió a respirar hondo y llenó un vaso de agua para enjuagarse la boca. Lo que necesitaba era un plan.

Se puso la bata y bajó las escaleras a oscuras. Las primeras luces del alba empezaban a iluminar la cocina.

Llenó la cafetera de agua y la puso al fuego, pero cuando abrió la lata del café se le revolvió el estómago. Dejó el café y se bebió un vaso de agua, antes de agarrar papel y lápiz y sentarse a la mesa de espaldas a la puerta. Hizo dos columnas, «Sí» y «No», y empezó a escribir. Diez minutos después había confeccionado una larga lista con las razones para volver al Este, y solo una razón para no hacerlo. Colocó la punta del dedo sobre las seis letras que formaban el nombre de Tucker. Al igual que pasaba en la vida real, ser superado en número no reducía sus posibilidades de victoria.

Una sombra cayó sobre la mesa, acompañada de un rancio olor a sudor que vició el aire húmedo de la mañana. A Sally se le puso la piel de gallina. Solo había un hombre que pensaba tener el derecho de irrumpir en su casa a voluntad. Lyle.

Agarró el lápiz y pasó el pulgar sobre la punta embotada. Como arma no le serviría de mucho, sobre todo después de haber gastado la punta en una lista inútil. Para ella no había razones a favor y en contra. Solo existía Tucker y nada más.

Se dio la vuelta y se encontró con Lyle. Por su aspecto parecía haber estado bebiendo toda la noche.

—¿Cómo has entrado?

—He forzado la cerradura.

—¿Qué haces aquí?

—He venido a hablar contigo.

El olor a whisky y a sudor la empujó hacia atrás, chocándose con la mesa.

—¿De qué?

—De nuestro futuro. Eres mujer y estás sola.

La mesa se interponía entre Sally y la puerta del salón, y Lyle se interponía entre ella y la puerta trasera.

—Soy viuda.

Lyle cerró la puerta de la cocina con el pie.

—No es natural que una mujer viva sola.

Sally aferró con más fuerza el lápiz.

—Estoy bien, pero agradezco que te preocupes por mí.

—Necesitas un hombre.

Un hombre quitándose el sombrero no debería resultar amenazador. Pero en el caso de Lyle así era. Tal vez fuese por su pelo grasiento y desaliñado sobre su ancha frente, sus ojos minúsculos o su cara rojiza. O tal vez por la forma en que la miraba, como si supiera algo que ella ignoraba. Algo peligroso.

—Aún estoy de luto.

—Nadie está de luto tanto tiempo.

Sally volvió a pasar el pulgar sobre la punta roma del lápiz.

—Amaba a mi marido.

—Entonces te resultará fácil amarme a mí —dio un paso hacia ella—. Te necesito, Sally Mae.

—¿Para qué?

Era una pregunta absurda, pero le salió de los labios sin pensar.

—Tú enciendes mi pasión… —dijo él, agarrándola por los hombros.

El apestoso aliento de Lyle le revolvió el estómago de nuevo. Le estaría bien empleado si le vomitaba encima, aunque seguramente no le importaría mucho.

—Quítame las manos de encima.

—Estoy reclamando lo que me pertenece.

—No soy una vaca a la que se pueda marcar. No le pertenezco a nadie.

El lápiz era lo bastante largo y podría servirle como arma si se lo clavaba en el ojo. Entornó la mirada y apuntó. Tendría que moverse con rapidez después del ataque. Si algo había aprendido a lo largo de los años era que algunas heridas no siempre dejaban fuera de combate a una persona. Un hombre encolerizado podía ser mucho más peligroso.

«Debes respetar a las personas, porque Dios vive en todos nosotros».

Las enseñanzas de sus padres adoptivos se le habían quedado profundamente arraigadas en su interior. Les debía muchísimo. Ellos le habían dado un hogar, una familia y un camino para salir del horror en que estaba sumida. El horror que no podía ni quería recordar.

Aflojó la mano con que agarraba el lápiz, y el pánico aumentó cuando el pequeño objeto cayó a la mesa y rodó fuera de su alcance. Pero entonces sintió la fuerza de una convicción absoluta. Dios estaba allí con ella, dentro de ella. Dentro de Lyle. El camino se abría ante ella, claro y despejado. Y no era el camino del dolor ni la violencia.

—Suéltame, Lyle —le ordenó, tan erguida y segura de sí misma que Lyle pareció dudar por un momento—. Un caballero no le pone sus manos encima a una dama.

—Yo no soy un caballero.

—Entonces todos tus esfuerzos por mejorar no han servido de nada.

Él la agarró con más fuerza.

—Al infierno con esas tonterías.

—No te atrevas a blasfemar en mi casa.

—Eres muy mandona.

—Esta es mi casa.

Lyle miró a su alrededor.

—Tengo hambre —la soltó bruscamente y dejó el sombrero en la mesa. Estaba manchado de grasa y sudor, y Sally no supo si alguna vez podría olvidar la imagen de ese sombrero—. Prepárame algo para desayunar.

Sally apoyó la mano en la mesa, arrugando el papel.

—¿Qué es eso?

Sally lo agarró rápidamente y se lo metió en el bolsillo.

—Mi… mi lista de la compra.

—Una lista de la compra no pone colorada a una mujer ni la hace balbucear.

—No me siento cómoda contigo aquí, pensando lo que dirá la gente del pueblo. Tienes que marcharte.

—No parecía preocuparte mucho lo que dijeran cuando estabas aquí con ese indio —tendió la mano hacia ella—. Dame ese papel.

—¡No!

Era como gritarle al aire. Lyle la agarró del brazo, le dio la vuelta y metió la mano en su bolsillo. Sally agarró el papel con su mano libre y la hoja se rompió en dos. Lyle se quedó con su mitad, la que contenía el nombre de Tucker.

—¡Zorra!

La bofetada le hizo ver las estrellas al tiempo que el agua hirviendo empezaba a silbar en la cafetera. Sally se agachó y levantó la mano, cegada por las lágrimas.

—¡Espera!

—¿Tucker McCade es tu razón para quedarte? —rugió Lyle—. ¿Te has acostado con ese indio asqueroso cuando hay tantos hombres blancos esperando?

Volvió a levantar la mano. Sally se giró y el siguiente golpe la alcanzó en el hombro, haciéndola caer al suelo de rodillas.

—¡Detente, por favor!

—Maldita seas… Iba a convertirte en mi esposa.

Echó el pie hacia atrás. Sally se abrazó las costillas y pensó en el lápiz que yacía en la mesa, a medio metro sobre su cabeza.

«Por favor, Señor, dame fuerzas». Fuerzas para conservar sus creencias y honrar a su familia. Se preparó para recibir el inminente puntapié.

—¡Hijo de perra!

Tucker. Oh, Dios. Tucker estaba allí. De repente Lyle ya no estaba, la amenaza de su bota se había esfumado y la luz del sol reemplazaba la oscuridad de su sombra.

—Tucker... —pronunció en un débil susurro. Quería arrojarse en sus brazos y que la sacara de allí, lejos del miedo y de la impotencia.

—Pégame a mí, maldita escoria —gritaba Tucker mientras se oía el repetido impacto de unos puños contra la carne blanda y fofa—. Vamos, pégame a mí.

—Indio asqueroso... No tenías derecho a tocarla.

La puerta tembló cuando algo chocó contra ella. Las sombras se movían frenéticamente ante Sally. Los platos del aparador repiquetearon. Algo se hizo añicos. La cafetera silbaba furiosamente en el fogón.

—No volverás a tocarla. Eres hombre muerto.

Hombre muerto. Oh, no.

—¡No! —exclamó Sally con todas sus fuerzas, pero su voz seguía siendo demasiado débil para hacerse oír sobre el estrépito de los platos rotos.

—Si me matas te colgarán, indio.

—Que lo intenten.

Sally se apartó las lágrimas de los ojos y se levantó con dificultad. Todo le daba vueltas, y el dolor se extendía rápidamente por la cabeza y la mejilla hinchada. Parpadeó frenéticamente y vio a Tucker con una rodilla en el suelo, el brazo alrededor del cuello de Lyle y agarrándole la cabeza con la otra mano. Lyle tenía el rostro cubierto de sangre, su piel estaba adquiriendo un horrible color morado y sus pies pateaban angustiosamente al aire.

—Tucker —esa vez consiguió hacerse oír.

—Date la vuelta, rayo de luna. No mires.

—No puedes matarlo —dijo ella, sintiendo otra vez las náuseas.

Los músculos de Tucker se apretaron al máximo mientras ejercía más presión.

—No hay nadie que pueda impedirlo.

—Yo puedo.

Tucker soltó un gruñido animal. Sally nunca lo había visto así, con aquella mueca de lujuria asesina desfigurándole el rostro.

Lyle emitió un espantoso gemido agonizante. Tenía que darse prisa. Se lamió los labios, que le sabían a sangre, y avanzó hacia Tucker.

—Si lo matas solo conseguirás matar lo bueno que hay en ti.

Tucker le miró la cara.

—Un razonamiento muy pobre cuando estoy viendo tus heridas y tus manos temblando.

—Las heridas de mi alma tardarán mucho más en curarse que las heridas de mi cara.

—Según tus principios, mi alma se perdió hace tiempo.

—Un alma no puede descarriarse para siempre.

—Me encantará charlar de filosofía contigo en otro momento.

Su tono seguía siendo igual de duro, no así el pataleo de Lyle.

—No lo hagas, Tucker.

—No... —alcanzó a pronunciar Lyle en un gemido agonizante mientras clavaba las uñas en el antebrazo de Tucker como un animal salvaje. Sally quería apartar la mirada y vomitar, pero en vez de eso dio otro paso adelante.

—No puedo dejar que lo hagas.

—Sube a tu habitación.

—Lyle estaba muy disgustado...

—Te equivocas si crees que así puedes ablandarme. Yo también estoy disgustado.

—Lyle descubrió que... —no sabía cómo expresarlo con palabras.

—Puta.

¿A Lyle aún le quedaba aliento y no se le ocurría emplearlo en otra cosa?

—¡Cállate, Lyle!

—Eres... —el brazo de Tucker cortó lo que Lyle fuera a decir.

—No se olvidará de esto, Sally Mae.

—Ser un pobre idiota no es motivo para matarlo —dio otro paso adelante—. No puedo dejar que lo hagas, Tucker.

—No puedes detenerme.

—No estoy malherida.

—Eso es discutible.

El siguiente paso llevó a Sally junto a Tucker.

—Atrás —le ordenó él.

—Por favor, Tucker... —le puso la mano en el brazo—. No lo hagas. Aún... aún puedes detenerte... Por mí —podía sentir la furia que ardía en él, y cuando lo miró a los ojos le costó reconocer a su Tucker. No sabía qué hacer. Por primera vez no sabía cómo tocarlo—. Por favor... —deslizó la mano por su brazo, sintiendo la tensión de sus músculos de acero.

—Sally...

¿Estaba flaqueando?

—Por nosotros.

—Maldita sea, Sally... Voy a arrepentirme de esto —sacudió la cabeza—. Apártate.

Ella obedeció y retrocedió un par de pasos con una sensación de euforia. Tucker iba a hacer lo correcto. Había esperanza.

Entonces pisó algo cortante justo cuando Tucker soltaba a Lyle. Estaba descalza y gritó de dolor. Tucker intentó llegar hasta ella, pero Lyle estaba más cerca y mucho más desesperado. La agarró del tobillo y tiró de ella, haciéndola caer. Rápidamente se abalanzó sobre ella, la agarró por el cuello y se la colocó delante para usarla como un escudo mientras se levantaba.

—Atrás, indio, o le rompo el cuello. Es una mujer muy frágil. No me costará nada hacerlo.

—Desde luego que no.

—¿Has visto lo mucho que le importas, Sally Mae? A las primeras de cambio el maldito indio te arroja a los perros.

¿Lyle era realmente idiota o se había quedado ciego?

¿Acaso no podía ver la tensión que hervía bajo la aparente calma de Tucker?

—No —respondió Sally.

—Sí... Ningún indio arriesga su vida por una zorra —agarró un cuchillo del aparador y lo sostuvo contra la garganta de Sally—. Pero lo haría si pensara que así puede atraparme.

Sally sintió la presión de la hoja en el cuello y dio gracias por no haber afilado los cuchillos.

Lyle dio un paso atrás y Tucker lo dio hacia delante, sin apartar los ojos de Lyle y con la mano pegada al costado.

—Voy a hacer algo más que atraparte. Voy a matarte —lo amenazó con voz tranquila y serena.

Sally sacudió la cabeza.

—Te cortaré el cuello —gritó Lyle.

En un movimiento demasiado rápido para seguirlo con la mirada, la mano de Tucker se proyectó hacia delante. Casi al mismo tiempo, algo pasó a toda velocidad junto al rostro de Sally.

Lyle se tambaleó hacia atrás. El cuchillo se deslizó por la garganta de Sally y algo húmedo y viscoso le mojó el rostro. Al segundo siguiente Tucker estaba delante de ella. Lyle se retorció y emitió un resuello abominable. Sally lo había oído demasiadas veces para reconocer de sobra los estertores de la muerte.

Tucker la levantó y le limpió la mejilla con el brazo.

—Te dije que me arrepentiría de soltarlo.

Ella intentó girarse, pero él la agarró por los hombros.

—No. No mires.

Pero Sally no le hizo caso y se volvió para mirar. Lyle estaba tirado contra el armario de la cocina, con un cuchillo hundido en el ojo y la sangre manando por el rostro. Sally se llevó los dedos a la mejilla y palpó la sangre mientras el horror la invadía. Se frotó los dedos y los restregó contra la bata, pero la mancha no desaparecía.

Miró otra vez a Tucker. No había la menor suavidad en su expresión. Tan solo una furia salvaje que no había sido sofocada. Había matado a Lyle, y volvería a matarlo si pudiera.

—Me habría soltado —dijo ella.

—No, no lo habría hecho.

Sally sacudió la cabeza y se apartó de él. Tuvo que agarrarse a una silla hasta recuperar completamente el equilibrio.

—No le has dado opción.

Tucker se irguió en su imponente estatura, con la cabeza alta y los hombros tensos, como si se preparara para recibir un golpe.

—No.

Ella le había pedido que no lo hiciera, y sin embargo...

—¿Cómo puedes hacer algo así y decir que lo haces por mí?

Capítulo 13

Tucker siempre había sabido que aquel momento acabaría llegando, cuando las creencias de Sally Mae chocaran violentamente contra las suyas.

—Lo he hecho porque había que hacerlo.

Sally Mae estaba de pie ante él, mirándolo con ojos grandes y acusatorios. Pero mayor era la acusación que manaba del rostro inerte de Lyle en forma de sangre. Lyle nunca se había acercado a ella si no hubiera sospechado que sentía atracción por Tucker. Un hombre tan intolerante como él no soportaba perder ante un indio.

—Siempre has sabido lo que soy, pero nunca has querido reconocerlo. No encajaba con el bonito futuro que soñabas para nosotros.

—No.

La sangre goteaba del armario sobre el suelo recién fregado. Tucker pasó sobre las piernas de Lyle y cubrió el hombro de Sally Mae con la mano, pero ella se retorció y se apartó de él, algo que nunca había hecho antes. La estaba perdiendo igual que Lyle había perdido la vida.

—No tienes por qué mirarlo.

Ella se echó hacia atrás y miró el cuerpo de Lyle como si albergara todas las respuestas que siempre había buscado.

—Hay un cadáver en mi cocina, ¿dónde quieres que mire?

Tucker agarró un trapo para retirar la cafetera del fuego.

—Ve al salón.

Apenas había acabado de decirlo cuando Sally Mae se balanceó peligrosamente. Se plantó ante ella en una sola zancada y la tomó en sus brazos. Ella volvió a manifestarle su rechazo al girar la cabeza, mostrándole la mejilla amoratada. La mejilla que tantas veces había acariciado Tucker y que tanto le gustaba besar después de hacer el amor, cuando ella se quedaba extenuada y jadeando de placer.

—No ha sido culpa tuya, Sally Mae —dijo, dejándola otra vez en el suelo.

—Sí lo ha sido.

Se estaba poniendo mortalmente pálida.

—Te traeré un vaso de agua.

Ella sacudió la cabeza con vehemencia y mantuvo la mirada fija en la puerta de la cocina. Tucker le acarició la mejilla con el dorso de los dedos, pero ella se apartó y él cerró la mano, aceptando el doloroso rechazo.

—Iré al pozo a por agua.

—No podemos dejar aquí a Lyle —murmuró ella.

—No le pasará nada.

—La sangre...

—Pondré una toalla debajo de... —dejó la explicación sin terminar, porque no creía que Sally Mae necesitara saber los detalles—. Yo me ocupo.

—Tú siempre te ocupas de todo —agitó la mano vagamente entre ellos, antes de posarla en el estómago—. Nunca comprendí...

—Lo que estaba en juego —concluyó él. El tiempo de las ilusiones había pasado.

—Tienes razón —admitió ella—. No quería saberlo.

Se apretó el estómago y él la agarró del brazo.

—Siéntate antes de que te desmayes —le ordenó, y la hizo sentarse en el sofá casi a la fuerza.

Los temblores le sacudían débilmente los brazos, y cada vez estaba más pálida.

—¿Tucker?

Él se echó hacia atrás y se preparó para el inminente sermón.

—¿Qué?

Ella se estremeció por su tono, o tal vez ya solo le bastaba con mirarlo para ponerse enferma. No, «tal vez» no. Él había hecho añicos su mundo y sus ilusiones. Era lógico que sintiera asco de su presencia.

—Creo que me voy a desmayar...

No perdió el conocimiento como las damas en una fiesta o baile, de una manera grácil y refinada. Simplemente se desplomó como un peso muerto y Tucker tuvo que agacharse para evitar que se golpeara la cabeza contra el suelo. Era tan ligera y frágil que ni siquiera podía sentir la fortaleza que ocultaba su aspecto. Miró el sofá del salón y luego las escaleras. Lo menos que podía hacer era ponerla cómoda.

La subió a su dormitorio, bañado alegremente por la luz del sol y que olía a lilas y a... ¿vómito? Dejó a Sally Mae en la cama y le abrió la bata para desabrocharle el corsé. Su respiración era muy superficial, y estaba tan pálida que se veían sus venas bajo la piel. Tucker le tocó el inicio de una línea violácea justo debajo del hombro y la siguió sobre la loma del pecho hasta el esternón. Tan frágil y vulnerable... Todo en Sally Mae era delicado, salvo el amor que le profesaba a Tucker.

Ignoraba si ella sabía que él era consciente de ese amor, pero Sally Mae no era una mujer fácil. Podría convencerse a sí misma de lo que fuera, pero Tucker sabía que jamás se acostaría con un hombre a menos que sintiera algo más. Y él se había aprovechado egoístamente de aquel amor, robando un pedazo de ese sueño que jamás podría ser. Se había engañado a sí mismo creyendo que podía protegerla de lo que él era realmente mientras durase su aventura. Y ahora estaba presenciando el resultado de ese engaño.

—Lo siento, rayo de luna —le limpió la sangre de la cara con el dedo, la besó en la mejilla y la tapó con la sábana—. Ya estás a salvo

Ella gimió débilmente y se removió. El pulso le latía a un ritmo constante y sosegado en la base del cuello. Estaba bien. Lo único malo que había en su vida era él.

—Iré a buscar a Hazel.

Sally May querría tener cerca a alguien de confianza si estaba enferma.

Horas después, estaba fregando el suelo cuando Hazel bajó del dormitorio de Sally Mae. Se había ofrecido a pagarle a Hazel por que se ocupara de Sally Mae, pero ella se había ofendido por la mera sugerencia y le había sugerido a Tucker que se lo agradeciera limpiando todo aquel desastre. No pareció escandalizarse mucho al ver el cuerpo de Lyle, declarando que nadie echaría de menos a un elemento semejante.

—¿Se encuentra bien? —le preguntó mientras limpiaba los últimos restos de sangre. No se explicaba cómo las mujeres soportaban la limpieza. El penetrante olor a lejía le abrasaba los pelos de la nariz.

Hazel no respondió y Tucker levantó la mirada. Estaba de pie en el umbral, con el rostro pálido y los brazos cruzados al pecho. Un escalofrío recorrió a Tucker.

—¿Qué le ocurre?

Ella se acercó lentamente y se detuvo frente a él. Los labios le temblaban, como si no pudieran articular sonido. El escalofrío de Tucker se transformó en un frío glacial.

—¿Qué le pasa?

Hazel apretó un puño, lo relajó y volvió a apretarlo.

—Está embarazada —le soltó de golpe, y acompañó la revelación con una bofetada en el rostro. El sopapo resonó en la habitación y en el interior de la cabeza de Tucker, amplificando al máximo las palabras que acababa de oír.

¿Embarazada?

—¿Qué vas a hacer ahora? —le preguntó Hazel. Volvió a abofetearlo y se dispuso a hacerlo de nuevo, pero esa vez Tucker le sujetó la mano a tiempo.

—¿Embarazada?

Hazel intentó soltarse de un fuerte tirón, pero Tucker siguió agarrándola.

—No intentes fingir que no es tuyo.

Tucker la soltó y negó con la cabeza. No, no haría algo así.

Le puso a Hazel la fregona en las manos y subió corriendo los escalones. Encontró a Sally Mae en el dormitorio, abrochándose el vestido y con el pelo y la cara recién lavados. Parecía tranquila y serena. Tucker odiaba aquella habilidad suya para guardar la compostura cuando a él le hervía la sangre en las venas.

—¿Cuándo pensabas decírmelo?

—No lo sé.

Tucker se apoyó contra la puerta.

—¿Ibas a decírmelo?

Sally Mae se abrochó el último botón del cuello, agarró el cepillo del tocador y se sentó frente al espejo.

—No lo sé.

—¿Qué pensabas hacer? ¿Hacer pasar a un niño mestizo como blanco?

Sally Mae se echó el pelo sobre el hombro y empezó a cepillarse las puntas. Ni siquiera le temblaban las manos, mientras que la seguridad de Tucker se estaba derrumbando por momentos.

—No, eso no sería honesto.

—Tampoco lo fue decirme que conocías un remedio para prevenir el embarazo.

Aquel recordatorio interrumpió los serenos movimientos de Sally.

—Hasta entonces siempre había funcionado.

Miró el cepillo como si fuera una especie de salvador. ¿Se sentía culpable o avergonzada? Tucker preferiría que se sintiera culpable, pero se trataba de Sally Mae. Siempre tan pacífica, honesta y sincera. Se quitó el sombrero y lo golpeó contra el muslo.

—Pensé que, siendo sanadora, conocías algún remedio infalible.

—Yo también lo creía, pero al parecer me equivoqué.

Siguió cepillándose el pelo lentamente, una y otra vez. Los segundos se convirtieron en minutos. Tucker tenía dos opciones. Podía creer que lo había engañado y enfurecerse con ella, o aceptar que estaba tan sorprendida como él y comprenderla. Se le daba mucho mejor lo primero. Arrojó el sombrero al tocador y ella dio un respingo.

—Hazel quería despellejarme vivo.
—¿Te ha culpado?
—Sí.
—Lo siento.

Tucker resopló con frustración. Era imposible permanecer enfadado mucho tiempo con Sally Mae. En dos zancadas cubrió la distancia que los separaba y le puso los dedos bajo la barbilla para levantarle el rostro hacia él. Ella se estremeció.

—Deja de hacer eso.
—¿El qué?
—De temblar cuando te toco.
—Lo siento.
—Deja también de decir eso.

Sally Mae dejó el cepillo en su regazo y lo miró con sus grandes ojos grises.

—¿Qué quieres?

En aquel momento, Tucker supo exactamente lo que quería.

—Quiero que me digas que el bebé es mío. Quiero que me exijas hacer lo correcto. Quiero que...

—¿Por qué?

La pregunta casi le hizo perder la poca paciencia que le quedaba.

—Porque una mujer tiene derecho a esperar que su amante haga lo correcto.

—No, no lo tiene. Ese tipo de relación no...

Fue el turno de Tucker para interrumpirla.

—Quiero que eso sea lo que esperes de mí.

Sally Mae separó los labios, pero Tucker colocó el pulgar en el centro para cortar el «por qué» que se estaba formando.

—No preguntes. Tan solo hazlo, ¿de acuerdo?

Ella lo observó por un momento y asintió. Entonces él le quitó el cepillo del regazo, la agarró de la mano y la giró hacia el espejo.

—Estoy esperando —la acució mientras empezaba a cepillarle el pelo.

Ella se lamió los labios, y sin apartar la mirada del espejo, llevó la mano hacia atrás y la colocó sobre la de Tucker, que reposaba en su nuca. El tacto de su palma era tan suave como su voz, como si comprendiera las emociones que él le resultaban inescrutables.

—Voy a tener a tu hijo, Tucker McCade.

El terror y el regocijo invadieron por igual a Tucker, con tanta fuerza que por unos segundos se quedó aturdido y desorientado, sin poder asimilar las sensaciones contradictorias. Al final, sin embargo, fue el regocijo lo que prevaleció. Pura e inmensa satisfacción. Sally Mae iba a tener a su hijo...

—Pareces asustado —observó ella, apretándole los dedos.

Lo estaba. Nunca había sentido una felicidad semejante, y le costaba creer que fuera cierto.

—Lo siento.

Ella dejó caer la mano, pero él la agarró antes de que llegara a su costado. Se sentía torpe e inseguro, como no se había sentido desde que era un crío.

—Un bebé merece ser querido y aceptado —dijo con una voz más dura de lo que pretendía.

Sally Mae asintió.

—Y tú no quieres a este.

Sí, sí lo quería. Quería tener aquel bebé y cualquier dificultad que trajera consigo. Aferró el cepillo con fuerza.

—¿Qué clase de padre sería?

—La clase de padre que elijas ser —respondió ella, mirándolo en el espejo.

Elección. Siempre le estaba pidiendo que eligiera. Como si todo lo que le había pasado en la vida hubiera sido elección suya. Si hubiera podido elegir, su padre no habría sido un malnacido, su madre lo habría querido lo suficiente para protegerlo, los soldados no habrían arrasado su pueblo y Desi y su hermana no habrían sido vendidas a los comanches. Si hubiera tenido elección, habría podido cortejar a Sally abiertamente, sin temor a las represalias.

—¿Qué eliges tú? —le preguntó a Sally.

Ella llevó la mano de Tucker a su vientre.

—Elijo amar a este niño.

—Maldita sea...

—No blasfemes.

¿Cómo esperaba Sally Mae que pudiera resistirse cuando lo estaba tentando con todo lo que él deseaba? Extendió los dedos sobre su vientre liso, donde empezaba a gestarse una vida. Un niño o una niña que tendría su color de piel y el carácter testarudo y optimista de Sally Mae.

—Nos casaremos, naturalmente.

—«Naturalmente» no —replicó ella con su cabezonería habitual.

Claro que sí. Tucker se arrodilló ante ella, pero no antes de hacerle levantar el rostro. Nada había cambiado en las tres últimas horas. Seguía siendo tan frágil como siempre. Demasiado frágil para sostener las esperanzas y los sueños de Tucker. Pero aun así lo hacía. Fuera o no lo que ella deseaba, lo hacía.

—Tu única opción es casarte conmigo, Sally Mae.

—Siempre hay otra opción.

—¿Por ejemplo?

—Volver al Este y tener a mi bebé entre los míos.

—«Nuestro» bebé. Y esa no es una solución.

—¿Estás preocupado porque su piel puede ser del mismo color que la tuya?

Tucker le acarició la espalda.

—¿Tú no lo estás?

—Los cuáqueros no juzgan a nadie por el color de su piel.

—Si fuera cierto, serán unos santos.

Sally Mae curvó los labios en una mueca irónica.

—Sería más apropiado decir que no se dedican a juzgar a nadie.

Tucker la levantó y la llevó hacia la cama. El modo confiado y natural con que Sally Mae le echó los brazos al cuello le hizo olvidar todas las veces que lo había rechazado.

—No vas a volver al Este.

—La elección no está en tu mano.

—Desde luego que sí. Lo está desde que te acostaste conmigo.

—El trato era para una sola noche.

Tucker la dejó en la cama.

—Pues ahora puedes añadir unas cuantas noches más a la cuenta.

—No.

La impaciencia volvió a sacudirlo.

—Sí.

—Cuando te marchaste, Tucker McCade, te di a elegir.

—Y lo estoy haciendo.

—Estás eligiendo por el bebé, no por ti.

—No se puede deshacer lo que está hecho.

—No puedes obligarme a hacer lo que no quiero.

Tucker se colocó a horcajadas sobre ella y le sujetó las manos contra el colchón.

—¿Vas a luchar conmigo?

—No de la manera a la que estás acostumbrado.

—¿Y cómo piensas ganar?

—Haciendo lo correcto.

—¿Qué quieres decir con eso?

—No me casaré con un hombre que parece estar casado con la violencia. No criaré a mis hijos en un hogar donde esa sea la única forma de hacer las cosas.

—Eres más terca que una mula.

—No lo soy —cerró sus bonitos ojos y apretó los puños. Tucker se preguntó si le estaría haciendo daño y aflojó su agarre. Ella sonrió y volvió a abrir los ojos—. Dime cuál fue tu elección cuando estabas fuera persiguiendo la esperanza.

Persiguiendo la esperanza...

—Una forma curiosa de definir mi trabajo.

Las sábanas crujieron cuando ella se encogió de hombros, y el olor a limón los envolvió en un abrazo familiar.

—Siempre te marchas con la esperanza de salvar a la próxima víctima de un asesino, de devolver a una mujer a su familia, de impedir un atraco. Eres un hombre que siempre está haciendo cosas por los demás, Tucker. Y me gustaría que ahora hicieras algo por mí.

—¿El qué?

—Antes dime qué decidiste.

—¿Qué te hace pensar que tomé una decisión?

—No eres un hombre que se mantenga en la duda.

—Decidí intentarlo.

Pero eso fue antes de que encontrase a Lyle golpeándola.

Los ojos de Sally se llenaron de lágrimas.

—¿Sigues... dispuesto a intentarlo?

No lo sabía. Estaba cansado, pero no era un ingenuo.

—¿Alguna vez llegarás a olvidar cómo maté a Lyle?

Ella negó con la cabeza.

—Pero tenemos muchos años por delante para hacer nuevos recuerdos.

—Ningún recuerdo podrá borrar eso.

Sally agarró su mano y se la puso en el vientre, antes de apoyarse en los codos.

—¿Ni siquiera nuestro hijo?

Tucker recorrió sus preciosos rasgos con la mirada, pensando cómo resplandecería llevando a su hijo en su interior. Quería tener a ese niño. Y también quería tener a Sally Mae. Quería el futuro con que ella intentaba seducirlo.

—No puedo prometer que nunca más vaya a pelear.

Ella se recostó hacia atrás y puso su mano sobre la de Tucker, conectándolos a los tres en un momento mágico.

—¿Me prometes que no será lo primero que hagas? ¿Que intentarás cualquier otra cosa antes que recurrir a la violencia?

—¿De qué serviría?

—Bastaría con eso.

—¿Bastaría para qué?

Ella se llevó su mano a los labios y la besó en el dorso.

—Para un comienzo.

No ocultó el miedo ni la duda que portaban sus ojos, pero tampoco ocultó la esperanza. ¿Qué podía hacer él ante una esperanza semejante? La respuesta era obvia. Ella se la había dado al responderle.

Iba a intentarlo.

Capítulo 14

Tucker llegó a la cima de la colina y contempló el rancho Montoya a sus pies. Se encontraba a ocho horas al sur de Lindos, y parecía tan próspero y bien defendido como siempre. El sol se reflejaba en el rifle del hombre que montaba guardia junto a la puerta. Estaba demasiado lejos para que Tucker pudiera reconocerlo, pero por su gran envergadura y la arrogancia que emanaba su postura debía de ser uno de los hermanos López. Hombres recios y fuertes, criados en aquella tierra y leales hasta la muerte a Bella Montoya. Si el guardia no hubiera reconocido a Tucker, le habría disparado y luego habría preguntado. Los hermanos estaban más susceptibles de la cuenta desde que la banda de Tejala atacara el rancho y secuestrara a Bella. Tucker levantó el rifle en señal de saludo y observó el rancho en busca de Sam.

En uno de los corrales había un par de vaqueros domando un caballo para conducir ganado. Parecía un buen ejemplar. Tucker desvió la mirada hacia la casa y vio a la anciana señora Montoya en el porche, vestida de negro como siempre, cosiendo. Seguramente estaba tejiendo algo para los nietos que esperaba tener muy pronto. Sam y Bella querían tener hijos lo antes posible, pero estos se resistían a llegar.

Tucker sacudió la cabeza. La vida era muy extraña. Nunca se hubiera imaginado que Sam MacGregor deseara tener esposa e hijos. Tampoco se habría imaginado a sí mismo como padre y marido y sin embargo allí estaba, a punto de pedirle a Sam que fuera su padrino en la boda.

Sally diría que los caminos del Señor eran inescrutables o cualquier otra sentencia religiosa. Defendía sus creencias con una vehemencia y un corazón tan puro que sorprendían e incluso asustaban a Tucker, porque esas creencias no hacían excepciones con nadie, ni siquiera con lo peor de la naturaleza humana, y no le ofrecían ninguna protección en el mundo real. Pero para eso lo tenía a él...

Espoleó a Smoke para bajar la colina, y el caballo respondió con su paso tranquilo habitual. A Tucker le divertía que la gente tuviera una opinión tan pobre de Smoke, considerándolo un caballo lento, vago e indolente. Casi todo el mundo se dejaba engañar por las apariencias, y nadie se fijaba en la poderosa musculatura de Smoke, como tampoco apreciaban la voluntad de hierro y el espíritu combativo que escondía el delicado aspecto de Sally. Dos virtudes que la ponían constantemente en peligro, sin modo alguno de protegerse.

Suspiró y se frotó el mentón. No había sido fácil dejarla atrás. Aparte de los Ocho del Infierno, no había ningún hombre blanco en todo el territorio que viera con buenos ojos su boda con Tucker. Y sería aún peor cuando supieran que estaba embarazada de él.

Cabalgó hacia la casa, saludando con la cabeza a los vaqueros fuertemente armados que trabajaban en el rancho. Le había prometido a Sally Mae que no emplearía la violencia, pero no que no fuera a contratar a alguien que lo hiciera en su lugar. A Sally Mae no le haría ninguna gracia, pero él no estaba dispuesto a arriesgar sus vidas por culpa de cualquier idiota que quisiera retarlo a un duelo.

Oyó un grito procedente de la casa, vio un destello de faldas rojas y una mujer corriendo hacia él por la hierba. Bella volvió a gritar su nombre, lo saludó calurosamente con el brazo y le gritó algo por encima del hombro a su madre. A pesar de su inquietud, Tucker no pudo evitar sonreír. Nadie podía resistirse a la sonrisa de Bella. Era una mujer entrañable, de espíritu indomable y lealtad inquebrantable. Y por alguna razón tenía debilidad por Tucker.

—¿Qué te trae por aquí? —le preguntó, deteniéndose con tanta brusquedad que tropezó y asustó a Smoke. Tucker le dio unas palmaditas para tranquilizarlo.

—Debes tener más cuidado, Bella. Si te mueves de esa manera volverás loco al nuevo MacGregor antes de que nazca.

—Dímelo cuando esté embarazada.

—Solo estoy velando por mi futuro sobrino.

—¡Ja! Lo que quieres es verme envuelta en mantas de lana y aislada del mundo.

—Sería envuelta en algodones, ¿y qué tendría de malo?

La sonrisa de Bella iluminó su rostro.

—Me moriría de aburrimiento.

Y una Bella aburrida, según Sam, era algo terrible. Con su belleza, su temperamento y su incansable sentido del humor Bella había puesto en apuros a Sam más de una vez, pero también le había devuelto su sonrisa, y para Tucker bastaba con eso para hacerse merecedora de su amistad para toda la vida.

—¿Has venido a ver a Sam? —le preguntó ella, poniéndole la mano en la bota, que descansaba en el estribo.

Tucker sacudió la cabeza. No tenía sentido decirle, una vez más, que no debía tomarse tantas familiaridades, pues otros podrían malinterpretar sus gestos naturales y espontáneos. Bella podía ser muy realista cuando quería, pero no se sometía a ninguna convención que no encajara con su personalidad.

Lo miró con una sonrisa, dándole a entender que podía leerle el pensamiento.

—No me has echado un sermón... Estás mejorando.

Una vez más, Tucker no pudo evitar devolverle la sonrisa. En esa ocasión no solo porque la sonrisa de Bella fuera tan contagiosa, sino por lo que representaba. Un futuro que él nunca se había imaginado. Un hogar. Una esposa. Unos hijos a los que arropar en la cama... No le importaba que todo hubiera empezado por error. No le importaba lo que dijeran los demás. Ahora Sally Mae era suya. Y lo sería para siempre.

—Tal vez.

—¿Y tal vez puedas mejorar también en otras cosas?

—¿Como cuáles?
—Sally Mae, por ejemplo.
—Eso no es asunto tuyo.
—Pero sí podría ser asunto tuyo.
Tucker se echó el sombrero hacia atrás.
—¿Y si te dijera que ya es asunto mío?
Bella parpadeó con asombro y volvió a sonreír.
—Me sentiría muy contenta por los dos.
—El resto del mundo no pensaría igual.
—Tienes a tus amigos y os tenéis el uno al otro. El resto del mundo no importa.
Importaba, pero no quería discutir con Bella.
—¿Y Sam?
Bella señaló el granero.
—Está muy enfadado con el grano que nos han vendido y está discutiendo con el comerciante.
Cuando Sam se ponía a discutir, o acababa saliéndose con la suya o la discusión degeneraba en violencia.
Justo entonces se oyó un fuerte estrépito en el granero y un hombre con camisa azul y pantalones negros salió volando por la puerta.
—Parece que Sam ha llegado a un acuerdo —dijo Tucker, riendo.
Bella frunció el ceño y puso los brazos en jarras.
—Le dije que no perdiera los papeles.
—Yo creo que si alguna vez hay que perder los papeles es cuando alguien intenta estafarte —le tendió la mano y Bella la aceptó para que Tucker la subiera al caballo, detrás de él.
—Estamos intentando convertir el rancho en uno de los más importantes y prósperos de la región. Para ello tenemos que ser fuertes, pero también amistosos.

Tucker vio cómo Sam pateaba al hombre en el trasero, tirándolo de bruces al suelo.

—Quizá deberías refrescarle la memoria a Sam.

—Se puede ser firme sin ser agresivo.

—Se nota que has hablado con Sally Mae.

—Es una mujer muy inteligente.

Sí, lo era, corroboró mentalmente Tucker mientras guiaba a Smoke.

—Te queda mucho trabajo por delante si pretendes inculcarle moderación a Sam.

—Sam puede aprender.

El comerciante se puso en pie y Sam le encasquetó el sombrero en la cabeza.

—Sigue creyéndolo, cariño.

—Lo haré.

Bella le rodeó la cintura con los brazos. Era un abrazo amistoso, sin la menor insinuación erótica ni sexual, pero la expresión de Sam cambió visiblemente al verlos.

—¿Sigue igual de celoso? —le preguntó a Bella.

—Hasta la muerte.

—¿Y no te importa?

—No. No sería mi Sam si no me amara con todo su corazón.

Sam los recibió en mitad del patio mientras el comerciante se subía dificultosamente a su carro.

—Hola, Tucker.

—Hola, Sam —apuntó con la barbilla por encima del hombro—. Me he encontrado algo tuyo en el patio.

—Ya veo —dijo Sam, tendiéndole los brazos a Bella—. Ven aquí.

Ella se lanzó hacia él con un suspiro de amor y felicidad.

—¿Has arreglado las cosas con el comerciante?
—Más o menos —murmuró él.
Bella lo abrazó con fuerza y enterró la cara en su pecho.
—Tenemos que trabajar tus modales.
Sam se echó a reír y le acarició el pelo.
—De acuerdo —aceptó, y la besó en la cabeza antes de mirar a Tucker. Bastó una simple mirada entre ambos para hacerse entender—. ¿Puedes dejarnos ahora, pequeña? Creo que Tucker tiene que hablar conmigo.
—¿Cosas de hombres?
Sam le sonrió. Era imposible resistirse al encanto de Bella.
—Eso mismo.
—Entonces iré a hacer cosas de mujeres, como preparar café... pero estarás en deuda conmigo.
Sam volvió a reírse y le dio una palmada en el trasero.
—Será todo un placer saldar esa deuda...
Bella se alejó riendo y Sam la siguió con la mirada hasta que desapareció en la casa.
—Es agradable volver a verte sonreír —le dijo Tucker mientras desmontaba.
—Es imposible no sonreír con Bella —se volvió hacia él y se golpeó la mano con el guante—. ¿Qué te trae por aquí?
—Estoy buscando a mi padrino.
—¿Para un duelo o para una boda?
—Una boda.
—¿Puedo adivinar quién es la afortunada?
—Adelante.
—¿Sally Mae?

—Sí.
—¿Puedo adivinar cómo lo lograste?
—No.
—No creía que consiguieras llevarla al altar.
—Hay cosas que no pueden evitarse.

Sam entornó la mirada y sacó un cigarro del bolsillo.

—¿Está embarazada?
—Sí.
—¿Y cómo te sientes?

Debería sentirse angustiado, horrorizado, preocupado. Debería sentirse de muchas maneras, pero lo único que sentía era lo más desconcertante de todo.

—Creo que me siento feliz.

La expresión de Sam no se inmutó.

—Bien —encendió una cerilla y la acercó al cigarro. Tucker tuvo que esperar a que diera una calada para seguir escuchándolo—. Vas a ser un buen padre.

—No tengo más remedio. Y un buen marido también. Para Sally Mae no será fácil estar casada conmigo.

—¿Qué te hace pensar que preferiría algo más fácil? —Tucker no tenía una respuesta preparada y Sam habló por él—. Siendo cuáquera y pacifista, se viene a la tierra más peligrosa y violenta del país, se pone a trabajar como enfermera a pesar de lo que piensa la gente de las enfermeras, ocupa el lugar de su marido como médico del pueblo cuando se queda viuda, y toma como amante a un hombre a quien todo el mundo ve como indio.

—Yo soy indio.
—Eres mitad indio, mitad blanco.
—Mi mitad blanca no le importa a casi nadie.

—Eso es cierto —afirmó Sam, dando otra calada al cigarro—. Pero supongo que Sally Mae te ve igual que te vemos Bella y yo. Para nosotros eres Tucker y nada más.

—Esa mujer no tiene sentido común.

—No estoy de acuerdo —replicó Sam. Echó a andar hacia el granero y Tucker lo siguió—. Cualquier mujer que pueda ver más allá de esa máscara agresiva y violenta que siempre llevas tiene mucho sentido común. Y además tiene muchas agallas —se detuvo y tiró la colilla al suelo para apagarla con la bota—. No cometas el error de subestimarla, ni de subestimarte a ti mismo. Te la mereces.

La puerta del granero se abrió con un chirrido y Tucker la sujetó mientras Sam entraba.

—No estoy tan seguro.

—Bueno, lo que tú pienses ya no importa mucho, ¿no es así?

El frío que reinaba en el interior del granero envolvió a Tucker junto al olor familiar y relajante de los caballos y el heno. Un caballo alazán asomó la cabeza sobre la puerta de su establo y saludó con un relincho a Tucker, quien lo acarició en el cuello y lo rascó detrás de las orejas.

—¿Cuándo es la boda? —le preguntó Sam, recogiendo del suelo una silla de montar.

—Dentro de tres días.

Sam lo miró de reojo mientras colocaba la silla sobre la puerta de un establo vacío.

—No pierdes el tiempo.

—No.

El caballo golpeó el pecho de Tucker con la cabeza, exigiendo que volviera a rascarlo.

—Red puede pasarse todo el día haciendo eso —dijo Sam, riendo.

—Sabe lo que quiere.

—¿Y tú lo sabes?

—¿A qué te refieres?

—¿Esta boda es lo que quieres? —se giró para mirarlo directamente—. Bella y yo podemos quedarnos con el bebé, si eso es lo que te preocupa.

Era una solución bastante viable. Nadie preguntaría de quién era el niño si vivía con Sam y Bella, pues Sam era rubio y Bella tenía la piel oscura. El niño crecería a salvo y aceptado por todos. Pero sin Sally Mae.

—¿Qué intentas decirme, Sam?

—Que no tienes por qué casarte con ella.

—Está embarazada. El niño es mío.

—No lo pongo en duda. Solo quería que supieras que tienes una alternativa, si quieres tomarla.

—No.

—Entonces actúa en consecuencia.

—Cierra la boca, Sam —lo cortó Tucker, antes de que Sam volviera a repetirle lo mismo que tantas veces. Que era una versión más oscura y siniestra de su padre. Un barril de dinamita a punto de explotar. Un futuro tan claro y definido como había sido el día a día de su padre.

—Déjame terminar —Tucker bajó la vista al suelo y apretó los puños—. Siempre has sido muy reservado y solitario, sin lugar en tu vida para una esposa, hijos…

—Ya sabes por qué.

«Somos nosotros quienes elegimos».

Sally Mae no era su padre. Tampoco era su madre.

Sally Mae creía en él, creía en ellos. Tucker no necesitaba nada más.

Sam se quitó el sombrero y se pasó la mano por el pelo.

—Maldita sea, Tucker, no seas tan susceptible.

—¿Qué esperas, si empiezas a dudar de mí?

—¡Eres un idiota, Tucker! ¡No estoy dudando de ti!

Tucker levantó la mirada bruscamente. Red movió la cabeza contra su hombro, pero Tucker lo ignoró.

—¿De qué estás dudando, entonces?

—Sally Mae está en una posición muy delicada.

Red volvió a golpearlo con la cabeza, y esa vez Tucker dio un paso adelante.

—¿Te parece que Sally Mae está tan desesperada?

Sam se palpó el bolsillo en busca de su tabaco.

—Me parece que no eres consciente de lo atractivo que puedes ser para una viuda sin futuro.

Tucker maldijo entre dientes y se apoyó contra la puerta del establo para frotar el hocico de Red. La furia le hervía la sangre al darse cuenta de que Sam estaba protegiéndolo, como si un forajido lo estuviera apuntando con su arma. No era extraño que Sam estuviese fumando... Muy rara vez se entrometían en sus respectivas vidas.

—Creo recordar que yo te pregunté lo mismo cuando te fijaste en Bella.

—Sí, bueno... Te estoy pagando con la misma moneda.

—Sally Mae no me está usando.

—¿Cómo lo sabes?

—Porque me rechazó.

Sam lo miró con asombro.

—No parece que se mantuviera firme en su rechazo. Vas a casarte dentro de tres días.

—Tuve que hacer algunas concesiones.

—¿Qué tipo de concesiones?

Tucker se removió incómodamente contra la puerta del establo.

—No puedo emplear la violencia hasta haber probado antes cualquier otro método.

—Vaya... Hay muchos hombres a los que les gustaría tener unas palabras contigo si llegaras a ponerlo en práctica.

Tucker le echó una mirada de advertencia. El sentido del humor de Sam podía ser muy irritante a veces.

—No es mi intención anunciarlo a los cuatro vientos.

—¿Qué más?

—¿Qué te hace pensar que hay más?

—He visto a Sally Mae haciendo trueques.

—Puede ser despiadada... a su manera.

—¿Te importaría compartir los detalles?

—No —había cosas demasiado íntimas para compartirlas con nadie, ni siquiera con Sam. Por ejemplo, lo que Sally Mae le hacía sentir al creer tan firmemente en él—. Tengo que pedirte un favor.

—Tú dirás.

—Voy a llevarme a Sally Mae con los Ocho del Infierno después de la boda.

—¿Vas a seguir el consejo de Shadow?

—Sí. Allí estará a salvo. Y nos hará falta protección para el viaje.

—Cuenta conmigo.

—Gracias.

—No tienes que darme las gracias, Tuck —lo reprendió Sam, dándole una palmada en el hombro—. Tú harías lo mismo por mí. En realidad, has hecho mucho más por mí.

—En ese caso... ¿tienes alguna botella por aquí?

Sam esbozó aquella sonrisa despreocupada que Tucker y los Ocho del Infierno creían que había perdido para siempre.

—¿Sally Mae aprueba el consumo de alcohol?

—No voy a arriesgarme a preguntárselo.

Sam se echó a reír.

—Tengo una botella en la casa.

—Entonces, ¿qué hacemos aquí?

—Porque eres un condenado cabezota.

—Ya no.

—No, claro —sonrió otra vez—. Tendré que aprovecharme, ahora que Sally Mae te ha prohibido golpear primero.

Tucker lo siguió a la casa con una sonrisa en los labios.

Capítulo 15

Sally Mae lo estaba esperando en la puerta cuando Tucker llamó a la mañana siguiente. Tenía las palmas pegadas a los muslos y el labio inferior entre los dientes, como siempre que estaba nerviosa. Su vestido gris claro acentuaba el color plateado de sus ojos y las ojeras que los rodeaban.

—¿Qué ha dicho?

Tucker se quitó el sombrero y lo colgó en la percha que había junto a la puerta. Sally Mae lo observaba con una expresión de recelo y cautela. ¿Pensaría que iba a volver a dejarla? ¿Cómo podía pensar algo así cuando llevaba dentro a un hijo suyo?

—¿Qué creías que iba a decir?

—No lo sé. Supongo que te daría la enhorabuena. Es lo que hace casi todo el mundo.

—Entonces, ¿para qué preguntas?

—Por decir algo.

—Un saludo habría estado bien.

Sally Mae miró su sombrero.
—¿Qué pasa? —le preguntó él.
—¿Vas a quedarte aquí?
—Sí.
—Pero la gente...
—La gente hablará, sí —concluyó él—. Nos vamos dentro de dos días, antes de que pasen de las palabras a los hechos. No voy a dejarte sola otra vez.

Sally Mae se lamió el labio inferior, dejándolo rosado y reluciente. Tucker tuvo que contenerse para no arrojarse hacia ella y devorarla con un apetito voraz. En vez de eso fue al fogón y agarró la cafetera. Estaba llena de agua y el fuego recién avivado. Gracias a Dios. La cabeza le dolía horriblemente. Colocó la cafetera sobre el fuego y echó un gran puñado de café antes de volverse hacia Sally.

—No estoy segura de que marcharse sea lo mejor —dijo ella.

Estaba asustada. Y era lógico.
—No podemos quedarnos aquí.
—Pero ¿tenemos que ir con los Ocho del Infierno?
—Sí.

Sally Mae volvió a pasarse la lengua por el labio.
—¿Por qué?
—Porque allí estarás a salvo —era una pregunta absurda—. Nuestros hijos estarán a salvo.
—¿Y tú estarás allí?

Maldición. Le estaba preguntando cómo pensaba que sería su matrimonio, pero él nunca le había preguntado lo mismo. Dio un paso hacia ella y la tensión que había entre ambos se esfumó cuando Sally Mae se acurrucó contra él.

—Siempre —le prometió.

—Te lo pregunto porque... nunca te quedas aquí mucho tiempo, y no sé si allí será igual.

—No voy a llevarte al otro extremo del estado para abandonarte, Sally Mae.

Hubo un segundo de indecisión, y entonces ella se abrazó con fuerza a su cintura.

—Gracias.

—Todo está siendo muy rápido para ti, ¿verdad? —le dijo él, besándola en la cabeza.

—Sí.

—Y estás asustada.

Ella negó con la cabeza.

—Nerviosa.

Tucker sabía que estaba asustada, pero prefirió no herirla en su orgullo.

—Yo cuidaré de ti, Sally Mae.

—Lo sé.

Tucker se apartó para retirar la cafetera del fuego y volvió a abrazarla.

—Estás cansada.

—Estaba muy preocupada.

—¿Por qué?

Ella sacudió la cabeza y apretó la frente contra su pecho.

—¿Sally?

—Es una tontería.

—Dímelo —le ordenó él, levantándole la barbilla.

—Temía que... tal vez no volvieras.

Tucker recordó los temores de Bella y la promesa de Sam. Cómo Bella se había aferrado a esa promesa durante el ataque de Tejala y cuando Sam fue a rescatarla en aquel barranco. Recordó la devoción de Caine hacia Desi, cómo había ahuyentado sus temores y le había infundido una confianza total por estar siempre a su lado. Una pareja tenía que creer el uno en el otro.

Agachó la cabeza y se preparó para el rechazo de Sally. Pero ella permaneció en su sitio, muy rígida, pero desesperada por creer en él. Tucker la besó una vez, dos veces, y a la tercera sintió cómo ella se rendía a sus labios.

—Siempre volveré contigo.

Sally se agarró a la pechera del chaleco y se puso de puntillas para entregarse con toda su pasión, miedo y amor.

—Te he pedido demasiado.

—Nada que no quiera darte.

—Tienes miedo de recibir cariño... —le dijo ella, pero sin atreverse a pronunciar unas palabras que Tucker deseaba oír.

—Creo que me acabará gustando —volvió a besarla y ella dejó escapar un gemido, pero esa vez no fue de placer. Tucker la soltó y Sally se abrazó el estómago—. ¿Te sientes mal? —ella asintió y se mordió el labio—. ¿Por qué no vas al salón y te llevo un poco de café?

—Preferiría tumbarme en la cama y tomar un té.

—Como quieras... —la observó atentamente—. ¿Estás mareada?

—Estoy bien.

No era cierto y Tucker lo sabía. Sally Mae no quería preocuparlo, pero él iba a cuidar de ella de todos modos, así que la levantó en sus brazos. Era un hombre fuerte y Sally Mae era una mujer muy ligera, pero ella se comportó como si hubiera levantado un elefante.

—No voy a dejar que subas sola por las escaleras, así que deja de resistirte.

—Si me dejas caer no te lo perdonaré en la vida —dijo Sally, aferrándose a su cuello.

—Pues deja de moverte —repuso él mientras iniciaba la subida. Por nada del mundo dejaría caer a la madre de su hijo.

—Siempre tienes respuesta para todo...

Tucker sonrió. En realidad no era una tarea fácil subir a alguien por aquella escalera, pero la seguridad de Sally Mae compensaba cualquier esfuerzo.

La dejó en el suelo del dormitorio, aquel espacio tan decente y recatado donde Sally Mae se había convertido en una gata salvaje. El espacio donde habían engendrado a su hijo. Costaba creer que fuera la misma mujer que ahora apenas podía mantenerse en pie.

La desvistió sin hacer caso de sus protestas, incluido el corsé, y la dejó con el pololo y la enagua. La boca se le hizo agua al distinguir los pezones a través de la tela. Acarició la piel desnuda de sus brazos para unir el calor de sus cuerpos y le apartó el pelo de la oreja para atraparle el lóbulo entre los dientes.

—Yo cuidaré de ti, Sally Mae.

—¿Matando todo lo que suponga una amenaza para mí?

A pesar del tono sarcástico, ladeó la cabeza para facilitar las caricias de Tucker.

—Te hice una promesa.

—No estoy segura de que puedas mantenerla.

—Yo tampoco. Pero vamos a intentarlo de todas formas, ¿verdad?

—Sí. Por nuestro hijo.

Tucker respondió con una grosería. Sally Mae lo miró horrorizada, pero a él no le importó. Podía haber muchas quimeras entre ellos, pero no estaba dispuesto a añadir ni una más.

—Tú puedes intentarlo por el bebé, pero yo estoy aquí por ti y por lo que siento cuando estamos juntos.

Los ojos de Sally Mae se llenaron de lágrimas y abrió la mano para apretarla sobre el corazón de Tucker.

—Sí...

Antes de que él pudiera decir nada más, Sally Mae se apartó de sus brazos y se lanzó hacia la palangana. Tucker maldijo en voz baja y la siguió para sujetarle la frente y sostenerla mientras duraban los espasmos. Algunos de ellos eran tan fuertes que la sacudían desde los pies a la cabeza. Demasiado para que Sally Mae pudiera pronunciar las ansiadas palabras mágicas.

Sally Mae estaba tan débil cuando cesaron los espasmos que se derrumbó en los brazos de Tucker, exánime y extenuada.

—Lo siento.

—¿Por qué?

—No ha debido de ser muy agradable para ti.

—Para ti tampoco.

Sally sacudió la cabeza y la cofia se le desprendió del pelo, pero Tucker la agarró antes de que cayera al suelo.

—No quiero que me veas así...

—¿Por qué? —preguntó él, guardándose la cofia en el bolsillo.

—Porque... —agitó débilmente la mano—. Eres demasiado fuerte.

—Tú también lo eres.

—Nunca lo he sido.

—Tonterías.

—Es cierto. Tú deberías saberlo. Intenté ser fuerte por mis padres, por Jonah y por mí misma, pero nunca lo he sido. Siempre he tenido miedo. Siempre he tenido dudas...

—¿De qué? —deslizo el brazo por debajo de sus rodillas y la levantó para llevarla a la cama. No parecía la misma Sally Mae de siempre. Parecía una mujer derrotada.

—De mí —Tucker agarró el trapo de la mesilla y lo mojó en la jofaina para limpiarle la cara—. No sé quién soy, Tucker. No sé quién se supone que debo ser.

—No lo creo.

—Ayer, cuando mataste a Lyle, me quedé horrorizada.

—Lo sé.

—No por la razón que piensas —lo agarró fuertemente por la muñeca—. Que Dios me perdone, Tucker... Me alegré de que lo mataras.

Tucker no supo qué decir.

—Tal vez deberías empezar desde el principio para que pueda entenderte.

Ella siguió agarrándole la muñeca y con la mirada fija en sus ojos.

—Fue hace mucho tiempo.

—Ya veo lo anciana que eres.

—A veces me siento como una anciana.

—Me gusta saber que no eres perfecta —dijo él

mientras le pasaba suavemente el trapo por el rostro.

—Eso no tiene sentido.

—Lo tiene si piensas en todas mis imperfecciones.

—Tú eres el hombre más hermoso que existe, por dentro y por fuera.

—Ahora sí que has perdido el juicio —le sirvió un vaso de agua—. Soy un hombre grande, feo e irascible.

Sally Mae se bebió ávidamente el agua y se recostó contra los almohadones.

—Tampoco he dicho que seas perfecto —dijo, recuperando un poco de su carácter.

—Esta es mi rayo de luna —respondió él mientras se quitaba las botas.

—¿Qué haces?

—Acostarme contigo —colgó la cartuchera en la silla—. Tantos vómitos me han agotado —se quitó los calcetines y empezó a desabrocharse el cinturón.

—Esto no está bien. Es indecente... —protestó ella, pero Tucker se deslizó bajo las mantas y la apretó contra él.

—Y que lo digas. ¿Estás cómoda?

—Sí —admitió ella, apoyando la mejilla en su pecho.

Tucker le acarició el hombro y sintió la tensión que aún agarrotaba sus músculos.

—Cuéntame cómo te convertiste en cuáquera.

—No hay mucho que contar.

—Seguro que sí —le puso un dedo bajo la barbilla—. No voy a marcharme, Sally Mae. No importa lo que me cuentes.

—Te lo agradezco.

—No quiero tu agradecimiento. Quiero explicaciones.

Ella le pellizcó suavemente el pezón y deslizó el muslo sobre el suyo.

—No vas a poder distraerme, así que no lo intentes —le dijo él.

—No recuerdo lo que me pasó antes de vivir con los Grier.

—Los Grier eran tu familia en la comunidad cuáquera.

Ella asintió.

—Recuerdo irme asustada a la cama por culpa de las pesadillas.

—¿Cuántos años tenías?

—Diez, más o menos. Me encontraron escondida en un carromato después de un ataque. No podía ni decir mi nombre, pero los Grier me acogieron y pensaron que Dios me devolvería los recuerdos cuando llegara el momento. Mientras tanto me dieron un nombre nuevo, una vida nueva y todo el amor que una niña podía desear. Pero ni siquiera mi cumpleaños era real.

—Probaremos con otros nombres hasta encontrar uno que te guste.

—No quiero otro nombre. Era muy feliz hasta que te conocí.

—Tonterías.

La mano de Sally se cerró en un puño sobre su pecho.

—Los Grier me enseñaron a encontrar la luz de Dios en mi interior. Tú no puedes entender la paz que proporciona un descubrimiento semejante. Ni lo agradecida que estaba porque hubieran vuelto las risas en lugar del terror.

—Me hago una idea —dijo él.
—Pero seguir el camino de Dios siempre me supuso un esfuerzo terriblemente exigente. Para ellos era muy fácil, sobre todo para Jonah, pero no para mí.
—¿Cómo sabías que para ellos era fácil? ¿Se lo preguntaste?
—No hacía falta. Era evidente.
—¿Por eso te casaste con Jonah? ¿Porque con él todo era fácil?

No se sentía orgulloso odiando a un buen hombre, pero no podía evitarlo. Jonah se había ganado el respeto, el corazón y la confianza de Sally Mae, mientras que Tucker seguía esforzándose porque lo aceptara.

—No lo sé. Quizá —trazó un ocho con el dedo en su pecho—. Sus padres eran amigos de los míos. Siempre estaba visitándonos, y siempre estuvo ahí cuando lo necesitaba. Me pareció muy natural que me pidiera matrimonio y decirle que sí —le acarició el pecho suavemente, como si pudiera sentir los celos que recorrían a Tucker bajo la piel—. No nos unía una gran pasión, pero fue un buen matrimonio.

—El nuestro también lo será.
—Lo dices como si lo tuvieras todo bajo control...
—Así es —solo tenía que averiguar lo que Sally Mae necesitaba y él se lo daría.

Ella le dio un beso en el pecho.
—Lo nuestro es pasión, Tucker. No es algo que pueda controlarse. Exige una gran experiencia, y me da miedo.
—Nunca te haría daño.
—Ya lo sé. Eres el hombre más bueno que conozco.

—¿Estás segura de que te refieres a mí?

—Completamente. A veces creo que sería mucho más sencillo no verte como te veo. Fingir que eres como Jonah, quien se contentaba con tenerme en los límites de su mundo.

Jonah el santo. ¿Cómo iba a competir él con un fantasma?

—No soy como Jonah.

—No, no lo eres.

Tucker apartó la sábana para levantarse.

—Deberías haberlo pensado antes de acostarte conmigo.

La mano de Sally Mae no podía retenerlo, pero sí lo hicieron las palabras que pronunció.

—Lo hice.

Tucker se volvió y se inclinó sobre ella. Necesitaba saber la verdad.

—Explícate.

—Tengo un lado salvaje, Tucker. Toda mi vida he intentado ocultarlo, ya que ni mi familia ni Jonah podían entenderlo —apartó la mano de su pecho y la llevó hacia su rostro para jugar con su labio inferior, igual que él hacía con el suyo. La reciprocidad del gesto lo ayudó a calmarse—. A ti no podía ocultártelo.

—No —la besó en la punta de los dedos—. A mí no.

—Supones una amenaza para todos mis valores, pero eres el único hombre que me ve como soy realmente, y no parece que te incomode.

—No hay nada en ti que pueda incomodar.

—Para mí sí lo hay, pero si algo he aprendido con esto es que no puedo seguir huyendo de ti ni de mí misma.

Una vez más, Tucker no supo qué decirle, así que se limitó a besarla.

—Voy a intentarlo con todas mis fuerzas —susurró ella.

—¿Significa eso que te casarás conmigo?

—Sí.

—Bien, entonces tenemos que dejar algo muy claro.

—¿El qué?

—No tienes que cambiar lo más mínimo por mí.

—Sí, claro que sí. De hecho, ya he cambiado, pero... —curvó la mano alrededor de su cuello—. Tienes que ser paciente.

La paciencia no era la mayor virtud de Tucker, ni muchísimo menos.

—Quizá deberíamos tratar esos miedos uno por uno. ¿Cuál es tu mayor temor?

—No sentirme aceptada por los Ocho del Infierno —respondió ella sin dudarlo.

—Cariño, todo el mundo te aceptará y te querrá.

—Necesito sentir que pertenezco a un lugar, Tucker. Y me temo que no será así con los tuyos. Que me pasaré los días como una extraña, sin incluirme en el grupo.

Tucker podía entenderla. Así se había sentido él hasta el día que la conoció.

—Encontrarás tu lugar —le prometió él.

—¿No solo como tu esposa y madre de tus hijos?

—Sí.

—Eso espero. Pero solo el tiempo lo dirá.

Tucker se sintió repentinamente inquieto, pero apartó la incómoda sensación y apoyó a Sally Mae en su hombro.

—¿Cansada?

Ella asintió con un bostezo.

—Mucho. Tu hijo me deja sin fuerzas.

—Gracias por pensar que será niño.

—Parece ser muy importante para ti —y ella siempre le daba lo que él necesitaba.

—Me asusta pensar en una niña pequeña. Creo que deberíamos dejar que Desi y Caine rompieran el hielo… Caine me lo debe.

—Se nota que les tienes mucho afecto a tus amigos —dijo ella con una sonrisa.

—Hemos pasado juntos toda clase de desgracias.

—¿Lleváis juntos mucho tiempo?

—Quince años.

—Desde que erais críos —volvió a bostezar—. ¿Qué ocurrió?

—Nos vimos en medio de las guerras fronterizas. Un día el ejército mexicano arrasó nuestro pueblo. Solo sobrevivimos los Ocho del Infierno.

—¿Escapasteis?

—Por poco.

Sally Mae le cubrió la mano con la suya. Tucker no se había dado cuenta de que estaba agarrando la bala.

—¿Te hirieron?

—Sí.

—Esta bala es de aquel día, ¿verdad?

No había razón para no decírselo, pero aun así dudó antes de responder.

—Sí. Había una chica en el pueblo que me gustaba mucho, aunque ella no me hacía ni caso…

—Seguro que sí.

—No, no me lo hacía. Mi padre era un borracho y

mi madre era una squaw india a la que mataba a trabajar cuando se quedaba sin dinero para whisky. Si alguien hubiera descubierto mi atracción por esa chica, habría sido mi perdición.

—Lo siento.

—Fue hace mucho tiempo.

—¿Quién era ella?

—La hermana de Caine. Mary —era preciosa, con unos cabellos largos y castaños que relucían al sol con las tonalidades del otoño. Cada vez que lo miraba a él de reojo, el corazón le explotaba de felicidad—. Intenté salvarla.

—Solo eras un crío.

—Era casi tan alto como ahora.

—Pero ellos eran soldados, armados y entrenados para matar. No podías hacer nada.

—Detuve la primera bala, pero no la segunda.

Sally Mae lo abrazó como si quisiera protegerlo del recuerdo. La bala quedó atrapada entre sus cuerpos. Un dolor físico que se añadía al mental.

—Al menos no la violaron —dijo él.

—Y no murió sola.

—No, no murió sola —había conseguido arrastrarse hasta ella en el fragor de la batalla. La herida del pecho lo abrasaba y agonizaba con cada respiración, pero le cubrió su delicado cuerpo con el suyo y la miró a los ojos hasta que exhaló su último aliento.

—Lo siento, Tucker. Lo siento mucho.

Él también lo sentía, pero había aprendido que nada podía hacer.

—Cuando acabó la batalla, solo quedábamos nosotros ocho. Caine me extrajo la bala del pecho y nos fuimos del pueblo en llamas.

Sally Mae le acarició la fea cicatriz.

—Y pensar que maldije a tu cirujano por haber hecho una chapuza.

—Habría muerto si no hubiera hecho lo que hizo.

—Lo sé —murmuró ella, antes de bostezar otra vez.

—Ya basta de hablar del pasado... o volverás a tener pesadillas.

—Lo siento. Últimamente me caigo de sueño a cualquier hora.

Él la arropó hasta los hombros.

—Duérmete, Sally Mae —pensó que lo había hecho hasta que la oyó susurrar su nombre—. ¿Qué?

—¿Hay algún pastor o clérigo con los Ocho del Infierno?

—El padre Gerard vive cerca.

—¿Es un hombre sociable?

—Bastante, ¿por qué?

—He cambiado de opinión respecto a la boda.

A Tucker se le contrajo el pecho.

—Me gustaría que tu familia estuviera presente en nuestra boda.

—¿Por qué? —necesitaba oír más. Aquella no era razón suficiente.

—Porque un matrimonio con amor estará bendecido para siempre.

—¿Me quieres, Sally Mae?

Como respuesta solo recibió un delicado ronquido.

Capítulo 16

A pesar de la decisión de Sally Mae, Tucker insistió en que se casaran antes de marcharse. Bella le proporcionó un elegante vestido azul de seda y encaje y una bonita mantilla. No era el tipo de ropa a la que estuviese acostumbrada, pero todas sus protestas fueron en vano. Mirándose al espejo de su dormitorio, no conseguía reconocerse en su propia imagen.

—Estás preciosa —le dijo Bella, ajustándole la mantilla—. ¿Te gusta?

Sally Mae tocó el encaje y se preguntó qué pensaría Tucker al verla.

—Me siento muy... exótica.

Bella se echó a reír y sacudió el recargado encaje.

—No es una mala sensación para el día de la boda.

—Quería casarme en los Ocho del Infierno.

—Nada te impide celebrar dos bodas... siempre que te cases con el mismo hombre.

«Eso estaba haciendo», pensó Sally Mae mientras

tocaba el vestido azul, que estaba cuidadosamente colocado sobre el respaldo del sillón. Aún tenía que probárselo, pero sabía que le quedaría perfectamente.

—¿De dónde has sacado todo esto en tan poco tiempo?

—La señora López te envía sus mejores deseos y bendiciones.

—¿La señora López?

—La madre de Zacharias.

—¿Este era su traje de bodas?

—Sí.

—¿Y por qué me lo presta a mí?

Bella le quitó cuidadosamente la mantilla y levantó el vestido de la silla.

—Porque todo el mundo en el rancho Montoya aprecia a Tucker y quiere lo mejor para él.

Sally Mae había oído la historia del rescate de Bella que habían llevado a cabo Tucker, Sam, Zacharias y los vaqueros del rancho Montoya.

—¿Sienten que están en deuda con él?

Bella estiró delicadamente el vestido antes de agarrar a Sally Mae por los hombros y darle media vuelta.

—Tucker es un buen hombre —dijo, muy seria—. No te confundas. En el rancho todo el mundo lo quiere.

—¿Él lo sabe? —preguntó Sally Mae, pensando en lo mucho que siempre se había aislado.

—Ya sabes lo cabezota que puede ser. Pero ahora que está contigo... —añadió mientras abrochaba los botones de la espalda del vestido—, espero que cambie de actitud.

—No quiero cambiarlo.

—Pero lo harás. Y tú cambiarás por él. Así son las cosas cuando dos personas se quieren.

¿Lo decía en serio? Sally Mae no había cambiado por Jonah. Debido a la diferencia de edad, lo que ella hizo fue crecer y madurar para estar a la altura de las circunstancias. Pero su matrimonio con Tucker iba a ser muy diferente.

—¿Tú cambiaste por Sam?

Bella le sonrió a la imagen del espejo.

—Desde luego. Por él aprendí a confiar en la gente, entre otras cosas.

—¿Y Sam?

Bella chasqueó la lengua al examinar el rodete de Sally.

—No puedes llevar el pelo así.

—Siempre lo llevo así.

—Pues hoy es un buen día para cambiar. Es un nuevo comienzo. Y además, estarás mucho más guapa con el pelo suelto bajo la mantilla —le deshizo la rosca de trenzas y el pelo se derramó sobre sus hombros, tan reluciente como los bordados plateados del vestido. El color de la tela hacía que sus ojos casi parecieran azules. ¿Le gustaría a Tucker?—. ¿No te gusta? —le preguntó Bella.

—Sí —empezaba a sentirse como una mariposa abandonando el capullo, atrapada entre lo viejo y lo nuevo, a punto de enfrentarse a un mundo desconocido y maravilloso—. Me encanta.

—Para Sam fue mucho más difícil adaptarse a su nueva vida —confesó Bella con un suspiro, volviendo al tema mientras ajustaba la mantilla en la cabeza de Sally Mae—. Recelaba de todo y de todos y albergaba una furia mortal.

—¿Y qué hiciste?
Bella volvió a sonreír.
—Me arrojé a sus brazos de la forma más descarada posible.
—No parece que saliera corriendo.
—No lo hizo, pero seguro que lo pensó. Voy a casarme con un hombre muy testarudo.
—Yo también.
—En tu caso dos veces —dijo Bella, apartándose—. Creo que eres más ingenua que yo...
—Puede ser —Sally Mae se volvió y observó el vestido desde todos los ángulos. No estaba acostumbrada a verse de aquella manera, más frívola que práctica y más bonita que modesta, pero le gustaba pensar en la reacción de Tucker—. Pero también puede ser que yo esté más decidida que tú.

Sí, definitivamente tenía que estar decidida. Se cruzó de brazos y se plantó en el suelo mientras el órgano empezaba a sonar por tercera vez.
—No.
Sam tiró de ella hacia el pasillo de la iglesia.
—No es momento para las dudas. Nos queda por delante un viaje de dos días hasta los Ocho del Infierno.
Llevaban cinco minutos discutiendo. Sam quería que la boda comenzara, pero ella se negaba a que la ceremonia fuese oficiada por un hombre al que estaban apuntando a la cabeza con un arma.
—Tucker pensará que has cambiado de idea.
—Y no se equivocaría.
Sam era un maestro de la negociación y sabía cuándo había que cambiar de táctica.

—Los carromatos están listos, los caballos están enganchados. Solo falta que os caséis para ponernos en marcha.

Sally miró hacia el altar, donde Tracker estaba apuntando con su revólver a la cabeza de un reverendo Schuller visiblemente nervioso.

—El reverendo se rige por sus principios. Ninguna amenaza lo hará cambiar de opinión.

Sam esbozó una de sus frías sonrisas.

—Cambiará.

—¿Porque tú lo digas?

—Precisamente. Es la primera vez que hago de padrino y no quiero que nadie lo estropee.

—No es el reverendo quien lo está echando a perder.

—Según lo veo yo, sí lo es.

Según Sam, Tracker tenía que encañonar a un reverendo que se negaba a oficiar un matrimonio mixto. Sally Mae no lo veía así, desde luego. Pero se levantó las faldas y se puso en movimiento.

—Esto es una locura.

La música del órgano aumentó de volumen. Los bancos estaban llenos de miembros de la familia Montoya, trabajadores del rancho, Hazel y Davey y, sorprendentemente, Alma Hitchell. El resto del pueblo había expresado con su ausencia la indignación que les provocaba una unión semejante. A Sally le dolía después de todo lo que había hecho por ellos, pero no era ninguna sorpresa. Le sonrió a Alma al pasar junto a ella. La mujer se ruborizó y agachó la cabeza, y Sally se preguntó si tendría problemas con su marido por haber asistido a la boda. Dwight no era precisamente un hombre liberal. Sally se sintió tan culpable que se detuvo junto a ella.

—Te agradezco que hayas venido, Alma. Significa mucho para mí que estés aquí, compartiendo nuestra alegría en este momento tan especial.

La mujer asintió, sin levantar la mirada.

Sally Mae no tenía nada más que decirle y siguió caminando por el pasillo, sintiéndose más irritada y enojada con cada paso. Aquella no era la boda que había querido. Tucker no le quitaba ojo de encima, como si observando su lenguaje corporal pudiera deducir la mejor manera de tratarla. Llevaba un traje negro y una camisa blanca con mangas que ella le había remendado. Le habría parecido muy atractivo si no estuviera armado hasta los dientes, como si estuviera preparándose para una batalla en vez de estar asistiendo a su propia boda. La tensión que se adivinaba en sus hombros no presagiaba nada bueno, pero a Sally no le importó. Ella tampoco estaba muy relajada.

—No estoy nada contenta contigo, Tucker McCade —le susurró en cuanto se acercó lo bastante.

—Creo haberte oído decir que era un momento especial de dicha y alegría.

—Solo oyes lo que quieres oír.

—Tal vez. O quizá esté más interesado en culminar la ceremonia que en preocuparme por la sensibilidad de un pobre idiota.

Sally cerró los ojos. Había llamado «pobre idiota» a un hombre de Dios. Respiró hondo para intentar calmarse y abrió los ojos para encontrarse con los del reverendo.

—Siento muchísimo todas estas… —hizo un gesto con la mano para abarcar a los hombres, las armas y el revólver apuntando a su cabeza— molestias.

Un coro de risas se elevó tras ella.

—Una manera muy curiosa de definirlo —oyó que alguien decía.

—Lo próximo será referirse a una banda de forajidos como una pandilla de mocosos.

Al menos alguien se estaba divirtiendo. Fulminó a Tucker con la mirada y le arrebató el revólver a Tracker. Una detonación estremeció las paredes de la iglesia. Sally chilló y dio un salto atrás, y volvió a gritar cuando Tucker la apretó contra él. El reverendo Schuller masculló un juramento y se palpó el pecho en busca de algún agujero.

—¿Estás bien? —le preguntó Tucker, pasándole la mano desde el hombro hasta la rodilla.

Tracker volvió a recuperar el arma.

—Deberías tener cuidado con lo que agarras, lady Doc.

—¿Lady Doc?

—Tengo que llamarte de algún modo —repuso Shadow—, y «rayo de luna» no me parecía apropiado.

Santo Dios. ¿Sabían que Tucker la llamaba así? Las mejillas le ardieron de rubor.

—Si no puedes recordar mi nombre de pila, «lady Doc» servirá.

Tucker le palpó la cadera y ella le apartó la mano.

—Estoy bien, Tucker. Déjame —espetó, enderezándose la mantilla.

Él la agarró por los hombros y la zarandeó ligeramente, volviendo a torcerle la mantilla.

—Si vuelves a cometer una estupidez semejante tendré que darte unos azotes. Podrías haber matado al reverendo.

Sally desistió de colocarse la mantilla y la dejó como estaba.

—No era yo la que estaba apuntando a su...

—Solo estaba intentando convencerlo, demonios —interrumpió Tracker.

Tanto Sally como el reverendo le ordenaron que vigilase su lenguaje.

—Gracias —le dijo el reverendo a Sally.

—No hay de qué —respondió ella, inclinando la cabeza.

Tracker murmuró una torpe disculpa.

—Bueno, ahora que estamos todos aquí ya podemos empezar —decidió Tucker.

Una vez más Sally y el reverendo hablaron al mismo tiempo, en esa ocasión para pronunciar un «no» claro y rotundo.

—¿Se puede saber cuál es el problema?

Sally Mae no supo si le estaba hablando a ella o al reverendo Schuller, pero cuando este se dispuso a hablar ella levantó la mano.

—Estás en una iglesia, Tucker McCade. No es lugar para usar las armas ni la violencia.

—Si no le damos un pequeño empujón a este imbécil, no nos casará.

—En ese caso nuestra boda tendrá que esperar.

—Te prometí que nos casaríamos hoy.

—No puedes obligar a un hombre a renunciar a sus principios solo por servir a los tuyos.

—La cosa estaba funcionando hasta que te metiste en medio —señaló Shadow.

—No, nada de eso.

—Sus temblores hacían pensar que sí —replicó Tucker.

—Pues te equivocaste.

El reverendo Schuller se secó la frente. Era un

hombre bajito y con gafas, pero tenía una voluntad inquebrantable.

—Gracias —volvió a decirle a Sally.

—Si quiere agradecérselo de verdad, empiece con la ceremonia, Schuller —lo apremió Zacharias.

El reverendo se secó el cuello.

—Como ya he dicho, mi conciencia no me permite casar a esta mujer con este hombre sin antes hablar con ella.

Sally se volvió hacia Tucker.

—¿Todo ha sido porque quería hablar conmigo?

—No, ha sido por insinuar que te he traído a rastras hasta el altar.

Sally puso los ojos en blanco.

—¿No podías haber dejado que me lo preguntara él mismo?

—Debería haberse conformado con mi palabra —protestó Tucker.

—Se hace tarde —intervino Sam—. ¿Podríamos dejar de perder el tiempo?

—Cállate, Sam —exclamó Sally—. No te metas en esto —una actitud tan grosera y tan extraña en ella debería de haber escandalizado a todos los presentes, pero lo único que oyó fue otro murmullo de risitas. Se estiró la falda y miró al reverendo Schuller—. Ha dicho que quiere hablar conmigo.

—En privado.

—De eso nada —dijo Tucker.

—Aún no estoy casada contigo, Tucker —le recordó Sally, e intentó armarse de paciencia para dirigirse otra vez al reverendo—. ¿Por qué?

—Bueno, el motivo era asegurarme de que no te estaban obligando…

—Como puede ver, nadie me está obligando a hacer nada en contra de mi voluntad.

—Una lástima —murmuró Tucker.

Sally volvió a fulminarlo con la mirada.

—Solo está bromeando —le dijo al reverendo—. Se quedaría horrorizado si pensara que le tengo miedo.

—No estés tan segura, rayo de luna.

El reverendo volvió a meterse el pañuelo en el bolsillo.

—¿De verdad quieres casarte con este hombre?

—Sí.

—¿Por qué?

Aquel hombre al que Tucker había obligado a casarlos no iba a ser el primero que oyera su declaración de amor. Ocupó su lugar junto a Tucker y volvió a enderezarse la mantilla.

—Te dije que tendríamos que haber esperado a estar en los Ocho del Infierno.

—¡Un momento! —Bella se acercó corriendo y con sus hábiles manos le colocó correctamente el encaje y el velo.

—Ya vuelves a estar preciosa —dijo Tucker con cierta ironía.

—Deja de meterte con su ropa, Tucker —le advirtió Bella con una mirada severa.

—Al menos hasta dentro de unas horas —murmuró alguien, lo bastante alto para hacerse oír.

Bella se puso colorada. Y también Sally Mae. Su boda se estaba convirtiendo en una broma pesada.

—Creo que será mejor empezar, reverendo —sugirió Tucker—. El público se está impacientando.

El reverendo observó los bancos, llenos de hombres con cartucheras en el pecho, cuchillos en los cinturones y expresiones de impaciencia en los rostros. Tragó saliva, se ajustó las gafas sobre la nariz, abrió la Biblia y asintió.

Sally Mae apenas tuvo tiempo de respirar antes de llegar al «sí quiero». Un segundo después el reverendo los declaró marido y mujer y Tucker le levantó el velo. Una expresión seria e indescifrable le oscurecía el rostro.

—Bésala de una vez, Tucker —lo apremió Zacharias—. Ya la has hecho esperar bastante.

Tucker le acarició el labio inferior con el pulgar.

—Sí, es verdad —corroboró, y la besó con una ternura y una delicadeza exquisitas—. ¿Recuerdas que una vez me preguntaste por qué me había quedado en Lindos? —le susurró al retirarse, dejándola con los labios entreabiertos.

—Sí.

Tucker le acarició suavemente las mejillas.

—Me quedé por ti.

Cinco horas después, no se sentía bonita ni especial. Estaba irritada, sucia y sudorosa. Los hombres estaban muy molestos por haber tardado tanto en ponerse en marcha, y el carromato en el que Tucker la había obligado a viajar junto a Bella le estaba destrozando las posaderas. Y ni siquiera habían recorrido la mitad del camino en su primera jornada hacia los Ocho del Infierno.

El carromato dio otra sacudida y Bella se agarró al lateral con un gemido de dolor. Tenía el rostro empapado de sudor y parecía sentirse tan miserable como Sally.

—Gracias a Dios, el cielo está nublado —dijo, sujetándose el sombrero con una mano.

Sally Mae también gimió cuando el carromato se inclinó bruscamente hacia la derecha.

—No entiendo cómo esto puede ser mejor para el bebé que viajar a lomos de un caballo.

—Cuentos de viejas —dijo Bella.

Zacharias se rio y chasqueó con las riendas para que los dos caballos de tiro aceleraran el paso. Sally Mae intercambió una mirada con Bella. Más velocidad significaba más sacudidas.

—Seguro que te estás lamentando por insistir en acompañarnos.

—Un poco —admitió Bella—. Sobre todo por tener a Zacharias como cochero.

—Deberías haberte quedado en casa —le dijo Zacharias.

Bella miró a Sally Mae con resignación.

—Si por él fuera, jamás podría salir sola de casa, ni montar a caballo ni hacer nada.

—Solo se preocupa por ti.

—Demasiada gente se preocupa por mí.

Zacharias le dijo algo a Bella en español. Ella respondió de mala manera y Sam aminoró el paso de su montura para quedarse junto al carromato.

—¿Problemas?

—Deberías haber dejado a Zach en casa —espetó ella—. Este viaje es muy peligroso para él.

Zach no se molestó en mirar a Bella ni a Sam. Era un hombre alto y delgado de mirada penetrante. Sally Mae no tenía la menor duda de que podía ser tan peligroso como Sam o Tucker. Irradiaba la misma seguridad y frialdad que ellos.

—La patrona debería estar en el rancho, donde está segura —dijo Zach.

—La patrona debe estar con su Sam, viajando para encontrarse con su familia.

—Yo tomé la decisión de que viniera, Zach —dijo Sam.

—Ha sido una imprudencia.

—Habría venido de todos modos —dijo Bella.

—Cállate, Bella.

—No tiene derecho a…

—Si alguien nos ataca, él será uno de los que te proteja de las balas, Bella. Eso le da derecho a opinar.

Bella se encogió en el asiento.

—No me gusta que tengas siempre razón, Sam.

Él se tocó el ala del sombrero y sonrió.

—Te compensaré cuando lleguemos a nuestro destino.

—No veo cómo vas a poder compensarme por este carromato.

—¿Ni siquiera si te digo que hay un estanque secreto para que te des un baño refrescante?

Sally Mae gimió de deseo y se tiró del corpiño.

—¿Tucker sabe dónde está ese estanque?

La risa de Tucker llegó hasta sus oídos.

—Desde luego que lo sabe —afirmó Sam.

Sally cerró los ojos y se imaginó el agua fresca deslizándose por su cuerpo acalorado. Tucker en la orilla, observándola con sus increíbles ojos plateados. Abrió los suyos y se encontró con la mirada de Tucker. Él también se lo estaba imaginando. Sam miraba a Bella con la misma pasión. Sally Mae se ruborizó y Tucker volvió a reírse, igual que hicieron Bella y

Sam. Pero entonces Zacharias detuvo el carromato y sacó un rifle de debajo del pescante.

—No me gusta ese desfiladero.

—Tracker lo está inspeccionando.

A Sally Mae le parecía igual al resto de desfiladeros que habían atravesado durante el día. Crockett gimió lastimeramente junto al carromato. Hacía mucho calor y tenía la lengua colgando. Sally Mae dio una palmadita en el pescante y el perro intentó subirse de un salto, sin éxito. Sam se inclinó en la silla, lo agarró por el cuello y lo levantó. Crockett pasó sobre Bella, lamiéndole la cara en su camino hacia el regazo de Sally Mae, desde donde le echó una mirada suplicante a Zacharias.

—Ni se te ocurra, chucho.

Ya fuera por el tono de Zach o por la cantimplora que abrió Sally, Crockett no tentó a la suerte.

El ataque surgió de la nada. Las astillas de madera explotaron junto a los pies de Sally Mae, seguidas por una rápida sucesión de disparos.

—¡Agachaos! —gritaron Sam y Tucker al mismo tiempo.

Zacharias empujó a Sally al suelo del carromato mientras los caballos se encabritaban.

Bella gritó.

Los disparos retumbaban por todas partes. Los hombres gritaban todos a la vez. Crockett ladraba como si hubiera enloquecido, atado en la parte trasera del carromato.

Sam giró a su montura en círculo y abrió fuego contra los peñascos. Tucker se puso de pie en los estribos y levantó la mirada hacia la cresta. Una bala pasó silbando junto a la oreja de Sally Mae.

—Agáchate —le gritó Bella, tirando de ella hacia atrás. La falda de Sally se enganchó en el borde del pescante y la hizo caer de cabeza. El golpe la dejó tan aturdida que Bella tuvo que tirarle del brazo mientras Zacharias la empujaba por el trasero.

—Maldita sea, Bella, agáchate —oyó que Sam gritaba.

—Sería mucho más fácil si no me hicieras llevar estas faldas —respondió Bella, gritando también.

Sally Mae sacudió la cabeza e intentó apoyarse sobre los codos. Una tela roja y brillante le tapaba la vista. Era la falda de Bella, que también se había quedado enganchada en el pescante. Alargó los brazos y desenganchó los pliegues de la falda de la barra metálica. Bella cayó de espaldas con un ruido sordo. El carromato se zarandeaba frenéticamente mientras Zach guiaba a los caballos hacia un saliente rocoso. Las balas seguían estallando sobre ellos como un puñado de maíz sobre el fuego, rebotando en las rocas y penetrando en el armazón de madera.

—Hijos de perra... ¡Están disparando a las mujeres! —exclamó Tucker.

El carromato se detuvo de golpe, arrojando a Sally Mae hacia delante con tanta fuerza que la falda se le soltó del pescante. Cuando se estaba incorporando, una mano la agarró del brazo, la levantó de un fuerte tirón y la arrojó al suelo. Cayó sobre las manos y las rodillas. Oyó el relincho de un caballo, el ladrido de Crockett y el estruendo de los cascos.

—¡Deben de pensar que es Ari! —oyó que Sam gritaba.

Y eso significaba que estaban disparando a matar. No sabía mucho de Ari, pero sí sabía que los hombres que la estaban buscando no eran precisamente amistosos.

—¡No! —un cuerpo cayó sobre ella. Era Bella.
—¡Apártate de mí!
—Te están disparando.
—¡Razón de más para que te apartes de mí!
—No.
—Vas a conseguir que te maten.
—¡No! —exclamó Bella, aferrándose a Sally con más fuerza.
—¡Patrona! Venga aquí. ¡Rápido!

Bella murmuró algo, pero a los pocos segundos Sally Mae se había liberado de su peso.

—Todos los hombres de mi vida son unos mandones —se quejó Bella.

Sally Mae no tenía tiempo de reírse. Tan pronto como Bella se apartó se puso a gatas en el suelo. Una bala impactó entre sus manos, levantando una lluvia de tierra y piedrecillas que la cegó. A través de las lágrimas vio a Zacharias intentando levantar el carromato.

Él la miró y le gritó algo en su lengua. A Sally no le hacía falta un traductor para saber que le estaba pidiendo ayuda. Con el corazón desbocado y sin aire en los pulmones, echó a correr sin prestar atención a las balas que impactaban en el suelo alrededor de ella.

«Por favor, Señor, dame fuerzas», rezó mientras tiraba de Bella.

—Maldita sea, Sally. ¡Te he dicho que te agaches! —gritó Tucker.

Sí, se lo había dicho. Pero no había lugar para esconderse. Tucker y Sam respondían con sus armas al fuego enemigo, cubriendo la carrera de Sally y de Bella hacia Zacharias.

—Agarrad el borde por debajo y levantadlo —les ordenó él en cuanto se acercaron.

—¿Lo ves? —le dijo Bella, haciendo lo que se le pedía—. Es un mandón.

—Mucho —corroboró Sally, intentando mantener la misma calma que Bella mientras aunaban sus fuerzas.

El carromato crujió y se movió. Los tres tiraron con todas sus fuerzas y finalmente consiguieron volcar el vehículo, que formó un amasijo de madera y metal al chocar contra el suelo. Entonces Sally sintió que algo le abrasaba el muslo y gritó de dolor mientras se agarraba la pierna.

—¡Han alcanzado a Sally Mae! —gritó Zach. La rodeó rápidamente por la cintura y la arrojó contra el carromato.

—¿Es grave? —preguntó Tucker, dirigiendo su caballo hacia ellos.

Zach le rasgó las faldas sin el menor respeto por el pudor y el decoro.

—Solo es un rasguño —la empujó al suelo con tanta fuerza que se arañó la mejilla contra los guijarros—. No te muevas.

Antes de agachar la cabeza, Sally vio fugazmente a Tucker mientras apuntaba con su arma. Se oyó un disparo, seguido de un grito. Sally no tuvo que mirar para saber que la bala había alcanzado su objetivo y que seguramente Tucker acababa de matar a un hombre. Pero no le entraron náuseas al pensarlo.

Tucker tenía razón cuando decía que Sally no entendía la necesidad de matar, pero ahora empezaba a verlo de otra manera. Se trataba de matar o de que la mataran.

Los disparos no cesaban, resonando ensordecedoramente en sus oídos y aumentando el caos que reinaba en su cabeza. Los ruidos se hacían más y más fuertes y le evocaban imágenes de un pasado espantoso. Gritos. Llantos. Caballos desbocados. Carromatos en llamas. Disparos. Más gritos. Muchos más gritos...

«¡Mamá!». Las astillas se le clavaron en el rostro al apretar la cara contra el lateral del carromato, igual que antes. Parpadeó con fuerza a medida que las imágenes se hacían más nítidas. Su madre la empujaba en el compartimento secreto bajo el carromato, con sus ojos azules desorbitadamente abiertos en una mueca de terror. Le ordenó quedarse quieta y cerró la tapa.

Santo Dios. Lo recordaba con toda claridad. Su madre le había dicho que no se moviera, pasara lo que pasara. Y ella había obedecido, con la pistola de su madre en la mano, tan grande y pesada que casi no podía levantarla. No sabía qué debía hacer con ella, pero la había aferrado fuertemente en su mano y había permanecido quieta y callada en su escondite, viendo cómo los indios masacraban a su familia uno a uno. Y ella no había hecho nada por evitarlo, no había sabido cómo disparar el arma, no había impedido que la sangre de su madre se derramara en el suelo.

—Sally Mae. Sally Mae...

Parpadeó y vio a Bella frente a ella, sacudiéndola por los hombros.

—¿Estás bien?
Sally se apartó el pelo de los ojos.
—Sí.
Bella la soltó y se echó lentamente hacia atrás.
—Me tenías preocupada.
—Lo siento.
Alrededor de ella proseguía la batalla. A su izquierda vio el caballo de Tucker en el suelo. Junto a él estaba Tucker, también tirado en el suelo, usando a su bien entrenado caballo como escudo mientras disparaba sin parar sobre su costado.
—¿Cuántos puedes contar, Sam?
La respuesta de Sam se perdió en una descarga de fuego. Dos vaqueros yacían bocabajo en el suelo, seguramente muertos. Eso dejaba a ocho para repeler el ataque. Seis, si se descontaba a los ausentes Shadow y Tracker. Seis pistolas contra... era imposible saber cuántas.
—¿Cuántos son? —le preguntó a Zacharias mientras él recargaba su revólver.
Zach negó con la cabeza, pero ella no creyó que no lo supiera. Sin duda eran demasiados.
—¿Qué vamos a hacer?
Bella levantó la mirada de la caja de madera donde había estado hurgando. Sacó dos pistolas y le tendió una a Sally Mae.
—Luchar.
Sally Mae miró la pared rocosa que los rodeaba. De todas partes se elevaban nubes de humo, indicando la posición y el elevado número de pistoleros.
—No podemos derrotarlos.
—Entonces les causaremos todo el daño posible antes de rendirnos —declaró Bella, quien parecía

muy segura de sí misma con la pistola en la mano. Hermosa y letal. Capaz de cualquier cosa, incluso de cometer un asesinato.

—No puedo.

Bella masculló algo en su lengua y volvió a intentar que agarrase la pistola.

—Es tu hombre el que está recibiendo las balas por ti.

Sally se atrevió a mirar. Tucker estaba entre el carromato y los riscos. Cualquiera que intentara llegar a ella tendría que pasar por él.

—Lo sé.

—Está dispuesto a morir por ti —le espetó Bella—. ¿Qué estás dispuesta a hacer tú por él?

Sally podría morir por Tucker, pero ¿matar por él? Se limitó a sacudir la cabeza, incapaz de explicar las creencias de toda una vida. Zach murmuró una blasfemia y le lanzó una mirada de disgusto. Sally quiso responderle, pero entonces se oyó un cuerno que atrajo la atención de todos. Crockett ladró furiosamente y tiró de la cuerda que lo ataba al carromato, frenético por soltarse. Sally levantó la mirada y ahogó un gemido de horror. Los proscritos estaban saliendo de las rocas. Sally contó veinte. Veinte asesinos armados, veinte demonios surgiendo del infierno para abalanzarse sobre ellos.

—Solo queremos a la mujer —gritó uno de ellos.

A ella. Querían a Sally. La habían confundido con Ari, la cuñada de Caine. Pero ¿por qué querían matarla? No tenía sentido.

Detrás de ellos se oyó un arma amartillándose. Sally Mae se irguió sobre las rodillas y se giró con el corazón en un puño. Dos hombres sucios y zarrapastrosos apuntaban a ella, a Bella y a Zach semiescondidos tras una roca. No había salida. Sally le dio un codazo a Zach, quien volvió a maldecir y dejó caer el rifle al suelo. Sally miró por encima de hombro y distinguió la cabeza del líder por encima del carromato volcado. La estaba observando. Tenía que pensar rápido. Y solo se le ocurrió una cosa.

—Me entregaré si dejáis marchar a los otros —le gritó al líder.

—Lo que harás será quedarte donde estás y con la boca cerrada, Sally Mae —gritó Tucker.

—Pero tienes que prometer que los dejarás marchar —exigió Sally, ignorando a Tucker.

El líder, un hombre rubio con un gran mostacho y un sombrero que le caía sobre la frente, mostró sus dientes picados en lo que parecía una sonrisa.

—Te doy mi palabra de honor.

—Esa gente no tiene honor —le advirtió Bella. Algo que Sally ya sabía.

—Entonces confiaremos en que al menos tengáis tiempo para escapar.

—No puedo dejar que vaya, señora —le dijo Zach.

—No puedes impedirlo.

Zach la agarró del brazo.

—Claro que puedo.

—Tu prioridad es proteger a Bella.

—Y yo le ordeno que te detenga —dijo Bella.

Sally negó con la cabeza y se soltó de un tirón.

—No lo hará. No tiene derecho a hacerlo y tú necesitas esta oportunidad.

—Si sales, te matarán.

—No —respondió Sally con convicción—. Si su intención fuera matarme, ya lo habrían hecho.

—Tal vez tengan una pésima puntería.

—¿Es posible que ni una sola de treinta balas alcance su objetivo? —le preguntó a Zach.

—No —admitió Zach con una mueca.

—Y los dos que tenemos a nuestras espaldas tampoco me han disparado, así que voy a confiar en que me quieren viva —levantó las manos y le gritó al líder—: Voy a salir.

—Maldita sea, Sally Mae, quédate donde estás —le ordenó Tucker.

—No te metas en esto, Tucker.

—¿Cómo que no?

—No es quien creéis que es —le gritó Sam al bandido—. No es Ari.

—Me da igual —respondió el hombre—. Si no es quien se supone que es, la venderé. Es un poco flacucha, pero ese pelo rubio se venderá a buen precio.

Venderla. Oh, Dios... Sally Mae se llevó una mano al estómago.

—No vas a llevártela —dijo Tucker con una calma desconcertante. Parecía absolutamente tranquilo. Inmóvil, expectante, vigilante...

—Creo que sí. Y creo que me llevaré también a la morena.

—Olvídalo.

—¿Quién va impedírmelo?

Sally Mae agarró la pistola de las manos de Bella y se puso el cañón bajo la barbilla.

—Yo lo haré.

—Jesús.

—Dios mío.

—¡No!

La última exclamación fue del líder. Era una reacción muy alentadora.

—Parece que me necesitas viva —le dijo Sally Mae, concentrándose exclusivamente en él.

—No vas a hacerlo.

El cañón le abrasaba la piel.

—No voy a permitir que me uses para hacerles daño.

—Creo que habla en serio, jefe.

Desde luego que hablaba en serio.

—No lo hagas, Sally Mae —le suplicó Bella.

—No me pasará nada —dijo ella, y dio un paso adelante. Las rodillas le temblaban tanto que tuvo que tensar las piernas para mantenerse erguida.

Zach la agarró del brazo, pero ella negó con la cabeza.

—Si voy con ellos, espero que vengas por mí. Dile a Tucker que estaré esperando.

—Señora, si la dejo salir nos matarán a todos.

Se oyó el disparador de otra arma tras ellos. Sin duda estaban apuntando a Zach y Bella. El carromato ya no proporcionaba ninguna protección.

—Corrígeme si me equivoco —le susurró a Zach—, pero todas sus armas me están apuntando.

—Sí, ¿y qué?

—Y si me muevo, solo estarán pendientes de mí.

Zach asintió y frunció el ceño al entender lo que Sally Mae se proponía hacer.

—Es una ventaja muy pobre.

Sally Mae se lamió los labios. Los tenía completamente secos, al igual que la boca, la garganta y el resto de su cuerpo. Aquello no podía acabar bien, y sin embargo...

—Es mejor que nada.

—¡Está loca! —murmuró Zach.

—Desesperada, más bien —repuso ella. Sus temblores eran tan fuertes que a duras penas podía mantenerse en pie.

Bella se sacó algo del bolsillo y lo metió en el bolsillo de Sally Mae mientras fingía que le daba un abrazo. El objeto era pesado y metálico. Otra pistola. Sally Mae nunca había querido llevar un arma y ahora llevaba dos.

—Le diré a Tucker que lo estás esperando —le prometió Bella.

Sally Mae se lo agradeció y rodeó el carromato. Por primera vez, tuvo una imagen clara y despejada de la situación. Tras ella, Crockett ladraba salvajemente.

Tucker estaba de pie, apuntando al líder y con el dedo en el gatillo. Ella le sonrió, pero él no le devolvió la sonrisa.

—Voy a tener que darte unos azotes cuando todo esto acabe, Sally Mae McCade.

Ella respiró temblorosamente y se obligó a sonreír.

—Ni siquiera lo consideraré como violencia.

Estaba asumiendo un riesgo enorme y lo sabía. Tucker y Sam estaban preparados, al igual que los vaqueros del rancho Montoya, esperando su oportunidad. Y ella tenía que ofrecer esa oportunidad como fuera.

—¿Estás casado con la flacucha? —le preguntó el líder a Tucker.

—Desde esta mañana.

—Vaya, entonces tendré que hacer los honores por ti.

La respuesta de Tucker fue un atisbo de sonrisa asesina.

—Me temo que eso no podrá ser. Eres hombre muerto.

El bandido se echó a reír.

—Lo que voy a ser es un hombre muy rico —le hizo un gesto a Sally Mae—. Ven aquí.

Sally Mae obedeció. ¿Qué otra cosa podía hacer? La amenaza de matarse a sí misma no le serviría de nada.

Dio un paso, luego otro, y al tercero el mundo empezó a dar vueltas. Tuvo que detenerse para no caer desplomada. Tucker se lanzó hacia ella, pero el forajido que tenía detrás lo golpeó en la espalda con su rifle y lo hizo caer de rodillas. Sally Mae se abalanzó instintivamente hacia él, pero una bala entre los pies la detuvo en seco.

—Sigue andando —le ordenó el líder.

Sally Mae cerró los ojos por un momento. No tenía más opción que seguir caminando. Respiraba con dificultad, y con cada paso se iba aclarando la imagen del bandido. Era el mal personificado, y la tentación de apretar el gatillo era cada vez más fuerte...

—No —le llegó la voz de Bella—. Así no.

No, así no. Tenía que haber otra manera. Tenía que pensar en la forma de cambiar las tornas. Ojalá supiera dónde estaban Tracker y Shadow. ¿Habrían muerto? Y si seguían vivos, ¿por qué no habían hecho nada?

Llegó junto al líder, quien la agarró del brazo y le quitó el arma de la mano.

—Tengo una cuenta pendiente con tu marido... Y ha llegado el momento de saldarla.

—Lo prometiste...

—Mentí. Aunque si te portas bien conmigo, tal vez les perdone la vida a los otros.

Ella giró la cabeza hacia Tucker.

—Te dije que te quedaras en el carromato, Sally Mae.

Sí, se lo había dicho. Pero en el carromato no habría tenido ninguna ventaja. Metió la mano en el bolsillo, donde llevaba la otra pistola.

—Lo siento.

—No tienes que lamentarte, Ari. Nosotros te mantendremos lo bastante ocupada para que no eches de menos al mestizo.

Por el rabillo del ojo vio que el bandido curvaba el dedo en el gatillo del arma con que apuntaba a Tucker. ¿Por qué Tucker no se agachaba, por qué no echaba a correr, por qué no hacía nada salvo quedarse allí parado, provocando a aquel forajido para que le disparase?

«Por favor, Señor, dame fuerzas».

—No me obligues a hacer esto —susurró.

El bandido se echó a reír.

—Tranquila. Te gustará.

No, no le gustaría.

—Pero antes, vamos a resolver este pequeño asunto...

Desde luego. Sally Mae le apuntó con el arma a través de la falda y apretó el gatillo.

La pistola que tenía junto a la cabeza se disparó una fracción de segundo después que la suya. El bandido se tambaleó hacia atrás, aferrándose el estómago y mirándola con una expresión de horror y desconcierto mientras la sangre le manaba entre los dedos. A su alrededor los hombres cayeron como moscas, uno detrás de otro ante la lluvia de balas que caía desde la cresta.

—Ya era hora de que Tracker y Shadow se colocaran en posición —oyó que decía Sam.

La batalla se reanudó, esa vez con la suerte de su lado, pero para Sally la única batalla que importaba se estaba librando en su interior.

—Me has disparado —dijo el líder con voz ahogada.

Ella asintió, incapaz de apartar la mirada de la sangre.

—No creí que fueras capaz... —dejó escapar un gemido ronco al tiempo que las rodillas le cedían. Sally Mae lo agarró y lo depositó con cuidado en el suelo.

—¡Aléjate de él, Sally Mae!

—Yo tampoco lo creía —dijo ella, ignorando la orden de Tucker.

Los ojos del bandido se entornaron mientras la sangre le brotaba de la boca.

—Nunca me había equivocado con nadie. Este ha sido mi... primer... error.

Y el último. Por culpa de ella.

—Tienes que hacer las paces con Dios.

—Demasiado tarde —tosió de agonía, atragantándose con la sangre que le empapaba los dientes y le goteaba por la comisura de los labios.

—Dios siempre nos escucha.

Un último estertor y los ojos del proscrito quedaron mirando al vacío.

A su alrededor atronaba el tiroteo. En su interior, lo hacían las lágrimas y los remordimientos. El pasado. El presente. La pasividad. Los gritos de su madre. La maldición de Tucker. La sangre. Siempre la sangre. Lo hiciera o no, estaba condenada. Condenada para siempre.

Cerró los ojos del proscrito y se llevó las manos al estómago para vomitar.

Tucker abatió a los tres hombres más próximos a él mientras se giraban para disparar a Tracker. Eran los que tenían a Sally Mae a tiro, y antes de que el último de ellos cayera al suelo, Tucker estaba junto a ella.

—Maldita sea, rayo de luna, como vuelvas a hacer una tontería semejante no podrás sentarte en una semana.

Podría haberse ahorrado el aliento, porque Sally Mae ni siquiera lo miró. Solo miraba al hombre muerto mientras movía rítmicamente los labios, como si estuviera rezando.

—¿Sally Mae? —la llamó mientras la sacudía suavemente por los hombros.

Tracker bajó corriendo por la empinada ladera con el rifle apoyado en el muslo. ¿Qué demonios pasaría ahora?

—Problemas —dijo Sam.

Tucker volvió a zarandear a Sally Mae.

—Despierta, rayo de luna —la apremió, pero no había manera. Sally Mae no respondía a las órdenes en estado de shock, como tampoco lo hacía estando lúcida. Tenía el rostro completamente pálido, los labios entreabiertos, respiraba entrecortadamente y murmuraba palabras incomprensibles.

Tracker montó en su caballo.

—Los comanches están a tres millas.
—Maldición.
Shadow apareció en su caballo tras un desprendimiento de tierra.
—Es imposible que no hayan oído los disparos.
Crockett se acercó corriendo, saltó sobre Sally Mae y empezó a lamerle el rostro. Tucker lo apartó y el perro se puso a gruñirle al cadáver, mientras Zach y sus hombres levantaban el carromato volcado.
—El eje se ha roto —dijo Zach.
—De todos modos los carromatos son muy lentos —observó Shadow.
—Vamos a tener que cabalgar muy deprisa para dejar atrás a los comanches —dijo Tracker.
—Comanches... —murmuró Bella. Sam la tomó de la mano y le besó los dedos.
—No te preocupes, Bella —la tranquilizó. Ella se mordió el labio y asintió.
—No tenemos tiempo para consuelos —dijo Shadow, señalando con el mentón a Sally.
Tucker maldijo para sí mismo. Sabía que no tenían tiempo, pero lo que más ansiaba en esos momentos era consolar a Sally Mae. La sangre, los disparos, la muerte... Nunca habría deseado que pasara por aquel horror.
—Nos llevaremos a las mujeres en los caballos —decidió.
—Mis hombres y yo nos quedaremos en la retaguardia para darles un caluroso recibimiento —dijo Zacharias.
—Cuatro vaqueros contra... —Tucker miró a Tracker—. ¿Cuántos son?
—Diez, exactamente. Las perspectivas no son muy favorables...

—Y que lo digas —aseveró Zach con una sonrisa—. Sobre todo para esos comanches.

Tal vez no se equivocara. El rancho Montoya no solo se encontraba en territorio comanche, sino en medio de la zona que se disputaban Texas y México. La región estaba infestada de bandidos, indios y serpientes, pero era el hogar de Zacharias y sus curtidos vaqueros. Se habían enfrentado a todo tipo de peligros y penurias y habían sobrevivido, de modo que tal vez pudieran conseguirlo una vez más.

En cualquier caso, Tucker y los demás no podían rechazar el ofrecimiento.

—Gracias —le dijo a Zach.

—¿Cómo está el bebé? —interrumpió Bella.

No había manera de saberlo, y Tucker pensó que tal vez fuera un buen momento para rezar, como estaba haciendo Sally Mae. Se obligó a sonreírle a Bella.

—Hará falta algo más que unos cuantos disparos para molestar a mi hijo.

La risa de Bella sonó un poco forzada, pero al menos alivió un poco la tensión del momento. Se acercó a Zach y le dio un fuerte abrazo.

—Hasta la vista, amigo —le dijo a un desconcertado Zacharias.

—Me estoy poniendo celoso, Bella —le advirtió Sam mientras recogía las armas.

Zach le agarró las manos y se las retiró de la cintura.

—Haga todo lo que el patrón le diga. No cometa ninguna locura. Y monte como yo le enseñé a hacerlo.

Bella asintió, con lágrimas en los ojos.

—Volveremos a vernos —susurró elllla con vehemencia.

Zach no respondió.

Era hora de irse. Tucker levantó a Sally Mae y la besó en los labios para compartir sus oraciones. Tal vez no sirviera de mucho, pero esperaba que Dios se lo tuviese en cuenta.

—Sigue rezando, rayo de luna —le susurró, antes de volverse hacia los otros—. Vamos a necesitar toda la ventaja que podamos conseguir. Dejaremos los caballos y las armas.

—Y desperdigaremos la munición —añadió Tracker.

—Buena idea. Y también los caballos. Tal vez los comanches retrasen la marcha si se dedican a recoger el botín —porque si no lo hacían, no habría ninguna posibilidad de escapar. Los comanches eran veloces como el viento.

—Manos a la obra —les dijo Zach a sus tres vaqueros supervivientes. Un par de ellos estaban heridos, pero todos estaban decididos a luchar hasta la muerte—. El resto, que se vayan y pongan a las mujeres a salvo.

Tucker dejó a Sally Mae junto a Smoke y se volvió hacia Zach para estrecharle la mano.

—En nombre de los Ocho del Infierno... muchas gracias.

Zach lo miró sin pestañear. Su mano no flaqueaba y no había el menor temor en sus ojos. Era un hombre seguro de sus habilidades que aceptaba de buen grado su misión.

—En nombre del rancho Montoya, gracias.

Tucker asintió. Entre ellos se había forjado un vínculo sagrado, fraguado en la batalla y sellado con sangre. Si conseguían sobrevivir serían amigos y aliados para siempre.

Zach se tocó el ala del sombrero y se unió a sus hombres, que ya estaban desperdigando la munición y los caballos. Caine estaría contento de tener como amigos a los valerosos vaqueros del rancho Montoya.

—En marcha... —dijo Tucker, subiendo a Sally Mae a lomos de Smoke. Gracias a Dios, había algunos movimientos que el cuerpo recordaba incluso en estado de shock. Sally Mae separó las piernas inconscientemente al deslizarse en la silla. Tucker le estiró la falda y montó detrás de ella. Junto a ellos, Sam montó en su caballo y le tendió una mano a Bella—. Agárrate, Sally —no supo si lo escuchaba o no, pero no había tiempo para comprobarlo. Espoleó a Smoke y el caballo se lanzó al galope. Tenían que alejarse de allí enseguida, antes de que llegara el enemigo... y antes de que Sally Mae pudiera ver lo que había hecho.

Capítulo 17

Los gritos la sacaron del sopor y la oscuridad. Eran gritos espeluznantes de horror y sufrimiento que helaban la sangre. Sally Mae abrió los ojos. Estaba tendida en una cama. Pasó la mano sobre las sábanas limpias y se tocó el muslo, donde palpó el borde de un vendaje. Lo presionó y puso una mueca de dolor.

Apartó las sábanas y se levantó el camisón. No había sangre en la venda.

Volvió a oír los gritos, largos y desgarrados. Enseguida reconoció el sonido. Era el grito de una mujer dando a luz.

Se levantó rápidamente y la habitación empezó a dar vueltas. Tuvo que apoyarse en el colchón hasta que pasaron los mareos. Junto a la cama había una bandeja con un cuenco de sopa y pan. Tocó el pan. Estaba duro como una piedra, señal de que llevaba allí mucho tiempo. Cerró los ojos e intentó recordar. Una emboscada, un tiroteo... Recordaba haber empuñado un arma y haber apretado el gatillo, pero nada más. No recordaba si la bala había alcanzado su objetivo, no recordaba cómo había llegado hasta allí ni dónde estaba, no recordaba nada más que una oscuridad que la envolvía con su manto suave y relajante y el murmullo ocasional de la voz de Tucker.

En una silla junto a la cama había uno de sus vestidos, limpio y planchado. Sin el corsé no podía abrocharse todos los botones, pero sí los suficientes por encima y debajo de la cintura para tener un aspecto decente. También vio su cofia, recién almidonada. Se la colocó en la cabeza y se sintió extrañamente incómoda mientras se la sujetaba. No tuvo tiempo de pensar en el motivo, porque en ese momento se oyó el grito de un hombre.

—¡Por amor de Dios, haz algo por ella!

Sin ponerse los zapatos, Sally Mae salió corriendo por la puerta y llegó a un dormitorio donde un hombre aferraba la mano de una mujer rubia, tendida en un lecho. Junto a él estaba Bella y una mujer mayor de origen mexicano.

—No puedo hacer nada.

—Siempre se puede hacer algo —le dijo Bella.

—Tú ni siquiera deberías estar aquí —la reprendió la mujer—. Una mujer comprometida que nunca ha tenido hijos no puede estar en la sala de partos.

—¡Cállate, Tia!

Así que aquella era la famosa Tia a la que Tucker tanto veneraba. La mujer que había acogido a ocho niños huérfanos y desamparados que gracias a ella se convertirían en los Ocho del Infierno. Si Tia estaba allí, significaba que habían llegado a su destino.

Gracias a Dios...

—¿Puedo ayudar? —preguntó tímidamente.

Todos se volvieron hacia ella, y Sally Mae no pudo menos de sonreír al ver la expresión de asombro e incredulidad en sus rostros.

—Soy enfermera y trabajé siete años con mi marido. He asistido a centenares de partos.

—¡Tucker! —gritó Caine—. Ven aquí enseguida.

—Ni pensarlo —fue la débil respuesta que se oyó por la ventana abierta.

—Tu mujer se ha despertado.

Pasaron dos minutos en los que nadie se movió, todos mirando a Sally como si tuviera dos cabezas, hasta que Tucker irrumpió en la habitación. Se detuvo bruscamente nada más cruzar la puerta y le sonrió a Sally como ella nunca lo había visto sonreír.

—Me alegro de que te haya sentado bien la siesta, Sally Mae.

—Gracias.

—Sácala de aquí.

—Cierra la boca, Caine.

La mujer rubia volvió a gemir y sacudió la cabeza con la siguiente contracción.

—Esto no le hace ningún bien a Desi... —dijo Caine.

—¿A qué te refieres? —quiso saber Sally Mae, observando el montón de toallas ensangrentadas en el suelo, la barriga de Desi, la palidez de su piel y sus labios...

—Llevabas tres días sin hablar, desde la emboscada —le dijo Bella.

Tres días... Las imágenes volvieron a invadirla. Una mujer rubia, indios, ella misma de niña, gritos, un hombre con bigote, ella de adulta, un disparo... sangre.

—Debía de tener una buena razón —fue lo único que se le ocurrió decir—. Normalmente no me salto las comidas.

—Sácala de aquí de una vez, Tucker —le ordenó Caine—. Lo último que necesito es a una loca cerca de mi esposa.

Sally Mae se estremeció ante la furia de Caine, pero intentó no perder la calma.

—Puedo ayudar.

—Vas a obligarme a que te tire por la ventana...

—¡Caine! —exclamó Bella.

—No te atrevas ni a pensarlo —le advirtió Tucker.

—Si lo haces, tendrás que tirar a tu mujer detrás de mí —replicó Sally, manteniéndole la mirada a Caine—. Puedo ayudar a tu mujer.

—Estás chiflada.

—Soy médico, y por la cantidad de sangre que estoy viendo, soy tu última oportunidad.

Caine se puso pálido. Desi volvió a gemir. Tia se santiguó y Tucker avanzó.

—Es muy buena en su trabajo, Caine. La mejor médico que he visto nunca. Si dice que puede ayudar, más te vale creerla —Sally lo miró, sorprendida—. Puede que dudase de tus creencias, pero nunca dudé de tu experiencia y habilidad —le dijo él con una sonrisa.

—Gracias.

—Se desmayó al ver la sangre —arguyó Caine—. ¿Qué demonios puede hacer ahora?

—Se desmayó por haber matado a un hombre. Es una pacifista, por amor de Dios.

Gracias a Dios...

—¿Puedo ayudar? —preguntó tímidamente.

Todos se volvieron hacia ella, y Sally Mae no pudo menos de sonreír al ver la expresión de asombro e incredulidad en sus rostros.

—Soy enfermera y trabajé siete años con mi marido. He asistido a centenares de partos.

—¡Tucker! —gritó Caine—. Ven aquí enseguida.

—Ni pensarlo —fue la débil respuesta que se oyó por la ventana abierta.

—Tu mujer se ha despertado.

Pasaron dos minutos en los que nadie se movió, todos mirando a Sally como si tuviera dos cabezas, hasta que Tucker irrumpió en la habitación. Se detuvo bruscamente nada más cruzar la puerta y le sonrió a Sally como ella nunca lo había visto sonreír.

—Me alegro de que te haya sentado bien la siesta, Sally Mae.

—Gracias.

—Sácala de aquí.

—Cierra la boca, Caine.

La mujer rubia volvió a gemir y sacudió la cabeza con la siguiente contracción.

—Esto no le hace ningún bien a Desi... —dijo Caine.

—¿A qué te refieres? —quiso saber Sally Mae, observando el montón de toallas ensangrentadas en el suelo, la barriga de Desi, la palidez de su piel y sus labios...

—Llevabas tres días sin hablar, desde la emboscada —le dijo Bella.

Tres días... Las imágenes volvieron a invadirla. Una mujer rubia, indios, ella misma de niña, gritos, un hombre con bigote, ella de adulta, un disparo... sangre.

—Debía de tener una buena razón —fue lo único que se le ocurrió decir—. Normalmente no me salto las comidas.

—Sácala de aquí de una vez, Tucker —le ordenó Caine—. Lo último que necesito es a una loca cerca de mi esposa.

Sally Mae se estremeció ante la furia de Caine, pero intentó no perder la calma.

—Puedo ayudar.

—Vas a obligarme a que te tire por la ventana...

—¡Caine! —exclamó Bella.

—No te atrevas ni a pensarlo —le advirtió Tucker.

—Si lo haces, tendrás que tirar a tu mujer detrás de mí —replicó Sally, manteniéndole la mirada a Caine—. Puedo ayudar a tu mujer.

—Estás chiflada.

—Soy médico, y por la cantidad de sangre que estoy viendo, soy tu última oportunidad.

Caine se puso pálido. Desi volvió a gemir. Tia se santiguó y Tucker avanzó.

—Es muy buena en su trabajo, Caine. La mejor médico que he visto nunca. Si dice que puede ayudar, más te vale creerla —Sally lo miró, sorprendida—. Puede que dudases de tus creencias, pero nunca dudé de tu experiencia y habilidad —le dijo él con una sonrisa.

—Gracias.

—Se desmayó al ver la sangre —arguyó Caine—. ¿Qué demonios puede hacer ahora?

—Se desmayó por haber matado a un hombre. Es una pacifista, por amor de Dios.

El grito de Desi resonó por toda la casa. Sally Mae ya había tenido suficiente. Pasó junto a Tia y apartó las mantas de Desi, pero Caine la agarró del brazo.

—¿Qué te crees que estás haciendo?

La respuesta vino en forma de un arma amartillada. La pistola de Bella.

—Suéltala —le ordenó con una tranquilidad pasmosa.

—No te atreverás a disparar.

Bella sonrió, increíblemente hermosa y encantadora, incluso con un arma en las manos.

—Todos piensan lo mismo.

—Os habéis vuelto locos de remate —Caine soltó el brazo de Sally—. ¡Sam!

—¿Qué has hecho ahora, Bella? —preguntó Sam con sarcasmo a través de la ventana.

—Qué bien te conoce —dijo Caine en el mismo tono sarcástico.

—Sí, me conoce muy bien —repuso Bella, sin inmutarse—. También conoce a Sally Mae, y cuando llegue te dirá que eres un imbécil por dudar de Sally Mae o de mí.

—No tiene que esperar a Sam para oírlo —intervino Tucker—. Deja de comportarte como un idiota, Caine. Sabes muy bien que nunca te sugeriría nada que pusiera en peligro a Desi.

—Ahora mismo no sé nada de nada —murmuró Caine, pasándose las manos por el pelo.

Desi lo agarró del antebrazo, manchado de sangre.

—Por favor, Caine. Deja que lo intente.

—¿Estás segura? Podría hacer más daño que bien.

—Cualquier cosa será mejor que esto.

Caine asintió. Bella bajó el arma y Tia se volvió hacia Sally Mae.

—Creo que el bebé viene de nalgas.

Santo Dios...

—Tucker, trae mi bolsa.

—Ya la he traído yo —dijo Sam, y se encogió de hombros ante la mirada interrogativa de Sally—. No creía que Bella pudiera armar este escándalo ella sola.

—Siempre me estás subestimando —se quejó Bella con un mohín fingido.

Sam le entregó la bolsa a Sally y miró a Desi con una cariñosa sonrisa.

—Parece que Sally Mae se ha despertado en el momento oportuno, Desi.

—¿Confías en ella? —le preguntó Caine.

—Sin la menor duda.

—Entonces... ¡fuera todo el mundo! —exigió Desi.

Sally Mae acabó de lavarse las manos y se encontró con la mirada de Tucker. Parecía dubitativo, pero ella asintió con convicción. No sabía qué le había ocurrido durante los tres últimos días, pero aquella era una situación que sí podía manejar. O al menos iba a intentarlo.

Tucker y Sam salieron de la habitación. Caine insistió en quedarse, aunque casi se desmayó al enterarse de que Sally se disponía a darle la vuelta al bebé.

—Esto va a dolerte, pero es necesario —le dijo Sally a Desi—. Intenta relajarte y respirar.

«Por favor, Señor, haz que todo salga bien. Haz

que el niño nazca sin problemas. Haz que Desi resista hasta el final y que no tenga que hacer lo impensable...».

«Por favor, Señor, dame fuerzas».

—¿A qué estás esperando? —la acució Caine.

Sally vio la desesperación en su rostro, pero también sintió la fe absoluta de Desi. Les sonrió tranquilamente a ambos.

—Espero una respuesta a mis oraciones.

Capítulo 18

Cuatro horas más tarde, cuando el crepúsculo alivió un poco el tórrido calor del día, Tucker la llevó al estanque y se sentaron en la orilla. Habría sido un escenario idílico, rodeados de árboles y con las escarpadas montañas reflejándose en las aguas verdosas, si no fuera por la distancia que Tucker mantenía entre ellos.

—Te confieso, rayo de luna, que estuve a punto de vomitar unas cuantas veces —agarró una piedra y la lanzó al estanque. Las ondas se expandieron lentamente por la superficie, distorsionando el reflejo de la montaña—. Sobre todo cuando te vi con los fórceps... Casi me desmayé por la impresión.

Pero no se desmayó. El parto se había complicado hasta el punto de requerirse el empleo de los fórceps para extraer al bebé, lo que suponía un peligro mortal para la madre y el hijo. Sally Mae le había pedido a Tucker que estuviera con ella mientras realizaba la operación, y él no le había fallado. Le colgó alrededor del cuello la bala que siempre llevaba consigo, el talismán que le recordaba de dónde venía y adónde quería ir, el amuleto que le confería aquella increíble fuerza interior que Sally tanto admiraba, y permaneció en todo momento detrás de ella, transmitiéndole en silencio su fuerza mediante el roce de sus dedos en la espalda. En demasiadas ocasiones Sally le había pedido a Dios que le diera fuerzas, pero Dios le había dado algo mejor. Le había dado un hombre que podía compartir las suyas.

—Me alegro de que no lo hicieras.

—Los dos nos alegramos —se echó a reír y arrojó otra piedra al agua, pero seguía sin mirar a Sally—. Caine nunca me lo habría perdonado.

—Oh, claro que sí. Ahora es tan feliz que perdonaría cualquier cosa.

—Gracias a ti.

Sally negó con la cabeza.

—Gracias a que la operación salió bien.

Tucker también negó con la cabeza y le dio… ¿una palmada en la rodilla?

—Gracias a ti tiene a su esposa y a su hijo.

—Ha sido un detalle muy bonito que le pongan el nombre de Jonah.

—Bueno, no podían llamar Sally a un niño. Jonah parecía más apropiado.

Sally sonrió, volvió a observar la distancia entre ellos y frunció el ceño.

—¿Puedo hacerte una pregunta?

—Adelante.

—Esta distancia que estás guardando… ¿Es por mí?

Tucker respiró hondo y, en vez de desmentirla o

decirle que eran imaginaciones suyas, como ella había esperado, le dio una respuesta clara y sincera.

—Sí.

A Sally se le encogió el corazón, pero consiguió mantener un atisbo de compostura.

—¿Por qué?

Tucker apoyó los brazos en las rodillas y entrelazó las manos.

—Una vez dijiste que te asustaba la posibilidad de que no encajaras en este lugar. Y mientras te veía traer al bebé al mundo, llevando a cabo un auténtico milagro, me di cuenta de que tenías razón —apretó la mano derecha en un puño—. Estás destinada a hacer cosas más importantes que confinarte en este rincón del mundo, casada conmigo.

—Maldita sea, Tucker —espetó Sally. Era una reacción tan impropia de ella que Tucker levantó bruscamente la cabeza—. Estoy harta de que los hombres me digan lo que necesito y lo que quiero. ¿Quieres saber de qué me di cuenta mientras estaba haciendo milagros, como tú dices?

—No estoy muy seguro...

Sally se puso de rodillas.

—Me di cuenta de que nunca habría tenido el valor de intentarlo si tú no hubieras estado a mi lado. Me di cuenta de que, después de pasarme años rezándole a Dios para que diese fuerzas, me había enviado lo que realmente necesito: un hombre que esté preparado para compartir su fuerza conmigo. Me di cuenta de que tras haber pasado toda mi vida intentando sentirme aceptada en el lugar equivocado, finalmente había encontrado mi lugar contigo. Y, sobre todo, me di cuenta de que así quiero que sea.

la operación, y él no le había fallado. Le colgó alrededor del cuello la bala que siempre llevaba consigo, el talismán que le recordaba de dónde venía y adónde quería ir, el amuleto que le confería aquella increíble fuerza interior que Sally tanto admiraba, y permaneció en todo momento detrás de ella, transmitiéndole en silencio su fuerza mediante el roce de sus dedos en la espalda. En demasiadas ocasiones Sally le había pedido a Dios que le diera fuerzas, pero Dios le había dado algo mejor. Le había dado un hombre que podía compartir las suyas.

—Me alegro de que no lo hicieras.
—Los dos nos alegramos —se echó a reír y arrojó otra piedra al agua, pero seguía sin mirar a Sally—. Caine nunca me lo habría perdonado.
—Oh, claro que sí. Ahora es tan feliz que perdonaría cualquier cosa.
—Gracias a ti.
Sally negó con la cabeza.
—Gracias a que la operación salió bien.
Tucker también negó con la cabeza y le dio... ¿una palmada en la rodilla?
—Gracias a ti tiene a su esposa y a su hijo.
—Ha sido un detalle muy bonito que le pongan el nombre de Jonah.
—Bueno, no podían llamar Sally a un niño. Jonah parecía más apropiado.
Sally sonrió, volvió a observar la distancia entre ellos y frunció el ceño.
—¿Puedo hacerte una pregunta?
—Adelante.
—Esta distancia que estás guardando... ¿Es por mí?
Tucker respiró hondo y, en vez de desmentirla o

decirle que eran imaginaciones suyas, como ella había esperado, le dio una respuesta clara y sincera.

—Sí.

A Sally se le encogió el corazón, pero consiguió mantener un atisbo de compostura.

—¿Por qué?

Tucker apoyó los brazos en las rodillas y entrelazó las manos.

—Una vez dijiste que te asustaba la posibilidad de que no encajaras en este lugar. Y mientras te veía traer al bebé al mundo, llevando a cabo un auténtico milagro, me di cuenta de que tenías razón —apretó la mano derecha en un puño—. Estás destinada a hacer cosas más importantes que confinarte en este rincón del mundo, casada conmigo.

—Maldita sea, Tucker —espetó Sally. Era una reacción tan impropia de ella que Tucker levantó bruscamente la cabeza—. Estoy harta de que los hombres me digan lo que necesito y lo que quiero. ¿Quieres saber de qué me di cuenta mientras estaba haciendo milagros, como tú dices?

—No estoy muy seguro...

Sally se puso de rodillas.

—Me di cuenta de que nunca habría tenido el valor de intentarlo si tú no hubieras estado a mi lado. Me di cuenta de que, después de pasarme años rezándole a Dios para que diese fuerzas, me había enviado lo que realmente necesito: un hombre que esté preparado para compartir su fuerza conmigo. Me di cuenta de que tras haber pasado toda mi vida intentando sentirme aceptada en el lugar equivocado, finalmente había encontrado mi lugar contigo. Y, sobre todo, me di cuenta de que así quiero que sea.

Tucker la agarró de las manos y tiró de ella hacia su regazo.

—Y te diste cuenta de todo eso mientras metías unas tenazas por el útero de una mujer.

Sally asintió, incapaz de seguir reteniendo las lágrimas.

—Así es. Por eso te pido que me digas si te parezco poco femenina después de haberme visto operar. Dímelo claramente, sin mentiras ni rodeos.

—¿Poco femenina, dices? ¿De dónde has sacado esa idea?

—Quiero ser algo más que una doctora, Tucker. Quiero ser una buena esposa y una buena madre. Y cuidar de ti y de nuestros hijos, igual que cuido de otras personas.

Tucker le hizo levantar el rostro y la besó con toda la dulzura de un corazón entregado.

—¿Has olvidado quién soy, Sally? Soy el hombre que se quedó en Lindos solo porque tú estabas allí. El hombre que se volvió loco de alegría cuando le dijiste que estabas embarazada porque así tenía una excusa para tomar lo que quería. El hombre que quiere enseñarte a castrar a cualquiera que ose tocarte. El hombre que quiere contemplar tu hermoso rostro antes de dormir y cada mañana al despertar.

Sally no pudo evitar una lacrimosa carcajada.

—Creo que olvidaste decirme todo eso...

—Quizá no te lo dije porque confiaba demasiado en tu intuición femenina. O quizá porque creía, estúpidamente, que estarías más segura si no te lo decía. O quizá porque tenía miedo de mí mismo. Quién sabe. El caso es que te lo estoy diciendo ahora —le puso las manos en las caderas para acercarla aún más—. Te quiero, Sally Mae. Te quiero desde que te vi en aquel salón, tan digna y remilgada, interponiéndote entre dos hombres grandes y fuertes que se peleaban sin preocuparte en absoluto por tu seguridad.

La amaba. La certeza la recorrió por dentro igual que los hábiles dedos de Tucker le recorrían el corpiño hacia su sexo, y la felicidad se fundió con la pasión y el placer que su tacto le provocaba.

—¿Te enamoraste de mí porque era remilgada?

Tucker le abrió el vestido y le aflojó los lazos de la camisola para destaparle los pechos.

—Admito que también me llamó la atención ese lado salvaje que se insinuaba bajo esa delicada fachada...

Ella sonrió y le acercó un pezón a la boca. Sus labios se cerraron inmediatamente en torno a la punta para morderla como a ella le gustaba, antes de proceder a una delicada succión. Sally lo agarró por el pelo y lo apretó contra ella mientras se retorcía con un gemido de placer y dolor.

—¿Te hago daño? —le preguntó él.

—Un poco, pero me gusta —era una sensación mucho más placentera e intensa que antes.

—Caine me dijo que el embarazo aumenta la sensibilidad de una mujer. ¿Qué te parece si lo comprobamos?

Sally le quitó el sombrero y lo arrojó a un lado.

—Soy toda tuya...

Tucker sonrió y con la lengua le provocó una nueva oleada de estremecimientos, antes de quitarle el vestido y la enagua, ponerlos sobre la camisa y tenderla desnuda sobre el suave lecho de hierba y musgo.

—Mi mujer salvaje...

Ella le sonrió y separó las piernas mientras le rodeaba el cuello con los brazos.

—Mi hombre salvaje...

Tucker se colocó entre sus muslos, apretó con el miembro en la entrada de su cuerpo y deslizó la mano por detrás de su cabeza.

—Soy todo tuyo, rayo de luna.

—Así me gusta.

—Pero esta noche... no vamos a ser salvajes.

—¿No?

—Esta noche vamos a hacer el amor —la besó en la mejilla y en la oreja mientras unía su cuerpo al suyo. Lo primero que le provocó fue una sensación punzante y abrasiva, haciendo que tensara los músculos—. Relájate, cariño... Déjame amarte como quiero amarte. Por entero. Con todo lo que soy —le atrapó el lóbulo de la oreja entre los dientes y lo mordió con delicadeza.

Ella gimió y ladeó la cabeza para facilitarle la tarea igual que intentaba facilitarle la penetración levantando las caderas.

—Sí, por favor... Ámame con todo tu ser. Sin nada que se interponga entre nosotros.

—Solo amor.

Se relajó por completo y el miembro de Tucker se deslizó cómodamente hasta conseguir un acoplamiento perfecto. Ambos gimieron y temblaron de placer compartido.

—Tucker...

Él empezó a moverse, dentro y fuera, una y otra vez, lenta e insistentemente, como si buscara algo que ella le entregaría gustosa si supiese qué era. El placer aumentaba con cada acometida, y se intensificó aún más cuando Tucker le levantó la pierna y empujó hasta el fondo. El clítoris le palpitaba dolorosamente, los labios de su sexo se contraían y dilataban frenéticamente, todos los músculos del cuerpo le temblaban en la vertiginosa escalada hacia la cúspide de los sentidos. Estaba cerca. Muy cerca...

—¡Tucker!

—¿Qué, nena?

Se apartó ligeramente y le frotó el clítoris con el dedo pulgar mientras el extremo de su miembro alcanzaba un punto desconocido hasta entonces, acercándola aún más a la culminación del delirio.

—Dímelo —la urgió él.

Sally arqueó la espalda, la vorágine interior estalló en un relámpago de luz cegadora y una emoción que no podía seguir conteniendo se desbordó junto a las convulsiones que la sacudían.

—¡Oh, Tucker...! ¡Te amo! —se abrazó a él con todas sus fuerzas y se lo susurró una y otra vez contra la mejilla, incapaz de saciar la necesidad de repetirlo—. Te amo. Te amo. Te amo...

Y con una última embestida Tucker se pegó a ella para derramar el tórrido caudal de su semilla. Al vaciarse por completo, la abrazó y Sally sintió cómo se estremecía mientras la besaba dulcemente en los labios.

—Ya era hora de que me lo dijeras...

El comentario de Tucker le sorprendió.

—¿No te lo he dicho hasta ahora?

—No —volvió a besarla—. Créeme. Si me lo hubieras dicho, lo recordaría.

Sally le retiró el pelo de la cara. Necesitaba ver su expresión, y vio que estaba muy serio.

—Te lo he dicho de cien maneras distintas cada día. Seguro que lo sabes.

—Tal vez... —le tocó la nariz con el dedo—. Pero a un hombre le gusta oírlo.

Sí, a su Tucker le gustaría oírlo, sin duda.

—Te amo, Tucker. Y te amaré siempre.

—Así me gusta —respondió él, con un aire de autocomplacencia que le hizo ganarse un pellizco de Sally—. Vaya... creía que no aprobabas la violencia.

—Una de las cosas que he estado haciendo estos tres últimos días ha sido reconciliar mis creencias con lo que soy.

—¿Y qué conclusiones has sacado?

—No estoy segura. Creo que me costará un tiempo saberlo.

Tucker le apartó el pelo del rostro.

—Sabes que te amaré pase lo que pase y que me gustarás seas como seas, ¿verdad?

—Sí, lo sé. Y te lo agradezco de corazón.

—En realidad, sí hay algo que me gustaría más que tú en estos momentos...

—¿Y de qué se trata? —le preguntó ella, intentando imitar el arqueo de su ceja, sin éxito.

—Un chapuzón en el estanque —se puso en pie y la agarró de la mano—. Vamos, nos hace falta un baño. Olemos fatal.

—Eso lo dirás por ti.

Tucker se echó a reír y se zambulló en el estanque. Sally lo contempló como una sonrisa, sin ninguna prisa por meterse en el agua. Se sentía deliciosamente cálida y perezosa después de haber hecho el amor, y el agua debía de estar helada. Entonces pisó algo crujiente y vio un papel doblado en el suelo. Al recogerlo y desplegarlo vio que era una carta, y al ver a quién iba dirigida tuvo que leerla hasta el final.

5 de abril de 1858
Querida Ari:
No sé cómo empezar esta carta, y lo único que se me ocurre es dar gracias a Dios porque estés viva.

Muchas cosas han ocurrido en el último año, y no todas buenas, pero algunas son tan especiales que no hay palabras para describirlas. Estoy felizmente casada con un hombre a quien papá jamás habría aceptado. No tiene dinero ni goza de buena posición social, pero es todo lo que yo soñaba cuando tú y yo nos sentábamos bajo el manzano a imaginar el marido perfecto. Su corazón es puro e indomable, su honor es sagrado y el amor que me profesa es tan maravilloso que nunca me hará falta nada más. Pertenece a los Ocho del Infierno, y si aún vives en Texas cuando recibas esta carta sabrás lo que eso significa. Si no es así, te llevarás una grata sorpresa. Los Ocho del Infierno forman una especie aparte, una leyenda viva, por mucho que ellos no se consideren como tal.

El nombre de mi marido es Caine Allen y es él quien ha insistido en que te escriba esta carta. Cree firmemente en la familia y en mi intuición, y aunque todo el mundo piense que has muerto, él dice que le basta con mi presentimiento para convertir tu búsqueda en la prioridad de los Ocho del Infierno.

Lamento no poder presentarte al hombre que te entregará esta carta, pero he tenido que hacer siete copias y entregárselas a siete hombres distintos con la esperanza de que alguno de ellos te encuentre. Son

Tucker, Sam, Tracker, Shadow, Luke, Caiden y Ace. Ellos son los Ocho del Infierno, al igual que mi marido, tu futuro sobrino o sobrina y tú misma, aunque aún no lo sepas. Por eso te pido que confíes en ellos, porque todos me han hecho la misma promesa.

Me han prometido que te devolverán a casa, Ari. A los Ocho del Infierno, donde no existe el pasado, ni el resentimiento ni las recriminaciones; tan solo un lugar de reposo donde puedas vivir en paz y seguridad. Quizá te parezca que estoy exagerando, pero te aseguro que, a pesar de su nombre, no hay un lugar mejor que este en toda la tierra.

No confíes en nadie salvo en ellos, Ari, porque fue el abogado de nuestro padre, Harold Amboy, quien planeó nuestro ataque y secuestro, y también ha enviado a sus hombres en tu búsqueda. Su propósito es controlar el dinero de papá a través de una de nosotras. Pero puedes confiar plenamente en los Ocho del Infierno. Sin la menor duda ni temor.

Estoy llorando mientras escribo estas líneas. No puedo olvidar cómo nos separamos ni las pesadillas que he tenido desde entonces, la sensación de impotencia mientras miro el cielo nocturno y me pregunto si estarás viendo las mismas estrellas, si estarás bien, feliz y segura.

¿Recuerdas a lo que jugábamos de niñas cuando las cosas no salían como queríamos? ¿Cómo buscábamos un campo de margaritas bajo el sol, uníamos las manos a nuestra manera especial y dábamos vueltas hasta que todo lo demás dejaba de importarnos? Solo quiero volver a verte, Ari, seguir el rastro de las margaritas, entrelazar nuestras manos y dar vueltas hasta que la risa se lleve todos los males y

desgracias. No sé cuánto tiempo pasará hasta que te encuentren... días, meses, años... pero no voy a perder la esperanza.

Vuelve pronto, Ari. He plantado margaritas en el jardín. Y te están esperando.

—No me habría gustado perder esa carta —dijo Tucker.

Sally Mae levantó la mirada. Tenía los ojos llenos de lágrimas después de haber leído aquella carta en la que Desi había depositado su corazón.

—Tienes que encontrarla.

Tucker le quitó la hoja de la mano y rodeó a Sally con un brazo para apretarla contra su pecho, donde ella siempre se sentía querida y segura.

—La encontraremos.

La bala quedó prendida entre ellos y Sally se dispuso a quitársela, pero Tucker la detuvo.

—Quédatela.

—Es tu amuleto de la suerte.

—Ya no la necesito.

—Pero... —empezó a protestar ella, pero él le puso un dedo en los labios.

—Es hora de que adquiera un significado diferente.

Y allí, con la caída de la tarde, viendo el amor que irradiaban los ojos de Tucker y la veneración con que su mano acariciaba el futuro que se gestaba en su vientre, Sally Mae comprendió finalmente que el tiempo para mirar atrás se había acabado. Se puso de puntillas y tiró de la cabeza de Tucker hacia ella, temblando cuando sus labios mojados se encontraron con los suyos.

—Tenías razón cuando me dijiste que debía cambiar, rayo de luna. Cuando me dijiste que podía elegir...

Sally se acurrucó contra él y echó la cabeza hacia atrás para mirarlo a los ojos. Aquellos ojos grandes y expresivos, tan llenos de amor. Solo de mirarlo le flaquearon las rodillas, pero él la sujetó como hacía siempre que las fuerzas la abandonaban.

—¿Y qué eliges?

Tucker la besó con todo su amor, pasión y entrega, y la respuesta que le dio resonó en lo más profundo de su alma.

—Siempre te elegiré a ti.

TÍTULOS DE LA COLECCIÓN

MEGAN HART
Dentro y fuera de la cama

SARAH McCARTY
Placer salvaje

NANCY MADORE
Cuentos para el placer

JINA BACARR
Placer en París

KAYLA PERRIN
Tres mujeres y un destino

MEGAN HART
Tentada

SARAH McCARTY
La llamada del deseo

AMANDA McINTYRE
Diario de una doncella

www.ingramcontent.com/pod-product-compliance
Lightning Source LLC
LaVergne TN
LVHW091623070526
838199LV00044B/915